Das Flügelkleid

Hanni Salfinger

Das Flügelkleid

Bettinger Märchenbuch
mit Bildern von Beatrice Afflerbach

Verlag A. Schudel & Co. AG, Riehen

zum 31. Januar 1973

© Verlag A. Schudel & Co. AG, Riehen, 1972
ISBN Nr. 3 85895 722 4
Druck: A. Schudel & Co. AG, Buch- und Offsetdruck, Riehen
Buchbinderei: Flügel, Basel

Warum gerade zweiundfünfzig Märchen? wird der Leser fragen. Die Antwort ist leicht zu geben: Seit bald zwölf Jahren erzähle ich den Bettinger Kindern wöchentlich einmal Märchen. Nun haben die Kinder gewünscht, die Geschichten nicht nur zu hören, sondern auch zu lesen. Und weil im Märchen das Wünschen hilft, ist dieses Buch entstanden. Und weil das Jahr zweiundfünfzig Wochen hat, so sind es auch zweiundfünfzig Märchen.

Von den Kindern, die zugehört haben, sind heute viele keine Kinder mehr. Vielleicht greifen sie auch als Erwachsene gern zu diesem Märchenbuch. Und vielleicht finden sie darin mehr als nur flüchtige Spiele der Phantasie, Glücksträume in einem Niemandsland.

Bettingen, im Spätherbst 1972   H. S.

Inhaltsverzeichnis

		Seite
1.	Das Flügelkleid	9
2.	Der König und die Ziege	13
3.	Der silberne Wald	18
4.	Der Hase mit den goldenen Haaren	22
5.	Der spiegelblanke Fussboden	28
6.	Das schwarze Pferdchen	32
7.	Die Töchter des Waldkönigs	38
8.	Der Sturmgeist	43
9.	Die zehn Zuckerstücke	47
10.	Die geraubte Lebenskraft	51
11.	Die Wolke und der Sperber	55
12.	Der lachende Fluss	59
13.	Die böse Wolke	65
14.	Der weisse Hahn und die blaue Blume	71
15.	Die weisse Blume	76
16.	Die schwarze Zunge	81
17.	Der Wassergeist und der Knabe	85
18.	Der König in der silbernen Fähre	90
19.	Der Fischkönig	94
20.	Das Nebelnetz	99
21.	Der Korngeist	105
22.	Der entehrte Brunnen	109
23.	Das grüne Blatt	115
24.	Die Frau ohne Schlaf	119
25.	Der Strom ohne Brücke	123
26.	Der Wolkenreiter	127
27.	Der Geist im Ofen	131
28.	Die Nebelflöte	135
29.	Die hundert Kühe	139
30.	Der knarrende Baum	144
31.	Das verzauberte Bett	149
32.	Der schwarze Vogel	155
33.	Der Meerkönig	160
34.	Der Nebelkönig und der Ziegenhirt	165
35.	Die goldene Nadel	171

36. Der Kohldieb												175
37. Die böse Wasserfrau										179
38. Der silberne Schleier									184
39. Der goldene und der silberne Ritter						189
40. Der Königssohn im Fisch								194
41. Der geschickte Schreiner								199
42. Der Berg mit den wilden Tieren						203
43. Das Märchen vom Abend- und Morgenstern				207
44. Die Kohle												213
45. Die goldenen Wellenkämme							217
46. Das Drachenbett										221
47. Das goldene Stäbchen									225
48. Der Augentausch										229
49. Der Bergschratt										234
50. Die Eidechse											238
51. Der reiche Mann										242
52. Der Sternenläufer										247

Das Flügelkleid

In einem schönen Land lebte ein König, der hatte einen einzigen Sohn und liebte ihn herzlich. Als der Knabe ein Jüngling wurde, schenkte ihm der Vater einen wundersamen Vogel mit grauen, starken Schwingen, und er sprach: «Lieber Sohn, dieser Vogel wird dich hintragen, wohin dein Herz begehrt. Aber es ist eine Bedingung dabei: der Vogel darf nie tiefer fliegen als die Baumkronen, sonst fällt seine beste Flugfeder auf die Erde, er aber schwingt sich mit seiner letzten Kraft in die Luft, fliegt in ein ödes Gebirge und stirbt, du aber musst dort jämmerlich verschmachten, denn du kannst nicht mehr zu mir zurückfinden.» Der Königssohn dankte dem König für das herrliche Geschenk und sagte: «Ich will die Bedingung immer achten.»

Und so flog er tagtäglich mit seinem wolkengrauen Vogel über den Himmel und sah die ganze Welt.

Unten auf der Erde aber sagten die Menschen zueinander: «Am Himmel wandert eine seltsame Wolke, die verändert sich nie, das bedeutet etwas Besonderes, wenn es nur etwas Gutes und nichts Schlimmes ist.»

Nun lebte unten auf der Erde ein Mädchen, das war klüger und tausendmal schöner als seine Gespielinnen. Aber das half ihm wenig, denn es war arm wie eine Kirchenmaus und musste auf einem Bauernhof Magd sein und im Stall und auf dem Feld arbeiten, mochte es regnen, stürmen und schneien oder die Sonne heiss herniederbrennen.

Dieses Mädchen hatte die wunderbare Wolke schon lange gesehen und freute sich an ihr, denn es glaubte felsenfest, sie verheisse ihm ein grosses Glück, und es dachte gar manchmal: «Ach, wann kommt sie und holt mich!»

Der Königssohn nun hatte von seinem Wolkenvogel her schon oft das rote Kopftuch des schönen Mädchens schimmern gesehen und war neugierig, was das zu bedeuten habe. Und da flog er eines Tages über das grosse Feld, wo das Mädchen eben Garben band. Der Vogel warf einen Schatten, und das Mädchen schaute empor, denn es glaubte, es komme ein Gewitter. Da sah es die Wolke über sich und rief: «Du schöne Wolke, neige dich und nimm mich mit.» «Ich bin keine Wolke», rief da eine Stimme, «das ist mein grauer Vogel, und ich bin ein Königssohn, gerne nähme ich dich mit, aber ich kann nicht, ich darf nicht tiefer fliegen, sonst muss ich sterben.» Und nun neigte sich der Königssohn gegen das Mädchen und sah, wie schön es war. Und in den beiden entbrannte gleich eine heftige Liebe, und sie waren in den Tod betrübt, dass sie nicht zusammenkommen konnten.

Es verging eine Zeit, und täglich besuchte der Königssohn das Mädchen, und ihre Sehnsucht wuchs. Zuletzt kam dem Mädchen ein guter Gedanke, und es sprach: «Weisst du was, bring eine lange Strickleiter mit, die lass in die Krone des Kirschbaums auf dem grossen Feld fallen. Dann klettre ich in den Baum, binde die Leiter fest und komme zu dir, und alle Not hat ein Ende.» «Morgen sollst du auf meinem Schloss sein», sagte der Königssohn, «gleich hol ich die Leiter, aber trag Sorge, dass du ja das rote Tuch auf dem Haar hast, damit ich dich erkenne.»

In der Nacht aber kam ein dichter Nebel und bedeckte das Feld, das Mädchen und den Kirschbaum, und da flog der Königssohn tiefer als die Krone. Alsbald verlor der Vogel die beste Flugfeder, stiess einen lauten Schrei aus, flog in Windeseile in das schaurige Gebirge und verschied. Der Königssohn aber sass in den harten Felsen und weinte und beklagte das Mädchen und sich.

Dieses stand und stand und wartete, doch der Königssohn kam und kam nicht. Es fand bloss eine grosse, graue Feder. Die hob es auf, verwahrte sie auf seinem Herzen und sprach: «Die hat der graue Vogel meines liebsten Königssohns verloren, er kann nicht weit sein. Ich will gehen und sie ihm bringen; zuvor aber will ich die alte Muhme der Bäuerin um Rat fragen, die ist ja älter als der Hof und weiss viele wunderbare Geschichten.»

Tief in der Nacht nahm das Mädchen ein Lichtlein und ging zur Muhme, denn die hatte den Schlaf verloren und sass immerfort vor dem Feuer und wärmte die steifen Glieder. Als das Mädchen kam, legte sie den Finger auf den Mund und sprach: «Stör mich nicht, das Feuer singt ein Lied, dem muss ich lauschen.» Das Mädchen blieb stehen, hörte die Flamme knistern und lauschte. Da vernahm es die Worte: «Oben im Gebirge, es ist tausend Meilen hoch und tausend Meilen breit, liegt ein grosser, grauer Vogel tot, und neben ihm sitzt ein Königssohn, der jammert um seine Liebste, denn er wird sie nicht

Beatrice Alltherbach

wiedersehen und muss verhungern. Nur wenn ihm das Mädchen, das er liebt, ein Flügelkleid aus tausend Spinnenfäden bringt, ist er erlöst und kann davonfliegen.» Da sagte das Mädchen: «So will ich gehen, die Spinnenfäden suchen und das Flügelkleid wirken.» Doch die Muhme rief: «Tu es nicht, die Spinnen sind böse, die stechen dich tot, bleib hier.» Aber das Mädchen erwiderte: «Ich will und muss den Königssohn erretten, er leidet meinetwegen.»

So wanderte es davon und besass nicht mehr als das rote Tuch und die graue Feder. Als es bei Morgengrauen in den Wald kam, da lief ein Spinnenfaden über den Weg und glänzte von tausend Perlen. Das Mädchen wickelte den Faden erfreut auf; doch da schoss eine gelbe Spinne auf seine Hand, funkelte böse mit den Augen und bewegte ihre Fresszangen. Da bat das Mädchen mit schönen Worten um den Faden, doch die Spinne sprach: «Ich will dafür dein Blut trinken!» und biss es in die Hand, damit es an dem Gift sterbe. Aber die Hand des Mädchens war gar rauh und hart von der vielen Arbeit, und es geschah ihm nichts.

Es ging weiter und fand auf den Ästen einer Wettertanne ein schönes grosses Netz. Kaum hatte es den guten Fund verwahrt, kam auch schon eine Spinne und wollte Blut. Sie kroch dem Mädchen auf den Kopf und wollte es totbeissen, aber das rote Tuch widerstand dem giftigen Biss.

Da ging das Mädchen weiter und fand auf einer grünen Wiese hundert silberne Netze. Es sammelte sie eifrig, und als es fertig war, kamen die Spinnen und schrien nach seinem Blut. Und die dickste biss es ins Herz, aber die graue Flugfeder, die es dort trug, bewahrte das Mädchen. Da stach die Spinne vor Wut ihre Gefährtinnen tot, denn sie gönnte ihnen nichts, weil sie selber leer ausgegangen war.

Nun wirkte das Mädchen mit geschickten Fingern ein Flügelkleid und ging ins Gebirge, das tausend Meilen hoch und tausend Meilen breit war.

Mutig erklomm es die steilen Wände und überwand alle Schrecken von Wasser, Nebel, Felsschlünden, Eisspalten und schwindelhohen Gipfeln. Und nach zehn Tagen fand es den Königssohn. Er lag ermattet neben dem grauen Vogel und hatte die Augen geschlossen. Das

Mädchen warf das graue Flügelkleid über ihn und sprach: «Nun kannst du wieder fliegen und froh sein.» Der Königssohn erwachte und küsste das Mädchen, aber er freute sich nicht, sondern sprach: «Ach Gott, was beginnen wir, was hilft mir das Gewand, es reicht ja nicht für dich, und ich kann dich nicht verlassen.» Dann aber kam ihm ein Gedanke, und er sprach: «Ich will auf die Erde fliegen und die Flugfeder des Vogels suchen, dann ist er wieder lebendig, und wir können unsre Hochzeit feiern.» Gleich zog das Mädchen die grosse graue Feder hervor und sprach: «Ist es wohl diese? Ich fand sie auf dem Feld, als ich im Nebel auf dich wartete.» Hocherfreut steckte der Königssohn die Feder dem Vogel in die rechte Schwinge. Und alsbald schüttelte der Vogel sein Gefieder, tat die Augen auf, setzte das treue Mädchen auf seinen Rücken und flog hoch empor, und der Königssohn folgte ihm in seinem Flügelkleid.

So kamen sie aufs Schloss. Da tat der König das schwarze Trauerkleid ab, schmückte sich mit dem Purpurmantel und richtete den beiden ein gar prächtiges Hochzeitsfest.

Und der Königssohn und das Mädchen flogen täglich über den Himmel und sahen miteinander die weite Welt.

Der König und die Ziege

Es war einmal ein König, der wohnte in einem Schloss, das glänzte mit seinen weissen Mauern, seinen klaren Fenstern und seinen goldenen Zinnen weit von einem grünen Hügel.

Der König aber war der reichste und mächtigste Herrscher weit und breit. Ja es hiess, in der ganzen Welt gäbe es nicht seinesgleichen. Darüber wurde sein Sinn hochfahrend, er begehrte nach immer grösserer Macht und kostbarem Gut, und darum begann er Land und Leute so zu plagen und schinden, dass bald keiner war, der ihn nicht verfluchte und ihm den Tod wünschte.

Und es war so: warf ein Fischer sein Netz ins Wasser und zog es voll zappelnder Fische heraus, gleich stand ein königlicher Diener da und nahm ihm mehr als die halbe Beute weg; erntete ein Bauer tausend Garben, der König musste sechshundert davon haben; und hatte gar eine arme Frau Tag und Nacht gesponnen und brachte dem Weber das Garn, damit er ein Hemd für ihr Kind daraus mache, der König nahm gewiss soviel davon weg, dass es nur noch für ein Taschentuch reichte.

Eines Tages weidete ein zerlumptes Kind eine Ziege am Strassenbord, denn sein Vater besass keine Wiese und keinen Wald, dass es das Tier Wegen und Zäunen nachführen musste. Die Ziege frass und rupfte drauflos, und das Kind freute sich, wie das Euter anschwoll und einen guten Trunk Milch versprach.

Der König stand zu dieser Zeit eben an seinem grossen Fenster und schaute übers Land. Da gewahrte er das Kind und die Ziege; und es gelüstete ihn auf einmal sehr nach der Milch in ihrem Euter. Alsogleich rief er einen Diener herbei und sprach: «Nimm einen silbernen Krug und geh zu dem Kind, das dort die Ziege weidet. Sobald es das Tier heimtreiben will, sprich: «Bevor du heim darfst, muss ich die Milch der Ziege haben. Das Land gehört dem König. Deine Ziege hat von seinen Kräutern und seinem Gras gefressen, darum ist auch die Milch sein. Widersprich nicht, sonst kommst du in den Turm.»

Der Diener tat einen tiefen Bückling und ging auf die Strasse. Und als das Kind die Ziege heimtreiben wollte, trat er hinter der Hecke hervor und verlangte die Milch. Da weinte und klagte das Kind, doch es half ihm wenig, es musste die Milch in den silbernen

Krug melken, und der Diener gab wohl acht, dass es nicht ein Tröpfchen im Euter liess. Und dann trug er den Krug ins Schloss.

Schon auf der Marmortreppe kam ihm der König entgegen, nahm den Krug, setzte ihn begierig an den Mund und trank und trank, bis ihm der silberne Boden entgegenblinkte, und die Milch dünkte ihn besser als seine grosse Mittagstafel.

Das Kind aber trieb die Ziege weinend nach Hause. Dort wartete der Vater schon ungeduldig, denn alle hatten grossen Hunger. Als er das schlaffe Euter und das weinende Kind sah, fragte er, was da geschehen sei; und als das Kind alles schluchzend erzählt hatte, ballte er die Faust und schalt auf den bösen König. Doch was half das Schelten, im Euter der Ziege stak ja doch nicht ein Tröpfchen Milch mehr. Und da hatten die armen Leute nichts anderes als gekochte Kartoffeln zum Nachtmahl, und die Suppe wollte ihnen gar nicht schmekken, denn die Frau hatte sonst die Kartoffeln in der Ziegenmilch weichgekocht. Da legten sie sich traurig zu Bett.

Am andern Tag weidete das Kind die Ziege wiederum am Strassenbord, denn anderswo durfte es sie ja nicht treiben. Der König, der hinter seinem Fenster auf der Lauer lag, schickte flugs seinen Diener hinunter, und der brachte ihm am Abend den bis an den Rand mit Ziegenmilch gefüllten Krug, und der König trank ihn mit einem Zug leer. Und so musste das arme Kind sein Tier wieder mit einem leeren Euter heimtreiben.

Das währte eine lange Woche so. Den König dünkte nämlich die Ziegenmilch so herrlich, dass er kaum noch den Abend erwarten konnte, wo ihm der Diener den gefüllten Krug brachte.

Am Abend des neunten Tages aber nahm der Vater des Kindes eine Axt, schärfte sie an der steinernen Hausschwelle, bis die Schneide scharf blinkte, und ging dann in den Stall. Und er sagte laut vor sich hin: «Ich will die Ziege töten, der böse König soll mir nicht Tag für Tag meine Milch stehlen. Die Ziege aber will ich braten, dann können wir uns endlich einmal satt essen. Das Fell und die Wolle verkaufe ich und lege mir ein kleines Schwein für das Geld zu, das gibt keine Milch und braucht nicht auf die Weide geführt zu werden, dann kann das Kind etwas anderes arbeiten.» Und er schwang das Beil über dem

Nacken der Ziege: «Halt ein», sprach sie da mit klarer menschlicher Stimme, «halt ein, sonst stösst du dich und mich in die bitterste Not. Leg deine Axt fein beiseite und hör mich an.» Der Mann gehorchte verwundert, und da sagte die Ziege: «Lass dein Kind morgen noch einmal mit mir auf die Strasse gehen, dass ich weiden kann, dann wirst du sehen, was geschieht.» «Das will ich tun», antwortete der Mann, «denn du sprichst wie ein menschliches Wesen, es muss schon etwas Besonderes mit dir los sein, und wenn du mich betrügst, kann ich dich ja immer noch schlachten.» Da meckerte die Ziege, es tönte, als lache ein Mensch aus Herzensgrund.

Als das Kind am andern Tag sein Tier am Strassenbord weiden liess, stand die Königstochter am Fenster, und als der Diener den silbernen Krug ins Schloss trug, da gelüstete es sie so sehr nach der weissen Ziegenmilch, dass sie dem Diener rasch rasch entgegeneilte, den Krug an sich nahm und mit ein paar tiefen Zügen leerte. Und da kam auch schon der König und wollte sehen, wo seine Milch blieb. Kaum erblickte er seine Tochter, schrie er laut, denn auf ihrem Haupt sassen jetzt zwei grosse gekrümmte Ziegenhörner, unter ihrem Kinn hing ein langer schwarzer Ziegenbart und ihr Rücken war über und über von schwarzen Ziegenhaaren bedeckt. Und neben ihr auf dem Boden lag der leere silberne Krug.

Der König wusste genau, warum er so schrie und jammerte; am andern Tag sollte nämlich die Vermählung seiner Tochter mit dem Kaiserssohn stattfinden, dem sie seit sieben Jahren anverlobt war, und der Bräutigam konnte mit seinem Gefolge stündlich auf dem Schloss eintreffen. Und nun fürchtete der König, der Kaiserssohn werde die Braut verstossen und ihm gar den Krieg ansagen, weil sie jetzt so hässlich war und mehr einem Tier als einem Menschen glich.

Die Ziege aber sprach zum Kind: «Treib mich rasch in den Stall und hol deinen Vater!» Und das Kind tat so, brachte die Ziege in den Stall, eilte aufs Feld, wo der Vater gelbe Rüben hackte, und sprach: «Vater, komm rasch heim, die Ziege will dir etwas sagen.» Alsbald ging er in den Stall und fragte: «Ziege, was willst du?» «Hör», sagte da das Tier, «nimm einen grossen braunen Sack und verhülle mich damit so gut, dass kein Mensch merken kann, was unter ihm steckt.

15

Dann geh mit mir aufs Schloss. Und wenn der König kommt und wissen will, was das zu bedeuten hat, sprich nur: ‚Ich weiss wohl, welches Unglück dich betroffen hat, doch ich kann dir helfen. Verbirg deine arme Tochter hinter einem langen Schleier und rüste alles zum Hochzeitsfest, tu, als sei nichts geschehen, und schmücke den Ehrenplatz zur Rechten deines Kindes so herrlich, wie es sich für einen Kaiserssohn geziemt. Und wenn alle Gäste da sind und auf den Kaiserssohn warten, sprich: Nun wird dein Bräutigam kommen, liebes Kind. Und wenn du das gesprochen hast, werde ich mit meinem braunen Tier in den Saal treten, und der Kaiserssohn wird hinter mir herkommen.‘»

Der Mann tat, was ihm die Ziege riet. Er verhüllte sie um und um mit einem grossen braunen Sack und ging aufs Schloss. Der König sah den Bauern kommen und betrachtete den braunen Sack, der sich von selber bewegte, verwundert und fragte, was das zu bedeuten habe. Und da antwortete der Mann getreulich mit den Worten, die ihm die Ziege vorgesagt hatte. Der König kratzte sich verlegen hinter dem Ohr, doch weil er dachte: «Das geht nicht mit rechten Dingen zu, wer weiss, der Mann ist meine Rettung», sagte er: «Nun wohl, tu, was du gesagt hast, doch wenn du mich betrügst, kommst du in den Turm und wirst mit deinem braunen Sacktier lebendigen Leibs verbrannt.»

So wurde die Königstochter verschleiert, so tief, dass kein Mensch die hässlichen Hörner, den langen Bart und das schwarze Fell sehen konnte. Und die grosse Tafel im Kronsaal prangte nur so von Gold und Silber. Am schönsten aber schimmerte der Ehrenplatz neben der Königstochter. Und als der König sagte: «Liebes Kind, nun kommt dein Bräutigam», trat der Mann mit dem braunen Sack, der sich von selber bewegte, durch die blumenbekränzte Türe. Und der Sack setzte sich auf den Ehrenplatz. Und kaum war er dort, warf die Ziege den Sack ab und riss der Königstochter den Schleier weg, dass alle ihre Hörner, ihren Bart und ihren schwarzen behaarten Rücken sahen.

Alsbald erhoben sich die Gäste und schrien: «Der König hat uns betrogen, wir sind Menschen und keine Tiere, was sollen wir an einer Ziegenhochzeit.» Und als der König seinen Knechten rief, sie sollten den Mann und die Ziege ergreifen und in den Turm sperren, erhob sich die Ziege hoch auf ihre Hinterbeine. Ihre Augen glänzten wie grünes Goldfeuer, und sie rief mit fürchterlicher Stimme: «König, wenn du mir dein Kind nicht zum Weibe gibst, wirst du selber eine Ziege, und mit dir werden es deine Gäste und alle deine Untertanen im ganzen Reich, und dein Reich wird eine grosse Ziegenweide sein.» Der König erblasste, aber er wollte nicht nachgeben. Doch die Gäste zogen ihre Schwerter, bedrohten ihn und sprachen: «Deinetwegen wollen wir keine schnöden Tiere sein, gehorche der Ziege, oder wir töten dich.»

Da blieb ihm keine andere Wahl, er musste «Ja» sagen. Kaum hatte er das Wort gesprochen, warf die Ziege das Fell, den Bart, die Hörner, die Klauen und auch den Schwanz ab; und es sass der erwartete Kaiserssohn neben der Königstochter. Er küsste sie auf den Mund, und augenblicklich sah sie wieder schön und lieblich aus, die hässlichen Ziegenhörner, der lange Bart und das schwarze Haar auf dem Rücken verschwanden wie nichts.

«Nun endlich bin ich erlöst», sprach der Kaiserssohn, «vor sieben Jahren, als ich von unserm Verlobungsfest nach Hause ritt, hat mich ein böser Geist in das schändliche Ziegenfell gesteckt und gesprochen: ‚Wenn du deine Braut dennoch erhältst, fällt der Zauber von dir ab, sonst musst du als Ziege leben und sterben und die Hecken und Strassenränder abweiden.‘»

Da herrschte eitel Jubel und Freude. Der Mann aber wurde zum Ritter geschlagen und erhielt eine schöne Grafenburg, und der junge Kaiser vergass es nie, dass er ihm seine Erlösung dankte. Und der Kaiser regierte milde und gerecht, dass die Leute wieder glücklich waren und ihre Arbeit gern verrichteten, denn nun durften sie deren Ertrag bis auf einen kleinen Zins selber geniessen.

Der silberne Wald

Vor langer, langer Zeit ging ein fahrender Musikant von der staubigen Strasse weg in den grünen Wald. Unter seinen Bäumen war es schattig und kühl. Da nahm der Musikant froh und erquickt seine Geige und strich mit dem Bogen über ihre Saiten, und während er so spielte, wanderte er immerfort weiter. So wurde es allmählich dämmrig, die Vögel hörten zu singen auf, und der Wind, der in den Blättern flüsterte, legte sich zur Ruhe. Doch der Musikant merkte nichts davon, er spielte und spielte, und spielte immer schöner und besser. Da wurde es im Wald mit einem Schlag heller als am Tag, die Stämme glänzten silbern und die Blätter klirrten, denn nun waren sie aus eitlem Gold. Jetzt erst hob der Geiger die Augen, denn es blendete ihn, und weil ihm der silberne Wald gar sehr gefiel, spielte er weiter und spielte ein schönes Lied. Alsbald kam eine schneeweiss gekleidete Jungfrau, der fiel das Haar lang und brennend rot auf den Gürtel, und sie sprach mit lieblicher Stimme: «Lieber Geiger, du spielst so schön, dass mir deine Töne verraten, wie gut dein Herz ist. Doch tu nun den Bogen weg und hör mir ein Weilchen zu. Du bist heute in einen Zauberwald geraten. Am Tag ist er so grün wie jeder andere Wald, doch nachts, wenn die Menschen schlafen, muss ich zwischen diesen silbernen Stämmen unter den goldenen Blättern tanzen. Und ich tanze schon hundert Jahre ganz allein, denn es kommt ja nie ein Mensch hierher. Wenn dann die Sterne verbleichen, tut sich die Erde auf und verschlingt mich, dass ich tief in ihrem Bauch gefangen sitze. Wohl gibt es einen Weg, der mir Rettung bringt: es muss ein Mensch innert drei Nächten den silbernen Wald fällen. Aber er darf dabei weder sprechen noch singen, und ich muss die ganze Zeit neben ihm stehen und ihm zuschauen.» Gleich erwiderte der Musikant: «So schwer ist die Aufgabe nicht, ich will den Wald fällen und schweigen wie das Grab, dass du errettet wirst.» Da lächelte die weisse Jungfrau freundlich, gab ihm eine silberne Axt mit messerscharfer Schneide und trug die Geige an den Waldrand. Er aber hieb und hieb, fällte die Stämme, einen um den andern, und sang dabei keinen Ton.

Als die Sterne verblichen, lag ein Drittel des Waldes am Boden. Und mit dem Morgenschein verschwanden die silbernen Bäume und die Jungfrau spurlos, der Wald aber rauschte grün und frisch, als sei ihm nichts geschehen. Hätte der Musikant nicht Blasen und Schwielen an seinen Händen gesehen, und wäre sein Rücken nicht steif und schmerzend gewesen, er hätte alles für einen wunderbaren Traum gehalten. Da legte er sich unter einen Busch ins weiche Moos und schlief den ganzen Tag. Er erwachte, als der Wald silbern wurde und seine goldenen Blätter klirrten. Die weisse Jungfrau mit den feurigen Haaren stand schon neben ihm und reichte ihm die blinkende Axt.

Wieder fällte der Geiger Stamm um Stamm, aber die Arbeit dünkte ihn diesmal hart und mühevoll. Gegen Morgen hätte er die Axt am liebsten fortgeworfen, so stark gelüstete es ihn, einen Bogenstrich über die Saiten zu tun. Doch er blieb standhaft. Und als die Sonne kam, lag schon das zweite Drittel des Waldes am Boden.

Den ganzen Tag über war der Wald wieder grün und rauschte, und die Jungfrau liess sich nirgends sehen. Und der Musikant verschlief seine Müdigkeit im weichen Moos, im Schatten eines Baumes. Als er erwachte, klirrten die goldenen Blätter und die silbernen Stämme funkelten hell, und gleich war die Jungfrau da und reichte ihm die scharfe Axt. Die Geige, die lag am Waldrand, und jedesmal, wenn er den Kopf hob, schaute sie ihn an. Vom vielen Schlagen müde, wollte er ein wenig ruhen und legte die Axt hin, es standen ja nur noch wenige Bäume, und die Sterne leuchteten noch sehr golden vom Himmel. Die Jungfrau sass auf einem der silbernen Stämme, sie spielte mit einem goldenen Blätterzweig und schaute den Musikanten liebevoll an. Da konnte er sein Herz nicht bezwingen; er vergass sein Versprechen, ergriff die Geige und spielte ein süsses Lied. Gleich erhob sich die Jungfrau und tanzte. Und er spielte und spielte und blickte die tanzende Jungfrau unablässig an. Da graute unversehens der Morgen. Die Sterne verschwanden, und es tat einen lauten Knall. Alsbald verschwand der silberne Wald, und mit ihm war die Jungfrau verschwunden.

Da stand der Musikant zu Tode traurig zwischen den grünen Bäumen. Er weinte und klagte: «Ach, wie bin ich falsch und treulos gewesen. Nun muss die arme Jungfrau unter der Erde sitzen und verflucht gewiss mich und ihr Los. Ich gäbe mein Blut, könnte ich sie erretten.»

Vor Schmerzen warf er sich auf den Boden und rief laut nach ihr, doch nur das Echo narrte ihn. Dann übermannte ihn der Schlaf, er lag und schlief, und die Kummertränen trockneten auf seinen Wangen.

Als er erwachte, sah er neben sich einen verfaulten Baumstumpf mit ein wenig Regenwasser. Das wollte er trinken, denn die Zunge klebte ihm am Gaumen. Doch da sass eine grosse, rote Schnecke auf dem Baumstumpf, die streckte ihre schwarzen Hörner lang aus dem Kopf und kroch auf ihn zu. Darüber fasste ihn ein solches Entsetzen, dass er wild aus dem Wald rannte. So kam er auf die Landstrasse und schritt auf ihr dahin.

Bald führte ihn die Strasse in eine grosse, schöne Stadt. Er ging durchs Tor und dachte: «Hier will ich bleiben und den Leuten meine Lieder vorspielen, dann muss ich nicht verhungern.» Aber kein Mensch wollte seinem Geigenspiel horchen, denn es herrschte eine böse Krankheit. In jedem Haus lag ein Mensch im Bett und wartete auf den Tod, es kannte eben niemand ein heilendes Mittel. Nur ein uraltes Männlein wusste eine Arznei, doch die war nicht zu beschaffen, das Männlein hatte nämlich gesagt: «Man muss hundert grosse, rote Schnecken in weissem Wein kochen, bis man nichts mehr von ihnen sieht, und von dem Trank muss man jedem Kranken einen Löffelvoll geben, dann ist alles gut.» Als der Musikant das vernahm, eilte er in den Zauberwald zurück, denn er erinnerte sich gar wohl an die grosse Schnecke mit den schwarzen Hörnern, die ihn so sehr erschreckt hatte. Und wirklich sass das Tier noch rot und gross auf dem Baumstumpf und streckte die Hörner lang und schwarz aus dem Kopf. Als nun der Geiger das Tier fassen und töten wollte, sprach es mit menschlicher Stimme: «Tu das nicht, sonst wirst du noch unglücklicher, als du es schon bist. Ich will dir helfen, denn ich seh' es dir wohl an, dass du in grosser Not steckst, aber zuvor musst du mir deine Geschichte erzählen und darfst mir nichts verschweigen.» Da nahm er die Geige und spielte und sang: von der weissen Jungfrau im silbernen Wald und vom Geiger, der ihr die Treue gebrochen. Während er spielte, kroch die Schnecke dicht zu ihm. Als er endlich die Geige vom Kinn nahm, sagte sie: «Schönen Dank, nun sollst du auch deine gesuchten hundert Schnecken haben.» Und sie zog ihre schwarzen Hörner rasch dreimal in den Kopf und streckte sie wieder heraus.

Gleich kamen hundert dicke, rote Schnecken gekrochen, der Boden glitzerte nur so von ihrem silbernen Schleim.

Der Geiger tat die Tiere hocherfreut in seinen Sack, dankte der Schnecke und wollte in die Stadt zu den kranken Leuten gehen. Da sagte sie: «Lieber Geiger, setz mich auf deine Geige und spiel mir dein schönstes Lied und dann nimm mich mit.» Und er tat so. Als die Schnecke oben sass, sah er, dass ihre Farbe der schönen, roten des Geigenholzes zum Verwechseln ähnlich war. Nun wollte er spielen, doch da raschelte es im Gebüsch, eine alte, bucklige Frau hinkte auf ihn zu und krächzte heiser: «Grüss dich Gott, Musikant. Willst du reichen Lohn haben, so spiel mir ein Lied, aber spiel es fein langsam, damit die roten Schnecken gekrochen kommen. Die will ich alle, alle töten, denn die argen Tiere zerfressen mir meinen schönen grünen Waldgarten. Und wenn du die grosse, rote Schnecke mit den schwarzen Hörnern findest, bring sie mir. Ich will sie dann essen, dann bin ich jung und schön, und du wirst mit Freuden mein Mann sein.» Dazu lachte die Alte so abscheulich, dass der Geselle gleich merkte, dass sie eine giftige Hexe war und die Stadt verderben wollte. Da freute er sich, dass die Schnecken in seinem Sack staken und die grosse, rote sicher auf der Geige sass. Dann begann er zu spielen, rasch, immer rascher und sehr süss und schön, dass die Hexe tanzen musste. Sie winkte und deutete, er solle aufhören, doch er kehrte sich nicht daran. Da musste sie tanzen und immer weiter tanzen, machte wilde Sprünge und schrie, dass es gellte; und unversehens fiel sie um, war stocksteif und mausetot.

Alsbald verwandelte sich die rote Schnecke in die Jungfrau mit dem weissen Kleid und dem feurigen Haar. Sie küsste den Geiger und sprach: «Nun hast du mich doch noch erlöst, wie gut, sonst hätte die böse Hexe mich getötet. Doch komm, wir wollen in die Stadt gehen und den armen Menschen helfen.»

So taten sie auch, und der rote Schneckentrank brachte jedem Genesung, und man feierte ein grosses Fest. Doch als man dem Geiger und der Jungfrau danken wollte, waren sie nicht mehr in der Stadt. Nur der Turmwärter hatte sie gesehen, er sagte: «Ich sah sie heute früh in der Ferne verschwinden, er strich die Geige und sie sang dazu.»

Der Hase mit den goldenen Haaren

An einem klaren Sommertag ritt ein König auf die Jagd. Neben ihm, auf einem kohlschwarzen Ross, sass seine Tochter und hielt die silbernen Zügel in der weissen Hand. Und hinter ihnen kamen viele, viele Jäger und Hunde.

Am Waldrand sprach der König: «Nun mein Kind, binde dein Ross an die Eiche und gehe in den Wald und erlege das Wild, das dir über den Weg läuft, und willst du etwas von mir, blas nur in das elfenbeinerne Hörnchen an deiner Seite.»

Da eilte die Königstochter zwischen die grünen Bäume und jauchzte, denn heute durfte sie zum erstenmal jagen.

Es war aber seltsam, die Königstochter begegnete weit und breit keinem Wild, ja die Vögel in den Bäumen sangen nicht und schienen weit weggeflogen zu sein.

Da blieb die Königstochter stehen und rief mit zornbebender Stimme: «Ei so möchte ich, dass dieser verfluchte Wald in Flammen stünde, dann käme sein Wild gewiss in solcher Menge, dass ich nicht wüsste wie wehren mit den Pfeilen und mit dem Speer.» Da raschelte es, und ein Hase brach aus dem Gebüsch. Er war aber so wunderbar anzusehen, dass die Königstochter Speer und Pfeile vergass. Dem Hasen fielen nämlich lange, seidenweiche Haare vom Rücken und von den Pfoten bis auf den Boden und leuchteten wie das reinste Gold, und an seinen aufgestellten Ohren schwankten zwei silberne Haarbüschel.

Das Tier setzte sich drei Schritte vor der Königstochter ins Laub und starrte sie mit seinen grossen, blanken Augen immerfort an. Darüber begann es ihr zu grausen, denn sie wusste nicht, ob die Augen grün oder schwarz waren, und zuletzt lief sie davon. Der Hase, nicht faul, holte sie in drei Sprüngen ein, und die Königstochter mochte sich drehen und wenden, wie sie wollte, der Hase stellte die silbernen Haarbüschel kerzengerade, raschelte mit dem goldenen Fell im Laub und starrte sie aus den zwei blanken Augen an.

Da war sie müde, setzte sich unter einen Baum und stiess in ihr Hörnchen. Doch sie mochte blasen, bis sie im Gesicht blau war und das Herz ihr beinahe zersprang, niemand zeigte sich und holte sie. Da stand sie und weinte, denn die schwarze Nacht brach herein, und es fror sie jämmerlich. Und wie sie so weinte, sprang ihr der Hase auf die

Knie und kratzte sie mit der linken Pfote an der rechten Wange. Da schrie sie zornig: «Geh weg, du böses Tier, du bist schuld, dass ich in diesem finstern Wald hungern und frieren muss, und bin doch des Königs Tochter, du hast mich in die Irre geleitet.»

Da sprach der Hase mit menschlicher Stimme: «Ei, sei nicht so zornig, ich bin nicht gekommen, dir ein Leid zuzufügen, sondern um dir zu helfen, und wenn du mir folgst, soll dir ein grosses, grosses Glück widerfahren.» Die Königstochter wusste nicht, wie ihr geschah, all ihr Zorn und Leid vergingen wie Schnee an der Sonne, und sie sprach: «Nun, wenn du's wirklich gut mit mir meinst, führ mich aufs Schloss zurück.» «Nichts leichter als das», antwortete er, «setz dich nur auf meinen Rücken und halte dich gut an meinem linken Ohr.» Die Königstochter tat so, und da rannte der Hase wie ein Sausewind durch den Wald, die welken Blätter stoben und raschelten nur so hinter dem seltsamen Reiterpaar einher.

Schon nach einer halben Stunde sah die Königstochter die erleuchtete Zinne des Schlosses und sagte: «Du kannst mich ruhig absteigen lassen, jetzt finde ich den Weg allein. Hab recht schönen Dank, und wenn du etwas willst, sag es mir, meine Diener sollen es dir an den Waldrand bringen.» Da liess der Hase die Königstochter sachte zu Boden gleiten, sah sie aus seinen Augen starr an, und weil sie im Mondlicht wie schwarzgrünes Wasser funkelten, grauste es ihr wieder, und sie wollte davonlaufen. Der Hase jedoch hielt sie mit der goldenen Pfote am Gewand fest und sprach: «Verrate dem König beileibe nichts von mir und bitt ihn schön, dass fürderhin im ganzen Lande kein Hase mehr gejagt wird.» Damit rannte er fort, es war, es schiesse eine Sternschnuppe über den Boden.

Im Schloss wurde die Königstochter mit grossem Jubel empfangen, doch als man sie fragte, sagte sie bloss: «Ich habe mich im Wald verirrt und den Ausweg kaum gefunden.» Das aber glaubte der König nicht, er dachte: «Gewiss ist ihr etwas Besonderes zugestossen, ich will es schon herausbringen.» Darum liess er gleich wieder einen Jagdzug rüsten, und die Tochter sollte ihn begleiten. Zuerst sagte sie: «Nein», dann aber sprach sie: «Ich komme nur mit, wenn man keinen Hasen jagt und fürderhin im ganzen Land keinem nachstellt.» Der König versprach's, doch er sagte zu sich: «Nun hab ich's; meine Tochter hat im Wald mit einem Hasen ein Abenteuer erlebt; ich will dafür sorgen, dass keiner mehr lebendig bleibt.» Und er liess in aller Heimlichkeit hundert flinke Hasenhunde mitführen.

Und kaum waren sie im Wald, liess der König Fallen stellen und die scharfen Hunde laufen. Was half's, dass die Königstochter jammerte und schrie: «Nehmt die Hunde an die Leine, sonst geschieht ein Unglück.»

Am Abend lagen über tausend tote Hasen vor dem König. Aber noch fehlte sein Lieblingshund. Endlich, es dunkelte schon, brach er aus dem Gebüsch und schleppte den Hasen mit den langen goldenen Haaren im Maul mit. Er legte die Beute vor die Füsse der Königstochter und wedelte stolz. Da schrie sie laut, und der Hase richtete sich auf seine Hinterläufe, starrte sie aus den blanken Augen an, wackelte mit den Silberbüscheln und pfiff dreimal gellend. Alsbald brachen zehntausend Hasen aus dem Wald, und jeder Hase hatte einen silbernen Schwanz. Und die Hasen liefen in die Felder und Wiesen und frassen das Gras und das Korn mit Stumpf und Stiel auf und nagten die Rinde der Bäume ab, dass die Blätter dorrten.

«Hättest du mich nicht verraten», sagte der Hase, «dir und mir wäre besser. Ich bin in Wirklichkeit ein Königssohn und hätte in drei Tagen meine wahre Gestalt erlangt, wärst du treu geblieben. Nun aber muss ich mit meinen Gesellen das Land deines Vaters verwüsten.» Sprach's und hüpfte davon.

Die Königstochter weinte und jammerte, doch das half ihr wenig. Und weil der König gar erbost war über das grosse Unglück, sprach er: «Bleib nur fein im Wald und zeig dich nie mehr auf meinem Schloss, du hast Not und Elend über mein Reich gebracht, was nur brauchtest du dich mit dem abscheulichen Hasen einzulassen.» Dann ritt er ins Schloss, liess Fallen übers ganze Land stellen und schickte tausend Jäger aus, aber nicht einer fing einen Hasen.

Die Königstochter aber wanderte durch die Welt. Sie nährte sich kümmerlich von den Kräutern und Blättern, die die Hasen übriggelassen hatten, doch sie schmeckten bitter, denn alle zarten, süssen Läublein hatten die Tiere verzehrt.

Die Königstochter fragte überall nach dem Hasen mit dem goldenen Fell, doch kein Mensch wollte ihn gesehen haben.

Nach einem halben Jahr geriet die Königstochter in eine fürchterliche Einöde und war froh, in der Hütte eines Einsiedlers ein Strohlager zu finden. Weil aber der Einsiedler sehr weise war, wusste er mehr als die andern Menschen, obwohl er schon seit zwanzig Jahren keinen mehr gesehen hatte, und so konnte er der Königstochter sagen, wo sich der Hase mit den goldenen Haaren befand. Er sagte: «Drei Stunden hinter meiner Einöde liegt eine schöne grüne Wiese, die gehört einem Nebelgeist, der hat den Hasen mit den goldenen Haaren gefangen. Der Geist weiss nämlich, dass in ihm ein verwunschener Königssohn steckt. Freilich hilft ihm das wenig, denn der Hase nimmt seine wahre Gestalt erst wieder an, wenn es einem Menschen gelingt, sein zerzaustes Fell glatt und seidenweich zu kämmen. Und es darf dabei kein Härlein ausgehen, und der Hase darf auch nicht den leisesten Schmerz verspüren. Nun weiss der Nebelgeist sich keinen so feinen Kamm zu verschaffen, und der Hase verwirrt sein Fell täglich mehr, dass er immer hässlicher und struppiger wird.» Da fragte die Königstochter: «Wo nur ist der feine Kamm zu finden, ich bitte dich, sag es mir.» «Ei», erwiderte der Einsiedler, «er sitzt in deiner rechten Hand, mehr darf ich nicht verraten. Doch nimm dies scharfe Messer; wenn du in grosser Not bist, wird es dir gute Dienste leisten.» Da steckte sie das Messer zu sich, dankte dem Einsiedler und ging davon, aber aus seinen Worten wurde sie nicht klug.

Nach drei Stunden stand sie am Rand der Einöde, an einer schönen grünen Wiese. Und sie sah darauf einen braunen, kleinen Verschlag und daneben ein grosses, graues Haus. Pochenden Herzens ging sie darauf zu und dachte erfreut: «Das ist das Haus des Nebelgeistes, und im Verschlag steckt der goldene Hase.» Doch ehe sie an den Verschlag konnte, trat ihr der Nebelgeist in den Weg und fragte böse, was sie da zu schaffen habe. «Ach», sagte sie, «ich bin ein armes Waisenkind, erbarmt euch und nehmt mich in euren Dienst, ich will alles pünktlich verrichten.» Der Nebelgeist nickte und schmunzelte, denn er merkte wohl, dass sie eine feine Königstochter war, und er sagte: «Gut, du sollst meine Magd sein. Aber an das braune Gehege da darfst du nicht gehen und den Verschlag nimmermehr auftun; es stekken Blitz, Donner und Hagel darin, die töten dich gleich, wenn du's tust.» Das machte die Königstochter traurig, denn gar gerne hätte sie den Hasen getröstet und freigelassen, aber der Nebel bewachte sie scharf.

Eines Nachts weckte ein lautes Heulen im Kamin die Königstochter, und eine Stimme rief: «Mache mir auf.» Und ehe sie aus dem Bett gesprungen war, tönte die Stimme aus der Kammer nebenan: «Schön Dank, ich habe dich lange nicht gesehen, sag, ist der goldene Hasenprinz immer noch nicht gekämmt.» «Ach nein», hörte die Königstochter den Nebelgeist antworten, «ach nein, weisst denn du kein Mittel, du siehst ja die ganze Welt.» «Ei ja», erwiderte die Stimme, es war die Stimme des Windes, «ei ja weiss ich eines. Du brauchst dazu das Messer eines Einsiedlers und die rechte Hand einer reinen Königstochter. Mit dem Messer musst du ihr die Hand abhauen, dann erhältst du einen feinen Kamm und kannst die goldenen Hasenhaare mühelos glätten.» «Hab tausend Dank», rief der Nebelgeist, «eine Königstochter hab ich bereits, die dient mir als Magd, und einen Einsiedler kenn ich auch, er wohnt drei Stunden von meiner Wiese weg in einer grossmächtigen Einöde. Sei so gut und trag mich hin, dann hab ich morgen den Königssohn in meiner Gewalt und kann sein Land beherrschen.» Der Wind hob den Nebelgeist auf den Rücken, und sie flogen in die Einöde. Aber da war der Einsiedler schon lange tot und seine Hütte leer. So flogen sie weiter; aber sie konnten fliegen, so weit sie mochten, es gab nirgends einen Einsiedler mehr, denn die Menschen lebten ohne Frömmigkeit.

Der Königstochter jedoch schlug das Herz laut und froh. Sobald der Nebelgeist davongefahren war, erhob sie sich und trennte sich die rechte Hand mit dem Messer des Einsiedlers vom Arm; und gleich verwandelte sich die Hand in einen Silberkamm mit Zähnen feiner als die feinsten Sonnenstrahlen. Sie verbiss ihren Schmerz, öffnete den Verschlag leise, leise und fand den Hasen. Er schlief und sah gar erbärmlich aus, so struppig war sein Haar. Und nun kämmte sie ihn und riss nicht ein Härlein aus, und kämmte so sachte und fein, dass der Hase weiterschlief. Und da wurde das Fell weicher als Seide.

Kaum hatte sie den letzten Strich gezogen, tat der Hase die Augen auf, und weil er den Verschlag offen sah, wollte er davonspringen, aber da fiel das Fell von ihm ab, und er stand in seiner wahren Gestalt vor der Königstochter.

Der Königssohn küsste sie und dankte ihr für die wunderbare Errettung. Dann wanderten sie in das Königreich und hielten Hochzeit. Und ein geschickter Goldschmied verfertigte eine silberne Hand, die konnte die junge Königin bewegen wie eine lebendige. Nach dem Fest fuhren sie in einer goldenen Kutsche zum alten König, der hiess sie mit tausend Freuden willkommen, denn er hatte seine Härte schon lange bitter bereut. Der junge König aber pfiff die hunderttausend Hasen mit den Silberschwänzen herbei, und sie verwandelten sich in seine Diener und Untertanen, und wo sie ein Gräslein gefressen und einen Baum abgenagt hatten, sprossten neue Triebe, und das Land trug doppelt Frucht.

Weil aber der Wind und der Nebel nirgends einen Einsiedler fanden, flogen sie schliesslich aufs Meer hinaus und kehrten nicht zurück.

Der spiegelblanke Fussboden

Ein König hatte eine Tochter, die war so schön, wie sonst nichts auf der Welt.

Und weil sie so schön war, mochte der König sie keinem Königssohn gönnen.

Nun aber kamen vieltausend junge Leute aufs Schloss und warben um die Königstochter, und es half nichts, dass der König jeden, der kam, fortjagte, hatte er an einem Abend drei vertrieben, standen am andern Morgen schon wieder neun da.

Da ersann sich der König einen listigen Plan. Er liess den Boden des grossen Thronsaales mit spiegelklaren harten Scheiben bedecken, und die Scheiben waren so glatt, dass jedermann darauf den Halt verlor und ausglitt; es war schlimmer als auf blankem Eis.

Und wenn fortab ein Königssohn an der Pforte stand und um die Hand der Königstochter bat, führte ihn der König an die Schwelle des Saales und sprach: «Wenn es dir gelingt, durch den Saal zu gehen, und wenn du dabei nicht strauchelst und keinen einzigen Fehltritt tust, bis du vor dem Thron stehst, auf dem meine Tochter sitzt, dann wird die Hochzeit gehalten, sonst aber bist du gleich des Todes.»

Da versuchten viele Königssöhne ihr Glück, aber es gelang keinem, jeder glitt aus, strauchelte und fiel schon nach den ersten zwei Schritten hin. Und dann kam der König, lachte höhnisch, und drei Diener mussten den unglücklichen Freier in den Schlangenturm werfen, wo er einen entsetzlichen Gifttod erlitt.

Die Königstochter aber trauerte tief, zog ein schwarzes Gewand an und verfluchte ihre Schönheit, weil sie so schlimmes Unheil stiftete. Doch ihr Weinen half nichts, es erweichte den bösen Sinn ihres Vaters so wenig als die harten blanken Spiegelscheiben. Ja in seinem Übermut sagte der König: «Der niederste Schweinehirt darf es versuchen.» So sicher war er seiner Sache.

Seit der König die Freierprobe ausgerufen hatte, wurde jeder Schuhmacher der Welt ein reicher Mann, denn die Königssöhne bestellten sich Schuhe, mit denen man auf dem klaren Boden des Thronsaals nicht ausgleiten sollte. Sie gaben den Schuhmachern dafür schweres Gold, doch es half nichts; keiner war so kunstfertig und brachte ein rechtes Paar zuweg, soviel Leder, Seide oder Holz er auch zerschnitt.

Nun hauste im äussersten Winkel des Reichs ein armer Mann, der hatte drei Söhne und nie genug Brot, um sie satt zu machen.

Da schickte er sie zu einem Schuster in die Lehre, und der Schuster war froh über die drei Gesellen, denn er hatte alle Hände voll zu tun, seit die Königssöhne über den spiegelblanken Fussboden gehen wollten.

Die beiden älteren Brüder arbeiteten auch fleissig und brachten dem Vater an jedem Samstag ihren klingenden Lohn heim. Der jüngste Sohn aber schnitt das Leder schief und krumm und stach sich mit dem Pechdraht die Finger wund. Er dachte nämlich immerfort an die Königstochter und sagte zu sich: «Ach, wenn ich sie nur einmal sehen dürfte, nur einmal sehen dürfte, ich wäre mein Lebtag zufrieden.»

Eines Tages, als er ein Stück feines rotes Leder jämmerlich zerschnitten hatte, weil er, statt auf die Hände zu sehen, zum Fenster hinausschaute, in der Richtung, wo das Schloss lag, riss dem Meister die Geduld, er nahm einen Stock und prügelte den ungeschickten Gesellen zum Haus hinaus.

Das klagte er dem Vater, der aber sagte: «Du sollst mir erst wieder an die Tür klopfen, wenn du dein Glück gemacht hast.»

Da wanderte der Junge in die Welt hinaus; und wie er so ging, seufzte er tief und sprach: «Ach, wenn ich nur einmal die schöne Königstochter sehen dürfte, ach, wenn ich nur einmal die schöne Königstochter sehen dürfte.» Wie er so seufzte, kam ein altes Weiblein und fragte: «Sag Junge, was seufzest du so schwer, dich drücken doch noch keine Jahre auf den Buckel?» «Ach», erwiderte der Junge, «was soll ich nicht seufzen, ich kann nicht glücklich sein, wenn ich die schöne Königstochter nicht sehen darf.»

Da antwortete das Weiblein: «Du hast da ein Paar gar gute Schuhe an deinen Füssen, gib sie mir, meine sind arg zerrissen und meine Zehen wund.»

Der Junge hatte ein mitleidiges Herz, zog die Schuhe gleich aus und gab sie dem Weiblein. Das schmunzelte und sagte: «Hab feinen Dank, mir ist, ich könnte wieder tanzen wie vor dreissig Jahren.

Doch nun hör wohl auf das, was ich dir jetzt sage, und vergiss es ja nicht. Geh jetzt immer geradeaus, dann kommst du in einem halben Jahr zum Schloss, wo die schöne Königstochter haust. Geh zum König und sprich: ich möchte deine Tochter sehen. Dann wird man dich an die Schwelle des Thronsaals führen. Schau beileibe nicht auf den Boden, sondern schau immer geradeaus, und dein Wunsch wird sich erfüllen.»

Der Junge tat so. Er wanderte ein langes halbes Jahr immer geradeaus und gönnte sich nirgends Ruhe, obwohl ihn die Füsse täglich ärger schmerzten und es ihm bald bei jedem Schritt, den er tat, war, er trete auf glühende Messerklingen.

Als er endlich ans Schlosstor kam, wollte ihn die Wache nicht einlassen, so bestaubt und zerrissen war er. Doch er ging keck an ihnen vorbei zum König und sprach: «Ich möchte deine schöne Tochter sehen.» Da lachte dem bösen König das Herz im Leib, denn es war schon lange kein Freier mehr gekommen, und er dachte: «Was schadet es, wenn ich den zerlumpten Jungen da an die Schwelle des Thronsaals führe, der wagt es gar nicht, den klaren Boden zu betreten, und tut er's doch, stürzt der Tölpel schon beim ersten Schritt, da haben meine Schlangen wieder etwas zu nagen.» Und er geleitete ihn zum Thronsaal.

Kaum stand der Junge auf der Schwelle und erblickte die Königstochter auf ihrem Thron, zog es ihn mit unwiderstehlicher Gewalt zu ihr hin, und er sagte: «Wenn ich den Saum ihres Mantels nicht küssen darf, fall ich auf der Stelle tot um.»

Und so schaute er der Königstochter ins Angesicht, setzte einen Fuss vor den andern und ging sicher wie auf der breiten Landstrasse auf den Thron zu; er strauchelte nicht ein einziges Mal, denn er sah nichts anderes als die Königstochter, und ihm war, sie ziehe ihn an einem goldenen Faden zu sich herüber.

Und er kniete vor ihr nieder und küsste den Saum ihres Mantels. Da hob sie ihn auf, küsste ihn auf den Mund und sprach laut, dass der König und seine Diener es genau hörten: «Du hast die Probe bestanden und sollst noch diesen Abend das Hochzeitsfest mit mir feiern.»

Der König ergrimmte bei diesen Worten schrecklich und rief den

Dienern zu: «Packt den elenden Bettler und werft ihn in den Schlangenturm, dort soll er über die Hochzeit mit meiner Tochter nachdenken und das Fest allein feiern.»

Aber die Diener glitten auf dem glatten Boden alle aus und brachen sich die Beine. Da wollte der König den Jungen selber packen und in den Schlangenturm werfen, aber er machte es nicht besser als die Diener, auch er glitt aus, stürzte und brach sich das Genick.

Da wurde der Junge König und die Königstochter seine schöne Königin, und die Hochzeit dauerte eine Woche und war gar prächtig.

Und als das Fest zu Ende war, setzten sie sich in eine goldene Kutsche, spannten sechs schwarze Pferde davor und sechs weisse dahinter. Sie fuhren in den letzten Winkel des Reichs und machten vor der Hütte halt, in der der alte Vater des jungen Königs hauste. Der Alte erkannte seinen Sohn nicht wieder, neigte sich tief und konnte die grosse Ehre nicht fassen. Erst als ihm der König das rote Mal an der rechten Hand wies, das er mit auf die Welt gebracht hatte, merkte der Vater, wer da vor ihm stand. Da war die Freude gross, und er sagte: «Du hast von allen das beste Glück erworben, mögen deine Brüder auch noch so geschickte Schuster sein, so weit wie du werden sie's in ihrem Leben nie bringen.»

Das schwarze Pferdchen

Es war einmal eine schöne stolze Königstochter, die wohnte hoch auf einem steilen Berg in einem grossen Schloss. Diese Königstochter sass nicht gern im grossen Saal und nähte und plauderte mit den Hofdamen, wie es die alte Königin wünschte, sie stieg lieber auf ein Pferd und ritt und jagte durch Wald und Feld, dann erst war sie von Herzen vergnügt.

Nun aber konnte es die alte Königin je länger je weniger leiden, dass ihr Kind mit fliegenden Haaren zu Pferd sass und sich auch bei Wind und Regen tummelte, denn die Königstochter kannte selbst vor zuckenden Blitzen und rollenden Donnern keine Angst.

So zerschnitt die Alte ihrer Tochter die Reitgewänder und verkaufte die Pferde in aller Heimlichkeit an einen Händler, dass der Stall leer stand.

Die Königstochter weinte bitterlich, als sie's merkte, aber was half's, sie musste fortab in der warmen Halle mit Zofen und Hofdamen zusammensitzen und nähen und spinnen, dass ihre Finger bald bluteten und ihre klaren Augen bald trüb waren. Entfliehen konnte sie nicht, denn die alte Königin hielt die Türen scharf bewacht. Die Alte wurde jeden Tag vergnügter und sagte: «Jetzt wird uns das Glück hold sein und einen Freier bringen, gewiss feiern wir schon übers Jahr dein Hochzeitsfest.» Und wenn dann die arme Königstochter weinte und sprach: «Eher sterb ich, als dass ich eines Mannes Frau werde», stach die Alte sie in die Hand und sprach: «Willst du besser sein als ich, du hochmütiges Ding!»

Eines Abends, als alle in der Halle sassen und spannen, brach ein schweres Gewitter los. Die Mägde und Hofdamen schrien, die Königin sprach ein Gebet, doch die Königstochter schaute ruhig in die flammenden Blitze, und der Donner klang ihr wie eine prächtige Musik. Und als ein Blitz den Himmel zerriss, als sei er ein flammendes Schwert, und der Donner krachte, als stürzten tausend Bäume, sprang die Tür auf, ein uralter Mann trat herein, ging zur Königstochter, neigte sich vor ihr, und indem er ihr drei kleine Wurzeln reichte, sagte er: «Steck die Wurzeln am Fuss des Schlosshügels in den Boden, dann erhältst du einen Stall voll schöner Pferde. Du allein kannst sie sehen, und wenn du ausreitest, bleibst du unsichtbar. Doch reite ja nie den

Schlosshügel empor, sonst verschwindet der Stall mit den Pferden, und dir ergeht es herzlich schlecht.» Dann blitzte es nochmals so flammenhell und donnerte wieder so laut, dass die alte Königin in die Knie fiel und rief: «Es hat eingeschlagen.»

Doch das Schloss brannte nicht, nur der Regen rauschte nieder. Der Alte aber war verschwunden, und nur die Königstochter hatte ihn gesehen.

Weil im Saal eine grosse Verwirrung herrschte, schlich sich die Königstochter hinaus und lief im strömenden Regen den Schlosshügel hinab. An seinem Fuss grub sie die drei Wurzeln ein, und gleich erstand vor ihren staunenden Augen ein grosser Stall; und im Stall wieherten und scharrten hundert Pferde, eines schöner und blanker als das andere. Die Königstochter trat zu jedem Tier, streichelte es und gab ihm gute Worte und Zuckerstücke, und nicht eines biss sie oder stiess mit dem Fuss nach ihr. Dann schwang sie sich auf das schönste schwarze Pferd und jagte bis tief in die Nacht durch Busch und Wald.

Im Schloss merkte kein Mensch etwas von ihrem Tun und Treiben, es konnte ja niemand den Stall und die Pferde sehen.

Und jeden Nachmittag, wenn die alte Königin schlief und die Zofen und Mägde plauderten und Süssigkeiten naschten, ritt die Königstochter nach Herzenslust. Kehrte sie dann spät abends ans Spinnrad zurück, sagte sie: «Ich bin ein wenig draussen gewesen, ich muss sterben, wenn ich nicht den Himmel und die Sonne sehen kann, und das wollt ihr doch nicht, dann würde ja übers Jahr keine Hochzeit gefeiert.» Und da liess man sie in Ruhe.

Eines Abends verspätete sich die Königstochter, denn sie konnte nicht lange genug auf dem Rücken ihres schönsten Rappen sitzen und herumjagen. Da sah sie einen Zug prächtig geschmückter Leute aufs Schloss zureiten. «Gewiss kommt da der Freier», sagte sie zu sich, «aber er hat mich noch nicht, und er soll mich auch nicht bekommen.» Und sie wendete das schwarze Pferd, denn sie wollte aufs Schloss reiten, alle verhöhnen, davonsprengen und nicht mehr zurückkommen.

Als sie den Hügel hinaufzureiten begann, da schnaubte das Pferd wild, schüttelte die Mähne und stand bocksteif. Da nahm sie die Peitsche und schlug es, dass es einen Satz tat und zu laufen anfing. Doch schon nach drei Schritten verschwand das Tier unter der Königstochter. Sie aber wurde in ein kleines, zierliches Pferd verwandelt, hatte vier silberne Hufe und ein schwarzes, seidenweiches Fell. Das Pferdchen lief dem Stall zu, doch auch der war spurlos verschwunden. Und da merkte die Königstochter, dass die Worte des Alten sich erfüllt hatten, und sie bereute ihre rasche Tat.

Weil sie sich in ihrer jetzigen Gestalt schrecklich vor den Menschen fürchtete, denn sie glaubte, gleich zu sterben, wenn sich einer auf ihren Rücken schwinge, lief sie in den Wald und lief so rasch, als seien tausend Hunde hinter ihr her.

So geriet sie ins Jagdrevier eines fremden Königs. Dieser jagte eben im Wald, als die Königstochter müde unter einem Baum lag und schlief. Sie war nämlich schrecklich abgemattet, denn obwohl sie jetzt ein Pferdchen war, hatte sie doch kein grünes Gräslein abgebissen, sondern bloss ein paar Beeren von den Büschen gestreift.

Ein Diener sah das schlafende Tier und hätte es gern gefangen, trug aber kein Sattelzeug bei sich, auch hatte er keine Schnur, um es festzubinden; und zu wecken, wagte er es auch nicht, weil er fürchtete, es laufe dann weg. So blies er ins Horn, um den König herbeizurufen. Da eben erwachte die Königstochter, und als sie den Diener sah, rannte sie wild davon. Dabei kam sie dem König, der eben einem Hirsch nachstellte, in die Fährte. Kaum gewahrte er das schwarze Pferdchen mit den silbernen Hufen, vergass er die Jagd und verfolgte das schöne Tier.

Die Königstochter lief und lief in Todesangst und sank zuletzt schweissbedeckt in die Knie. Da streichelte der König das seidenweiche Fell, trocknete es und sprach dem Pferdchen gut zu. Und weil seine Stimme freundlich klang und sein Antlitz gut und klug war, verlor die Königstochter ihre Angst und schaute ihn aus ihren traurigen Pferdeaugen an.

Da führte der König das Pferdchen mit sich aufs Schloss. Aber als ein Diener es in den Stall bringen wollte, da biss und stiess es ihn, dass er schreiend davonlief und sagte: «Mit dem Tier will ich nichts zu schaffen haben, der Teufel sitzt ja in ihm.» Und weil die Königstochter in keinen Stall gehen wollte, blieb dem König nichts anderes übrig, als das Pferdchen in ein schönes Zimmer zu bringen. Aber es verschmähte die Streu und nahm kein gelbes Haferkorn, sondern stand mit gesenktem Kopf in der Ecke.

Da sagte der König zu sich: «Das ist ein ganz besonderes Tier, das darf nicht wie ein gewöhnliches Ross behandelt werden», ging und brachte ihm feines Brot und weissen Zucker auf einer silbernen Schüssel und kühles Wasser in einer goldenen Schale. Und das Pferdchen ass und trank manierlicher als mancher Mensch. Dann mussten die Diener seidene Decken und weiche Kissen auf den Boden breiten, und so schlief das Pferdchen gerne.

Am andern Morgen führte der König das schwarze Pferdchen in den Hof und wollte es mit einem goldenen Sattel und kostbarem Zaunzeug rüsten; da schrie es kläglich und zeigte ihm seine langen gelben Zähne. «Ei», sagte der König, «du tust ja, als ob du eine Königstochter wärst, die man nicht anrühren darf.» Kaum hatte er die Worte gesprochen, wieherte das Pferdchen hell, hob den Kopf, schüttelte die Mähne, und dabei glühten seine Augen und die silbernen Hufe funkelten.

Da führte der König das Tierchen in seinen Rosengarten und sprach: «Pferdchen, sei zufrieden, ich tu dir kein Leid, und kein Mensch soll dich ungestraft berühren.»

So lebte das Pferdchen neben dem König auf dem Schloss, und gar oft seufzte es und dachte: «Ach hätte ich doch meine wahre Gestalt wieder, dann nähme mich der König zur Frau, aber nun muss ich's gewiss erleben, dass er eine andere Königstochter heimführt, aber das kann und mag ich nicht überstehen, daran sterbe ich.»

Der König aber sass tagaus tagein schlummerlos und dachte an das schwarze Pferdchen und wie er wohl den Zauber von ihm nehmen könne, denn dass es da nicht mit rechten Dingen zuging, brauchte ihm niemand zu sagen.

Da träumte das schwarze Pferdchen dreimal hintereinander ein und denselben Traum, und der Traum zeigte ihm, wie es erlöst werden könnte: es musste anstelle der silbernen Hufe vier rote Lederschuhe mit Seidenfutter tragen.

«Ach könnt' ich reden», seufzte das Pferdchen, «dann wäre alles

gut.» Nun begann es, jedesmal, wenn der König es streichelte, zu
scharren und hob die Hufe und zeigte sie ihm. Da merkte der König,
dass die silbernen Hufe ganz dünn geworden waren und fragte:
«Pferdchen, sag, willst du neue silberne Hufe?» Das Pferdchen schüttelte den Kopf. «Willst du goldene?», fragte er, doch es schüttelte
wieder. Auch diamantene wollte es nicht. Da wusste sich der König
keinen Rat. Doch das Pferdchen trat ihm immer wieder auf den rechten Fuss, es war, als wolle es ihm den Schuh ausziehen. Nun fragte er:
«Pferdchen, willst du etwa ein Paar Schuhe, wie ich sie trage?» Da
sprang es hoch und wieherte freudig. «Gut», sagte der König, «so
sollst du an jeden Fuss einen schönen roten Schuh bekommen.» Und
er ritt in die Welt hinaus und suchte für sein Pferdchen Schuhe. Doch
da war kein Schuhmacher, der zwei Paar rote Schuhe besass, die sich
wie ein Ei dem andern glichen.

Endlich fand der König einen uralten Schuster, der zeigte ihm
zwei Paar rote Lederschuhe mit Seidenfutter, und man konnte den
linken Schuh des einen Paares mit dem des andern austauschen, ohne
dass man es merkte.

Der Schuster sagte mit leiser Stimme: «Diese Schuhe sind für eine
Königstochter bestimmt, trägt sie jemand anders als sie, erhält er
Pferdefüsse. Die Königstochter aber ist verschwunden, man weiss
nicht wohin.» Das dünkte den König merkwürdig, aber er vertraute
dem Schuster die Geschichte von seinem schwarzen Pferdchen. Da
sagte der Schuster: «Geh, schlag dem Pferdchen die Füsse mit den Sil-
berhufen ab und zieh ihm die roten Schuhe an, dann wird alles wieder
gut.»

Der König nahm die Schuhe, gab dem Schuster viel Gold und ritt
heim.

Das Pferdchen wieherte hell, als es ihn sah, und da dachte er:
«Ach Gott, ich kann ihm die Füsse nimmermehr abhauen.» Und darum sagte er, als es ihm die Hufe hinstreckte: «Ich habe nichts gefunden, was für dich passte» und versteckte die roten Schuhe.

Von der Stunde an war das Pferdchen krank, ass und trank und
schlief nicht mehr und vermagerte zu einem Gerippe.

Da erbarmte sich der König, brachte ihm die roten Schuhe und sprach: «Hier sind deine Schuhe, doch bevor du sie anziehen darfst, muss ich dir die Füsse abhauen.» Alsbald streckte ihm das Pferdchen die Hufe entgegen, und seine Augen funkelten hell. Da hieb ihm der König die vier Füsse ab und zog ihm die roten Schuhe an. Kaum sassen sie fest, wich die Verzauberung, das Pferdchen warf das schwarze Fell ab, und eine schöne Königstochter stand vor dem erstaunten König.

Sie dankte ihm mit Tränen für die wunderbare Erlösung. Und da feierten sie ihr Hochzeitsfest, denn sie liebten einander herzlich. Und sie ritten bis zu ihrem Tod alle Tage weit in den Wald und waren glücklich.

Die Töchter des Waldkönigs

Vor Zeiten ging ein Mann durch einen dicken Wald, einen Tag, zwei Tage, drei Tage. Doch er geriet immer tiefer unter die dunklen Bäume und fand den Ausweg nicht mehr. Da setzte er sich sterbensmüde auf einen Baumstamm und seufzte: «Ach du lieber Gott, was beginn ich nur in dem weiten, weiten Wald. Muss ich wohl verhungern, denn von Beeren und Wurzeln kann ich nicht satt werden, oder zerreisst mich ein wildes Tier, denn was hilft mir mein scharfes Messer gegen die Zähne eines Wolfes und die Tatzen eines Bären. Ach, wie wird sich meine arme Frau sorgen und grämen, wenn ich nicht zurückkomme, ach, das ist mein schwerster Kummer.»

Der Mann wusste nicht, dass er am Waldsaum auf eine Irrwurzel getreten war und darum nimmermehr aus dem Wald herausfinden konnte. Die Irrwurzel aber hatte der Waldkönig gelegt, denn der stellte den Menschen nach; und jeden Mann, den er fing, vermählte er mit einer seiner vielen Töchter, die Frauen aber, die er erwischte, gab er seinen Söhnen. Der Waldkönig stammte nämlich aus einem Geschlecht, das nur von lebendigen Menschen Kinder bekommen konnte, sonst musste es aussterben.

Und wie der Mann so seufzte, kam auch schon der Waldkönig. Er trug ein prächtiges Gewand aus silbernen Nebelfäden und goldenen Blättern, es schimmerten rote und schwarze Beeren daran, köstlicher als Rubine und Smaragde. Auf seinem braunen Haar aber trug er eine Krone aus unvergänglichem Efeulaub, und er war so schön und jung von Gestalt und Angesicht, dass es niemand erraten hätte, dass er schon mehr als tausend Jahre alt war und siebenhundert Söhne und Töchter besass.

Der Waldkönig sprach mit sanfter Stimme: «Was tust du so allein in dem grossmächtigen Wald?» Da erwiderte der Mann: «Ach, ich suche schon drei Tage den Ausweg. Kannst du mir ihn zeigen? Sonst muss ich verhungern und meine Frau muss weinen. Sieh, das macht mich so traurig.» Da ergriff der Waldkönig seine Hand, alsbald rann ein eisiger Schauer in sein Gebein, und seine Sinne schwanden.

Als der Mann wieder zu sich kam, erschrak er fürchterlich, denn er stand vor einem riesengrossen Haufen modernder Totenbeine und weisser Schädel. «Du brauchst dich nicht zu fürchten», sagte der

Waldkönig, «schau nur auf die andere Seite.» Da kam eine lange, lange Reihe wunderschöner Jungfrauen gegangen, die trugen rote Blätterkleider, und über ihre dunklen Haare flossen Schleier aus blitzenden Tauperlen. «Das sind meine Töchter», sagte der Waldkönig, «erwähl dir eine, dann schenke ich euch einen Teil des Waldes, und ihr könnt darin schalten und walten, wie es euch gefällt, und der allerschönste Baum soll euer Lustschloss sein. Verschmähst du aber meine Kinder, dann dauert es nicht lange und deine Gebeine modern auf dem Totenhügel. Das wisse, ich bin der Waldkönig und habe Macht über alles, was im Walde ist.» Mit diesen Worten verliess er das Gemach. Und da kamen die Töchter, eine nach der andern, zu dem Manne heran. Jede ergriff seine Hand und versuchte ihn zu betören. Eine versprach ihm alle Schätze unter den Waldwurzeln, eine andere wollte im Mondschein mit ihm tanzen, eine dritte sagte gar, sie wolle ihn zur Quelle führen, wo die Sippe des Waldkönigs heimlich badete, weil ihr Wasser Jugend und Schönheit verlieh.

Aber der Mann wollte lieber sterben, als seine Frau verraten; da mussten die Töchter des Waldkönigs unverrichteter Dinge abziehen.

Das letzte Kind des Waldkönigs aber, das gar nicht schön war und den Schwestern den Schleier tragen musste, hatte Mitleid mit dem Mann und liebte ihn, darum sagte es: «Ach, nimm mich zur Frau, sonst musst du sterben und ich muss bitter weinen.» Doch er antwortete: «Ich kann und mag meiner Frau nicht untreu werden.» Da flehte die Tochter des Waldkönigs: «Schenk mir nur eine Nacht, dann geleite ich dich sicher heim.» Der Mann schüttelte unwillig den Kopf und rief: «Nimmermehr, ob ich eine oder tausend Nächte bei dir liege, die Treue wäre dennoch gebrochen; und diesen Ring könnte ich nicht mehr in Ehren tragen», damit wies er dem Mädchen seinen Ehering. Sie trat dicht an ihn, besah sich den Ring und sprach: «Welche Bewandtnis hat es mit ihm, der ist doch nichts wert, er ist ja gar nicht schön, sieh, wieviel köstliche ich trage.» «Ich kenne keinen besseren», erwiderte der Mann, «meine Frau hat ihn mir am Hochzeitstag angesteckt.» Da riss sie ihm den Ring vom Finger und rief: «Nun, wenn der Ring ein solches Kleinod ist, soll er seine Kraft an mir bewähren und mir ein Pfand sein, dass du Hochzeit mit mir hältst.» Mit diesen

Worten liess sie den Mann allein zwischen modernden Gerippen und grinsenden Schädeln, und er konnte sich nicht rühren, er war festgebannt.

Über kurzem trat der Waldkönig wieder herein und führte sein jüngstes Kind bräutlich geschmückt an der Hand; und die Schwestern mussten ihr mit saurem Lächeln den wallenden Schleier tragen. Der Waldkönig sprach: «So komm, es steht alles zum Fest bereit, wir wollen nicht länger säumen.» Und er zog den Mann mit Gewalt in einen hellen Saal, wo alles zum Hochzeitsfest gerüstet war. Da wurden der Mann und das Mädchen zusammengegeben, und er konnte nichts dagegen reden, weil der Treuring seiner Frau an der Hand der Waldkönigstochter stak. Aber eines vermochte der Mann: er rührte die falsche Braut nicht an und legte Nacht für Nacht sein scharfes Schwert zwischen sie und sich, mochte sie noch so sanft und hold mit ihm tun. Und da sagte sie in den Tod betrübt: «Ach, was musst du mich immer kränken. Sei doch nur einmal gut zu mir, dann geb ich dir den Ring zurück. Aber solang das Schwert zwischen uns liegt und ich kein Kind von dir empfangen habe, lass ich dich nicht fort.»

Die Frau aber wartete und wartete auf ihren Mann und litt grosse Herzenspein um ihn. Zuletzt hielt sie es nicht mehr aus und ging zum Wald, wo sie Abschied von ihm genommen hatte.

Auf einer grossen Tanne am Waldrand sass ein rotes Eichhörnchen. Die Frau hielt ihm ein Stückchen Brot hin, da sprang es herbei, nahm das Brot und biss daran herum. Da fragte sie: «Sag, weisst du nichts von meinem Mann? Er ist vor vier Tagen hier in den Wald gegangen, er wollte in die Stadt und mir ein rotes Gewand und ein weisses Spitzentuch kaufen und ist nicht zurückgekommen.» «Freilich kenn ich ihn», sagte das Tier, «ich habe euch wohl gesehen, als ihr euch zum Abschied küsstet. Dein Mann ist gewiss in die Gewalt des Waldkönigs geraten, der legt hier Irrwurzeln; und wer auf eine tritt, den nimmt er mit und vermählt ihn mit einem seiner Kinder, damit sein Geschlecht nicht ausstirbt. Doch höre nun, es kann noch alles gut werden. Heute abend kommt der Waldkönig hierher und steckt Irrwurzeln in den Boden. Verbirg dich hinter der Tanne und gib acht, wo er die Wurzeln hintut. Sobald er fort ist, zieh sie heraus und verwahr sie wohl. Dann geh dem Waldkönig in sein Schloss nach, du findest es leicht, er zieht eine dunkle Tauspur durchs Laub. Tritt kecklich ein, es kann dir niemand etwas anhaben, weil du die Wurzeln hast. Verdinge dich dann bei den Töchtern des Waldkönigs als Magd, und du wirst etwas von deinem Mann erfahren.» Da dankte die Frau dem Eichhörnchen und verbarg sich hinter der Tanne.

Als die Nacht anbrach, kam der Waldkönig und steckte Irrwurzeln. Die Frau zog sie aus dem Boden und folgte der dunklen Tauspur seiner Füsse durch Laub und Moos. So kam sie nach fünf Stunden in den Palast des Waldkönigs. Aber niemand konnte ihr etwas anhaben, weil sie die Wurzeln bei sich trug.

Die Frau bot den Töchtern des Waldkönigs ihre Dienste an; und weil sie ein feines Wesen hatte, nahmen sie sie zur Kammerzofe. Da musste sie tagtäglich Wasser aus der Quelle holen, die Jugend und Schönheit verlieh, und die Töchter baden. Die Frau freilich sah hässlich aus, denn der Kummer hatte Falten in ihr Gesicht gegraben, die Augen waren von den vielen Tränen rot und die Haare über Nacht gebleicht. Und der böse Sinn der Waldkönigstöchter freute sich daran. Nun sannen sie einen üblen Plan aus: sie wollten der jüngsten Schwester den Treuring des Mannes fortnehmen und ihn so in ihre Gewalt bekommen; und jede erhoffte, sie werde ihn dann betören. So sagten sie zu der Frau: «Geh ins Lustschloss, wo unsre jüngste Schwester wohnt, und zieh ihr den schlichten goldenen Ring vom vierten Finger der rechten Hand und bring ihn uns, aber ja keinen andern, sonst erwürgen wir dich.» Die Frau erriet etwas Ungerades, ging aber und liess sich nichts anmerken.

Nun brauchte die jüngste Waldkönigstochter eben eine Magd, denn sie konnte die rechte Hand nicht mehr rühren, weil der vierte Finger schwarz und dick geworden war, und das hatte der goldene Ring getan.

Die Frau erkannte mit blutendem Herzen den Treuring, den sie ihrem Mann am Hochzeitstage angesteckt hatte, und glaubte, er habe sie verraten. Da aber sagte die Waldkönigstochter: «Höre, du musst mir einen Dienst tun. Komm nachts in die Kammer und nimm das Schwert weg, das zwischen mir und meinem Mann liegt, und wirf es auf den Totenhügel.» Da zog eine süsse Freude ins Herz der Frau, denn nun wusste sie, dass ihr Mann die Treue hielt; ja sie schämte sich, dass sie an ihm gezweifelt hatte.

Als sie in der Kammer stand, sah sie das Schwert blinken und hörte, wie der Mann ihren Namen im Schlaf sprach. Sachte streifte sie der falschen Frau den Ring von der Hand und tat ihn dem Mann an die Rechte. Gleich erwachte er; und sie küssten sich und eilten, so rasch die Füsse sie trugen, durch den Wald.

Aber die Waldkönigstochter schrie gellend; und ihr Vater kam wutschnaubend hinter den Flüchtigen her. Schon war er ihnen auf den Fersen, da kam der Frau ein rettender Gedanke: sie steckte die Irrwurzeln hinter sich. Da musste der Waldkönig umkehren, denn über die Wurzeln hinaus durfte er nicht gehen. Und da starb er und seine ganze Sippe.

Der Mann und die Frau aber gingen glücklich in ihr Haus und lebten bis an ihren Tod in Liebe und Frieden.

Der Sturmgeist

Es war einmal ein alter Mann, der hauste hoch oben in den Bergen. Und weil er grösser war, als es sonst die Menschen sind, und sein langer langer Bart wie Silber schimmerte, und weil er auch gar wild aus seinen Augen sah, hielt man ihn für einen starken Riesen. Aber der Mann war etwas viel Schlimmeres, er war ein Zauberer. Er besass eine grosse Macht über den Wind. Wenn er über seinen Bart strich, erhob sich ein sanftes, erquickendes Lüftchen; wühlte der Mann aber in den langen Silberhaaren, dann brach ein Sturm los, der die Äste von den Bäumen fegte und die Dächer von den Häusern riss. Und wenn das Unwetter so recht tobte, dann lachte der Mann, stieg auf einen hohen Berg, wühlte weiter in seinem Bart und sah zu, wie die Felsen zu Tal rutschten, Gras und Erde mit sich rissen und die höchsten Tannen unter sich begruben.

Eines Tages sass der alte Sturmgeist auf einem grauen Stein und spielte mit seinem Bartende, darum wehte ein feines Lüftlein. Da kam ein Mädchen über die Alpweide, das hatte ein Körbchen am Arm, denn es wollte in einer Sennhütte süsse Butter holen. Als der Alte das Mädchen sah, gefiel es ihm so sehr, dass er zu sich sprach: «Ich will es fangen, dann muss es ein Windgeist sein, immer bei mir bleiben und mir Dienste leisten.» Er begann nun jämmerlich zu husten und zu stöhnen. Das Mädchen hatte ein mitleidiges Herz, ging zu ihm und fragte: «Armer Mann, sag, was fehlt dir, ich will dir gerne helfen.» Da krächzte er: «O, o, o, ich bin krank und hungrig.» Gleich nahm das Mädchen ein Stücklein Brot aus dem Körbchen, gab es ihm und sprach: «Nimm es, ich habe leider nicht mehr bei mir.» Der alte Mann verzehrte das Brot vergnügt, wischte die Brosamen aus dem Bart und sprach: «Zum Dank für deine milde Gabe sollst du nun etwas bekommen, das dich dein Lebenlang freut und das du nie verlieren kannst.» Und er riss das längste silberne Haar aus seinem Bart und wand es um das rechte Handgelenk des Mädchens. Die Enden aber verknüpfte er so fein, dass kein Auge die Knoten entdecken konnte. Und da sass das Haar am Arm des Mädchens und war ein feines silbernes Armband.

Das Mädchen bedankte sich schön, ging zur Sennhütte, holte dort die Butter und wanderte heim. Der Sturmgeist aber dachte: «Nun ist das Mädchen mein und mit einer starken Fessel an mich gebunden, ich brauche nur über den Bart zu streichen, dann kommt es wie gerufen.»

Nach drei Tagen sehnte sich der Alte sehr nach dem Mädchen, wollte die Probe machen und strich sich erwartungsvoll den Bart. Doch vergebens, das Mädchen kam nicht. Es kam auch nicht, als er wild im Bart wühlte und an seinen Enden zerrte, ja auch als er jedes einzelne Haar zwischen den Fingern herumdrehte, blieb die Wirkung aus. Da merkte der Mann, dass da eine stärkere Macht als die seine das Mädchen von ihm fernhielt. In seinem namenlosen Zorn schickte er ein solches Unwetter über die Welt, dass die Menschen erbebten und glaubten, der jüngste Tag sei angebrochen. Und dann machte der Sturmgeist sich auf und zog als Bettler verkleidet durch die Welt und suchte das Mädchen.

Nach einem halben Jahr kam er zu einem hübschen neuen Haus. Vor dem Haus sassen zwei junge Leute, ein Mann und eine Frau, und sahen sich das Abendrot an. Als der Bettler herankam, erhob sich die Frau, ging ins Haus und kam bald darauf mit einem Teller Suppe und einem Stück Brot zurück und gab es ihm. Der Sturmgeist aber erkannte in der Frau das gesuchte Mädchen, denn an ihrem rechten Arm schimmerte der silberne Armreif.

Kaum war er mit der Suppe fertig, richtete er sich hoch empor und stand in seiner vollen Grösse mit dem mächtigen Silberbart vor den beiden. Er strich sich über den Bart, gleich schrie die Frau, denn der Silberreif schnitt ihr tief in den Arm, aber wegstreifen konnte sie das Ding nicht, es sass zu fest. Der Sturmgeist lachte laut und sagte: «So hab ich dich doch noch erwischt, obwohl du glaubtest, du könntest mir entweichen. Komm nur schön mit.»

Die Frau aber ergriff die Hand ihres Mannes und erwiderte: «Geh weg, du böser Geist, ich gehöre meinem lieben Mann, und keine Gewalt der Welt kann mich von ihm trennen.» Zu diesen Worten lachte der Geist höhnisch und sprach: «Nun wohl, aber es hilft dir nichts, sieh, du bist an mich gebunden, denn um dein Handgelenk läuft eines meiner Silberhaare. Wenn ich in meinem Bart wühle, bewegt es sich, denn es will zu mir. Kannst du nun den Reif innert Jahresfrist abstreifen, so bist du frei. Sonst aber komm ich und hole dich zu mir in die Berge, da musst du mir dann blasen helfen und Leid und Not über die Menschen bringen, und zuerst musst du das Haus deines Mannes entzweiblasen, dass er unter den fallenden Mauern stirbt. Tust du es nicht, so begrabe ich euch beide unter eurem Dach.» Da legte der Mann seinen Arm um die Frau, ging mit ihr ins Haus und machte die Tür dem Geist vor der Nase zu. Da fluchte er und fuhr davon.

Aber der böse Geist spielte fortan täglich mit seinem Bart, dass das silberne Haar der Frau immer tiefer ins Fleisch drang und sie grosse Schmerzen leiden musste. Und was sie auch versuchten, ob sie zerrten oder feilten, der Silberdraht sass nur immer fester und wurde rot und röter von dem vielen Blut.

Die Zeit verging, und die Angst der Frau wuchs und wuchs. Sie zitterte für das Leben ihres Mannes, aber sie sagte standhaft: «Lieber mit ihm sterben, als ein böser Windgeist sein und von den Menschen verflucht werden.»

Eines Tages, als der Mann im Dorf war, nahm sie eine Axt und hieb sich die Hand hinter dem Gelenk ab, dass sie mit dem Silberreif zu Boden fiel. Als der Mann heimkam, erschrak er sehr, denn die Frau lag totenblass neben der abgehauenen Hand und blutete. Er trug sie aufs Bett, verband und pflegte sie, denn er wusste wohl, dass sie die Hand ihm zuliebe abgehauen hatte, wenn sie auch sagte: «Ach, ich hatte beim Holzhacken ein Missgeschick. Aber wer weiss, vielleicht ist es unser Glück und wir entrinnen so dem bösen Geist.» Die Wunde heilte und heilte nicht, sie wurde schwarz und eiterte, und die Frau litt grosse Qualen.

Da träumte der Mann dreimal hintereinander den gleichen Traum, und er nahm es als ein gutes Zeichen. Er füllte darum, wie er es im Schlaf getan hatte, einen irdenen Topf mit der besten weissen Milch, trug den Topf in den Wald und stellte ihn vor den allergrünsten Strauch. Dann pochte er dreimal leise auf das äusserste Blatt an der Spitze. Alsbald tat sich der Strauch auseinander und eine weisse Frau kam heraus, das war die mächtige Waldfee. Sie hob den Topf auf, trank die Milch, bis sie den Grund sah, und fragte dann den Mann: «Sprich, was führt dich zu mir?» Und er erzählte ihr seinen schweren Kummer. Die Waldfee fuhr sich dreimal über ihr grünes Blätter-kopftuch und sagte: «Komm morgen zur gleichen Stunde wieder und bring den gefüllten Milchtopf, nimm aber auch einen grossen hohlen Kürbis und vier weisse junge Katzen mit.» Der Mann tat genau so und brachte pünktlich das Verlangte zum allergrünsten Strauch. Und die weisse Frau trank die Milch, bis sie den Grund des Topfes sah, stieg in den Kürbis und spannte die weissen Katzen vor. Alsbald verwandelte sich der Kürbis in eine goldene Kutsche, und die Katzen scharrten als vier muntere Schimmel davor. Der Mann musste neben die weisse Waldfee sitzen, und sie fuhren wie der Blitz zu der kranken Frau. Die Waldfee besah sich die schwarze Wunde und tat einen Spruch darüber, da schmerzte es die Frau nicht mehr. Dann musste der Mann einen grossen Blumentopf und die abgehackte Hand bringen. Die Waldfee legte die Hand in den Topf, tat frische Erde darauf und fuhr dann in der goldenen Kutsche wie der Wind in den Wald.

Nach drei Tagen sprosste ein grüner Trieb aus dem Topf. Er schoss auf und entfaltete über Nacht eine rote Blume mit fünf silberstrahlenden Blättern. Der Frau gefiel die Blume so sehr, dass sie beide Arme danach ausstreckte, und darum trug der Mann den Topf an ihr Bett. Kaum berührte die Frau die Blume, verschwand diese, doch der Frau wuchs die abgehauene Rechte neu und schön. Der Topf war nun leer, aber auf seinem Boden blinkten zwei goldene Fingerringe, die steckten sich der Mann und die Frau an die Hand. Und sie waren froh und glücklich wie noch nie, denn sie merkten, dass die mächtige Waldfee den bösen Zauber des Sturmgeistes gebrochen und den Armreif in die Ringe verwandelt hatte.

Der Sturmgeist schickte alsbald voll Zorn ein Unwetter auf das Haus. Aber die Waldfee hatte wohl acht gegeben; sie fuhr dem Geist in ihrer goldenen Kutsche entgegen und fing das Unwetter in ihrem grossen Schleier wie eine kleine Fliege.

Da riss sich der Sturmgeist vor Wut und Scham so heftig am Bart, dass er ihm als armseliges Büschel Haare in der Hand blieb. Fluchend streute er die Haare in die Luft und verschwand in den Felsen, denn mit dem Sturmmachen war es nun ganz aus.

Der Mann und die Frau aber stellten der weissen Waldfee zum Dank alle Tage einen Topf mit der besten Milch vor den grünen Strauch, und das Glück verliess sie nicht mehr, bis sie starben.

Die zehn Zuckerstücke

Mitten in einer grossen Stadt sass ein Mann in einem kleinen Kramladen und verkaufte den Leuten, was sie brauchten: Zucker und Kaffee, Mehl und Salz, Essig und Öl, Besen, um die Böden zu kehren, bunte Schnüre für die Zöpfe der grossen und kleinen Mädchen, auch Wichse und Fett hatte er und Kerzen, um die dunklen Stuben hell zu machen. Kurz, man konnte bei ihm haben, was man wollte, er holte alles aus seinen Säcken und Schiebladen.

Nun geschah es, dass eines schönen Tages eine Frau in den Kramladen trat. Sie hatte ein schlichtes graues Gewand an, und ihr Haar war braun und in der Mitte von einem schnurgeraden Scheitel geteilt. Die Frau wollte zehn Stücke schneeweissen Zucker. Der Krämer brachte das Gewünschte, doch als er den Zucker in ein blaues Stück Papier wickeln wollte, nahm die Frau die Stücke, steckte sie in ihre weite Rocktasche, legte ein Geldstück hin und ging. Am andern Tag kam sie wieder, genau um dieselbe Zeit, verlangte zehn weisse Zuckerstücke, tat sie in die Rocktasche, legte das Geld hin und ging. Dasselbe geschah am dritten, am vierten und am fünften Tag und ging so weiter. Der Krämer verwunderte sich sehr, dass die Frau immer nur zehn Stücke mit sich nahm und er den Zucker nie in blaues Papier einwikkeln durfte. Doch wenn er fragen wollte, brachte er kein Wort über die Lippen; er fürchtete sich nämlich vor der Frau. Sie sah gar streng aus ihren dunklen Augen, und der weisse Scheitel lag wie eine blanke Schnur zwischen den braunen Haaren.

Endlich konnte er seine Neugierde doch nicht mehr bezwingen; ihm war, er müsse sonst sterben, und so sprach er: «Gute Frau, was macht Ihr Euch doch für eine grosse Mühe und kommt täglich zu mir um zehn Stücke weissen Zucker, sagt, wo Ihr daheim seid, dann fülle ich einen braunen Sack mit tausend weissen Zuckerstücken, und Ihr habt Euch für hundert Tage die Mühe erspart.» Da seufzte die Frau tief, steckte rasch ihre zehn Zuckerstücke in die Tasche, legte das Geld hin und ging davon. Und dem Krämer war, er habe in ihrem Haar ein graues schimmern sehen. «Ach», dachte er, «was nur brauchte ich die Frau zu fragen, nun ist sie gewiss böse und geht zu meinem Nachbarn; und ich verliere viel Geld.»

Am andern Tag jedoch kam die graue Frau wieder, kaufte zehn

Zuckerstücke, tat sie in die Tasche, und dem Krämer fiel ein Stein vom Herzen.

So ging es wieder eine lange Zeit: die Frau holte ihre zehn Zuckerstücke, und der Krämer schwieg fein still. Aber da fuhr ihm die Neugierde doch wieder in den Leib und rumorte darin so sehr, dass er zu sterben meinte, und so sagte er eines Morgens zur Frau: «Ei sagt mir doch, was tragt Ihr täglich zehn Zuckerstücke nach Hause, ich will Euch gerne tausend in einen Sack packen und Euch nachtragen, dass Ihr Zeit und Mühe erspart.» Da seufzte die Frau tief, tat ihre zehn Zuckerstücke in die Tasche und ging fort, und der Krämer hatte wohl gesehen, wie sie blass war und dass in ihren braunen Haaren viele, viele weisse glänzten. «Ach», seufzte er, «nun ist sie böse und geht zum Nachbarn, was nur konnte ich nicht schweigen, ich bin hart gestraft, denn sie hat mir schon viel Geld eingebracht.»

Am andern Morgen jedoch trat die Frau wieder vor den Ladentisch und wollte zehn weisse Zuckerstücke. Da hüpfte dem Krämer das Herz im Leib, und er gelobte sich, eher die Zunge abzubeissen, als die Frau nochmals zu fragen. Auch sah er gar wohl, dass sie über der rechten und der linken Schläfe einen weissen Streif im Haar hatte, und wusste nur zu gut, woher das rührte.

Nach drei Jahren aber sass die Neugierde so schwer in des Krämers Brust, dass er glaubte, sie drücke ihm den Leib entzwei, wenn er nicht endlich einmal wisse, warum die graue Frau täglich zehn Zuckerstücke bei ihm einkaufte, die er nicht in blaues Papier wickeln durfte, wie es sich doch gehörte. Und so sagte er zu ihr: «Gute Frau, was müht Ihr Euch so und kommt alle Tage um zehn weisse Zuckerstücke zu mir. Befehlt, und ich fülle Euch zehn Säcke mit Zuckerstükken und trage sie Euch nach Hause.» Da tat die Frau schweigend die zehn Zuckerstücke in ihre Tasche, bezahlte und ging aus dem Kramladen. Der Krämer aber hatte wohl gesehen, dass ihr dicker Haarknoten nun so weiss wie ihr Gesicht war, und voll Reue rannte er der Frau nach und wollte sie um Verzeihung bitten.

Doch als er sie endlich eingeholt hatte, wagte er es nicht, sich vor ihrem Antlitz zu zeigen. So schlich er wie ein Dieb hinter ihr her.

Die Frau ging und ging durch alle Gassen und Strassen der Stadt, und zuletzt ging sie zum Tor hinaus auf eine schöne grüne Wiese.

Auf der Wiese stand ein Schloss aus den reinsten, weissen Marmorsteinen. Der Krämer besah es sich verwundert, denn er konnte sich nicht besinnen, dass je auf der Wiese eines gestanden hatte. Das Schloss war aber noch nicht ganz fertig, die oberste Turmspitze fehlte.

Die Frau betrat die breite Treppe und stieg zum Turm empor. Sie nahm die zehn Zuckerstücke aus der Tasche und legte eins ums andere auf die Mauer, und die Zuckerstücke verwandelten sich in breite schimmernde Marmorquadern, und der Turm rückte ein bisschen in die Höhe.

«Zehn Tage, noch zehn Tage», sagte die Frau und begann zu weinen, «in zehn Tagen wäre das Ganze fertig geworden, aber nun fehlen hundert Stücke, und ich darf sie nicht holen. Und alle Not und alle Mühe von sieben Jahren ist vergeblich gewesen.»

Das alles hörte der Krämer, und jedes Wort fuhr ihm wie ein Dolch in die Brust, denn er wusste genau, dass er an dem Übel schuld war. Doch er wagte nicht, sich der Frau zu zeigen, sie um Vergebung zu bitten und ihr seine Hilfe anzutragen. Als er sie wieder klagen hörte: «Noch hundert Stücke, noch zehn Tage» und «In sieben Jahren voll Not und Mühe hätte ich alles zu einem guten Ende geführt!», da eilte er, so rasch ihn die Füsse trugen, in die Stadt zurück, in seinen Kramladen und wollte hundert Zuckerstücke holen.

Doch als er in den Laden trat, da waren die Ratten über alles gekommen, wimmelten durcheinander und frassen und nagten. Der Krämer liess sie nagen und fressen, er dachte nur an die graue Frau und leerte jeden Sack, und ruhte und rastete nicht, bis er hundert weisse Zuckerstücke beisammen hatte. Nun lief er wie der Wind aus der Stadt zum weissen Schloss und stieg die schimmernden Stufen empor. Zuoberst lag die graue Frau und schlief. Weil sie nicht erwachte, nahm er die Stücke und wollte den Turm fertigbauen. Doch nicht ein Zuckerstück verwandelte sich, und keines blieb liegen, sie fielen alle in die Tiefe auf die grüne Wiese, ob er auch die Marmortreppe hundertmal hinauf- und hinabeilte und die Stücke immer wieder sorgsam aufschichtete.

Zuletzt war er so zornig, dass er wild auf den Boden stampfte. Da erwachte die Frau, schrie laut, und das Schloss stürzte ein. Es blieb davon nichts übrig als ein riesengrosser Haufen weisse Zuckerstücke.

«Ach», sagte die Frau, «hättest du geschwiegen, so wäre das Schloss fertig und du König darin. Nun aber musst du dein Lebtag ein Krämer bleiben. Sieh, ich könnte dich jetzt töten, aber weil du kein böses Herz hast, schenke ich dir das Leben. Geh und hole jetzt zehn grosse Säcke und tu den Zucker da hinein, du musst doch etwas zum Verkaufen haben.» Der Krämer gehorchte wie blind. Er füllte die Säcke und trug sie in seinen Kramladen. Dort verscheuchte er die Ratten, die immer noch nagten und nicht einen Schnürsenkel übriggelassen hatten.

Dann wollte er den Zucker in eine Schieblade versorgen. Als er den ersten Sack öffnete, schimmerten ihm die weissen, bekannten Stücke entgegen. Im zweiten Sack aber war Salz, im dritten Mehl, im vierten Kaffee, im fünften Fett und Butter, im sechsten dürres und frisches Obst, im siebten Schuhbänder und bunte Knöpfe, im achten Seife, im neunten Bürsten und Kämme, im zehnten und letzten aber waren seidene und baumwollene Tücher. Und die Säcke wurden nie leer, er konnte daraus verkaufen, soviel er wollte.

Da war der Krämer bald ein reicher Mann, denn so schöne und frische Ware wie er hatte keiner in der ganzen Stadt. Und er sagte oft zu sich: «Besser Bürsten und Zucker verkaufen als König sein. Du lieber Gott, was nur hätte ich in dem weissen Schloss angefangen, ich wäre ja vor Langeweile bald gestorben.»

Von der grauen Frau mit dem weissen Scheitel im braunen Haar sah und hörte er nichts mehr, und mit der Zeit hatte er sie ganz und gar vergessen.

Die geraubte Lebenskraft

Vor langen Jahren ritt ein König auf die Jagd. Er verfolgte einen weissen Hirsch und geriet dabei so tief in den Wald, dass sein Horn das Gefolge nicht mehr erreichte. Und da musste der König auf dem Waldboden, in Laub und Moos schlafen und nicht in seinem weichen Seidenbett.

Als er am andern Morgen erwachte, stand sein Pferd vor einer dichten Blätterwand und frass und rupfte die grünen Blätter eifrig ab. Der König nahm die Zügel und wollte davonreiten. Da tat sich die Blätterwand auseinander, und eine schöne Frau kam hervor, die trug ein grünes Gewand und hatte einen blauen Kranz im rabenschwarzen Haar. Sie blickte den König zornig an und schrie: «Dein Pferd hat mein schönes Blätterhaus zerstört, nun kann der Wind hereinkommen und alle Wärme wegblasen, dafür will ich dir jetzt deine Lebenskraft nehmen, die soll mich vor der Kälte schützen.» Aber der König schwang sich eilig aufs Pferd und ritt davon, dass es nur so stob. Er kam wohlbehalten aufs Schloss, doch nun verbot er jedermann, im Wald zu jagen, denn er hielt die Frau im Blätterhaus für eine zauberische Hexe.

Der König hatte aber einen Sohn, der liebte ein Edelfräulein. Es wohnte weit hinter dem Wald, und er besuchte es jeden Abend. Und der Königssohn schlug darum das Verbot des Vaters in den Wind. Weil er das königliche Wappen auf seinem Schild trug, hielt ihn die Frau hinter der Blätterwand für den König, warf einen Bann über ihn und raubte ihm die Lebenskraft. Doch weil der Königssohn unschuldig war, konnte sie nichts mit seiner Lebenskraft beginnen und vergrub sie unmutig vor ihrem Haus.

Den Königssohn aber fror es erbärmlich, und er fühlte sich todesmatt. Mit knapper Not erreichte er die Burg des Edelfräuleins und sank am Tor vom Pferde.

Da hoben ihn die Diener auf und trugen ihn in die Burg. Als das Edelfräulein den Königssohn sah, erschrak es bis tief ins Herz hinein, denn sein Antlitz war grau und faltig und sein Haar schlohweiss, und obwohl er erst fünfundzwanzig Jahre zählte, sah er nun wie ein neunzigjähriger Greis aus. Und was half's, dass das Edelfräulein ihn auf den Mund küsste und mit seinen heissen Tränen netzte, er lag immerfort matt und elend auf dem Bett und atmete kaum. Und alle Ärzte und alle weisen Männer und Frauen wussten kein Tränklein und kein Kräutlein, das Hilfe brachte. Endlich kam ein Mann, dem ging der schwarze Bart bis auf die Knie, und sein Rücken war krumm. Der Mann besah den Königssohn lange lange, dann sprach er zum Edelfräulein: «Deinem Liebsten ist die Lebenskraft geraubt worden, und wenn er sie nicht zurückerhält, bleibt er als elender Greis auf dem Bett da liegen, bis die Zeit, die ihm Gott zugemessen hat, herum ist. Du musst zum Jahr gehen, es wohnt draussen im Wald in einem Blätterhaus, und musst es fragen, wo die Lebenskraft deines Liebsten hingeraten ist, denn das Jahr weiss alles und ist klüger als wir Menschen. Aber du musst dich eilen, denn innert drei Tagen stirbt das Jahr, und das neue ist noch klein und unwissend.»

Da liess das Edelfräulein den Königssohn in der Hut eines treuen Dieners, ging in den Winterwald und suchte das Blätterhaus des Jahres. Hinter einer vergilbten Blätterwand fand es ein altes verhutzeltes Weib, das hatte nur noch einen Zahn, und sein Gewand war rauh und raschelte unablässig. «Was suchst du hier», fragte das Jahr mit gehässigem Blick, denn es neidete dem Edelfräulein seine Jugendkraft. Doch das Fräulein liess sich nicht erschrecken, es erzählte von dem kranken Königssohn und bat das Jahr mit beweglichen Worten um Hilfe. Und das Jahr krächzte: «Ich weiss recht gut, wo die Lebenskraft deines Liebsten hingeraten ist, ich selber habe sie ihm genommen, aber ich kann sie nicht brauchen, weil ich ihn mit dem König, seinem Vater, verwechselt habe.» «O gib mir die Lebenskraft», flehte das Edelfräulein, «du sagst ja selber, dass sie dir nichts nützt.» «Du kannst sie haben», erwiderte das Jahr, «aber ich tue nichts umsonst, du musst mir einen hohen Preis dafür bezahlen.» «Nimm alles, was du willst», rief das Fräulein, «nimm meinen Schmuck, nimm meine silbernen Schuhe, nimm auch meine seidenen Gewänder, was tut's, wenn ich auch im blossen Hemd und auf nackten Sohlen heimgehen muss, wenn ich die Lebenskraft nur habe!» Das Jahr aber schüttelte sein graues Haar und sagte spöttisch: «Behalte deinen Kram, ich will etwas Besseres. Du hast so schöne blaue Augen, die gib mir, dann muss ich nicht sterben und vergehen, wenn das neue Jahr kommt, sondern kann in

Beatrice Afflerbach

den Himmel fliegen und schöner leuchten als die Sterne.» Alsbald kniete das Edelfräulein nieder, und das Jahr nahm ihm die Augen mit einem spitzen Messer weg. Dann sagte es: «Grab hier im Schnee und du wirst finden, was du so heiss begehrst.» Da scharrte das Edelfräulein den kalten Schnee weg und grub mit seinen feinen Händen in dem hartgefrorenen Boden. Und auf einmal leckte eine warme Flamme an seinen Fingern. Es nahm die Flamme behutsam in die hohle Hand und trug sie durch den Wald. Das war ein gar mühseliger Weg, denn die Lebenskraft des Königssohns glühte heiss, und weil es nun blind war, stiess sich das Edelfräulein hart an den Bäumen.

Das Jahr schaute ihm nach. Dann drückte es die blauen Augen an sein Herz, hob sich in die Höhe und wollte zu den goldenen Sternen fliegen. Aber die Luft war so kalt, dass das Jahr steife Finger bekam, die Augen verlor, und alsbald verging es wie Rauch im Wind zu nichts.

Das Edelfräulein jedoch fand den Weg auf seine Burg. Eben als es durchs Tor schritt, stand eine Magd am Brunnen, die verwunderte sich sehr über ihre Herrin, denn sie trug eine Flamme in der Hand und machte unsichere Schritte. Da lief sie zu ihr hin, sah, dass das Fräulein blind war, und sprach: «Kann ich Euch helfen?» «Führ mich zum Königssohn», sprach das Edelfräulein, «damit ich ihm die Lebenskraft auf den Mund legen und ihn heilen kann.» Da fuhr der Teufel ins Herz der Magd, sie nahm dem Edelfräulein die Flamme weg, raubte ihm die schönen Gewänder und stiess es in den Schnee, damit es erfriere. Und nach vollbrachter Missetat tat sie die Kleider und den Schmuck der Herrin an und brachte die Flamme dem Königssohn. Kaum lag sie auf seinem Mund, wurde er jung und schön und stand in voller Kraft vom Bette auf. Doch nun war er so verblendet, dass er die Magd für das Fräulein hielt und zu seiner Braut erkor; und nach drei Wochen wurde die Hochzeit gefeiert.

Das Edelfräulein aber war nicht tot. Der Gärtner des alten Königs hatte es im Schnee gefunden und in sein Haus genommen. Und da lernte es schöne Kränze und Sträusse binden, und weil es eine gar geschickte Hand hatte, durfte es bald die Rosen im königlichen Garten pflegen. — So vergingen ein paar Jahre. Da starb der alte König, und sein Sohn übernahm die Herrschaft und zog mit der falschen Frau ins väterliche Schloss hinüber. Und beide ahnten nicht, wer die blinde Gärtnerin in Wirklichkeit war.

An einem schönen Tag ritt der junge König in den Wald. Da fand er zwei Blumen, die waren so blau und leuchteten wie Sterne, dass er vom Pferde stieg, die Blumen brach und ans Wams steckte.

Als er am Abend ins Gemach trat, hörte er eine liebliche Stimme im Garten unten singen, und weil ihm das Lied gar gefiel, fragte er seine Frau: «Wer singt so schön?» «Ei», versetzte sie, «das ist das blinde Mädchen, das die Rosen pflegt und uns Kränze und Sträusse bindet, niemand im weiten Reich kann es schöner.»

Der König trat ans Fenster und schaute in den Garten, und da sah er das blinde Mädchen, es schnitt Rosen von einem Strauch und sang. Der König horchte voll Freude. Und wie er so stand und lauschte, fielen die zwei blauen Blumen von seinem Wams und sanken genau vor die Füsse des blinden Mädchens. Da rief er: «Gib acht und tritt nicht auf die schönen Blumen, die vor deinen Füssen liegen.»

Da bückte sich das Mädchen und hob die blauen Blumen auf. Kaum hielt es sie in der Hand, konnte es wieder sehen, denn die Blumen waren nichts anderes als seine Augen, die das Jahr verloren hatte. Da rief es den König bei seinem Namen, und er eilte in den Garten, denn nun war die Verblendung von ihm abgefallen und er erkannte die wahre Braut.

Der König und das Edelfräulein küssten sich herzlich, setzten sich unter den Rosenstrauch und erzählten einander, wie alles gekommen war.

Die falsche Magd jedoch stand oben am Fenster und vernahm Wort für Wort, und aus Furcht vor der verdienten Strafe erhängte sie sich.

Nun lebte der König und seine wahre Frau eine lange lange Zeit, und ihre Gesichter blieben jung und schön bis in den Tod, denn sie waren stärker als das Jahr gewesen.

Die Wolke und der Sperber

Es war einmal ein Riese, der hauste in einem wilden Gebirge, wo es nur Schnee, Felsen und Nebelfetzen gab. Und an der wüstesten Stelle erbaute er sich einen Turm, der ragte weit über die Bergspitzen in die Wolken und hatte nur den Himmel über sich.

Und dann ging der Riese, stahl eine Königstochter aus ihrem väterlichen Schloss und sperrte sie in den Turm. «Hier bleibst du», sagte er, «und wenn dein Vater tot ist, gehört alles Land mir, und ich will die Leute schinden und plagen, dass es eine Lust ist!»

Da sass die arme Königstochter und war traurig und sah nicht einen Menschen. Der Riese freilich brachte ihr in jeder Neumondnacht Fleisch, Käse und Brot, aber sie redete kein Wort mit ihm, denn er prahlte stets, dass er das Brot, den Käse und das Fleisch den armen Sennen aus ihren Hütten gestohlen habe.

Die Königstochter langweilte sich schrecklich, denn der Turm hatte nur zuoberst eine kleine Lücke und zeigte ein Stückchen Himmel. Und dies Himmelsstückchen zu betrachten, war ihr einziger Zeitvertreib.

Eines Tages nun blieb eine weisse Wolke am Turm hängen und fiel durch die Lücke, genau vor die Füsse der Königstochter. Sie hob die Wolke erstaunt auf, und die Wolke war so weich und zart wie Flaum. Da freute sich die Königstochter sehr, drehte mit ihren geschickten Fingern feine feine Fäden aus der Wolke und wirkte eine Schärpe. Und weil die Wolke gar gross war, hatte sie viel zu stricken und zu drehen.

Und wie sie so sass und strickte, wurde es auf einmal finster. Da dachte die Königstochter: «Ei, ist da eine andere Wolke gekommen?» Sie erhob sich und streckte ihre Hand nach der Lücke und zog etwas Weiches Warmes herab. Als sie es besah, stiess sie einen hellen Freudenschrei aus, denn sie hielt einen wunderschönen Sperber in der Hand. Nun gab sie dem Vogel Fleisch und klares Wasser; und als er satt war, pochte er mit seinem gelben Schnabel der Königstochter auf die Hand und sah sie aus seinen scharfen Augen dankbar an. Damit er immer bei ihr bleibe, wand sie ihm die weisse Wolkenschärpe um den Fuss. Doch sie nahm die Schärpe schon nach drei Tagen wieder weg, denn der Sperber kehrte nach seinen Flügen getreu zu ihr zurück. Und er brachte ihr in seinem Schnabel bunte Blumen und feine Gräser; die nahm sie und wirkte damit schöne schimmernde Zeichen in die weisse Wolkenschärpe. Wenn aber der Riese sich nahte, dann trug der Sperber die Schärpe in ein sicheres Felsenversteck und kam erst wieder, wenn sich der Unhold fortgetrollt hatte.

Eines Tages nahm die Königstochter die bunte Schärpe, wand sie dem Sperber um den linken Fuss, streichelte ihn und sprach: «Lieber Sperber, flieg zu meinem Vater und bring ihm die Schärpe, ich habe meine traurige Geschichte auf den weissen Grund gestickt.» Der Sperber nickte dreimal mit dem Kopf und flog davon.

Am Abend schwebte er über einer grossen Stadt. Da warf ein Gassenjunge mit einem Stein nach ihm und traf seinen rechten Flügel, der brach, und der Sperber fiel zu Boden. Doch niemand wagte, das schöne fremde Tier anzurühren, nur ein junger Student mit hellen Augen fürchtete sich nicht. Er trug den Vogel in seine Kammer, verband den Flügel und teilte sein Abendbrot mit ihm. Und die ganze Nacht sass er neben dem Sperber und bewachte seinen Schlaf.

Am andern Morgen tat der Sperber die Augen auf und schwang die Flügel und war geheilt. Er streckte dem Studenten seinen linken Fuss hin, und da gewahrte dieser die bunt bestickte Schärpe. Er nahm sie und las mit wachsendem Erstaunen die Geschichte der gefangenen Königstochter. Da streichelte er den Sperber und sprach: «Lieber Sperber, flieg zur Königstochter und sag ihr, dass ihr Retter naht.» Da stiess der Sperber einen gellenden Pfiff aus und stieg hoch in die Luft. Aber er verflog sich und fand den Turm im Gebirge nimmermehr.

Der Student aber wand die Schärpe um den Hals und verbarg sie unter dem Hemd. Dann wanderte er rüstig davon und suchte den hohen Turm. So kam er bis ans Ende der Welt. Da stand ein Berg, der war mit einem dichten Wald bedeckt. Weil ein fürchterliches Gewitter niederging und die Bäume vom Blitz geschlagen wurden, pochte der Student an eine graue Hütte. Drinnen sass ein uraltes Weib und spann. Sie schüttete ihm ein Lager aus Farrenkraut auf; doch vom Turm und dem Riesen wusste sie nicht ein Wörtchen.

Nach drei Tagen erklomm der Student wieder einen Berg, den bedeckte ein dichter Wald über und über. Weil ein Sturmwind die Bäume knickte, pochte er an eine graue Hütte. Drinnen sass ein uralter Mann und schnitzte hölzerne Löffel. Er machte dem Studenten ein Lager aus Tannenästen und gab ihm eine gelbe Pilzsuppe, doch vom Turm und dem Riesen wusste er nichts.

Nach drei Tagen erklomm der Student einen dritten Berg, der war über und über von einem dicken Wald bewachsen. Weil ein Hagelwetter die Blätter zerfetzte, pochte der Student an eine graue Hütte. Drinnen sass ein Jäger und briet sich eben ein Reh. Hocherfreut über den Besuch, teilte er den Braten mit dem Gast und machte ihm ein Lager aus Laub und Moos. Doch vom Turm und der Königstochter wusste er kein Sterbenswörtchen. Da klagte der Student: «Was beginn ich nur, bin ich doch ans Ende der Welt gegangen und habe mein Ziel nicht gefunden. Nun sitzt wohl der Sperber schon lange bei der Königstochter, und sie hält mich für einen treulosen Lügner.» «Tröste dich», sprach der Jäger, «es ist noch nichts verloren. Geh morgen nach Westen, dort steht ein hoher kahler Berg. Sein Bauch ist hohl, und jede Nacht kommen die Wolken aus aller Welt dorthin, denn in der Berghöhle schlafen sie. Und die Wolken fliegen rascher und höher als die Vögel, die können dir gewiss sagen, wo der Turm zu finden ist.» Da legte sich der Student frohen Mutes zu Bett und wanderte am andern Tag nach Westen. Er sah den kahlen Berg von weitem und musste sieben Tage gehen, bis er oben stand.

Auf dem Gipfel war es kalt, und aus der Höhle stiegen unablässig Nebelfetzen, dass der Student achtgeben musste, damit er nicht hinabstürzte.

Gegen Abend kamen die Wolken angesegelt: grosse und kleine, dicke und dünne, graue, weisse, schwarze und bunte, der Student staunte nur so. Die Wolken vollführten aber einen greulichen Lärm, denn sie erzählten einander von ihrem Tagwerk, und jede wollte am meisten gesehen und am schwersten gearbeitet haben. Was half es da, dass der Student seine Stimme erhob, sie ging in dem Geschrei kläglich unter. Und eine Wolke nach der andern verschwand im Bergbauch, und da schliefen sie so tief, dass er sie nicht wecken konnte. Wohl kam der Mond über den Himmel gewandert und die Sterne, aber das half dem armen Studenten nichts, sie waren viel zu hoch am Himmel oben.

Da wurde es auf einmal rabenfinster, und eine verspätete Wolke stand vor dem Studenten. Rasch fasste er sich ein Herz und fragte sie nach dem Turm im Gebirge, doch die Wolke schüttelte den Kopf. Weil sie ein mitleidiges Herz hatte, weckte sie die Schwestern; und der Student musste ihnen die Geschichte vom Sperber und der Königstochter erzählen. Doch was half's, keine der vielen vielen Wolken war je beim Turm gewesen. Da stürzte sich der Student voll Verzweiflung vom Berg herab. Aber die Wolken waren flinker, sie fingen ihn in ihren weichen Armen auf und hielten ihn fest. Dabei entdeckten sie die schöne bunte Schärpe an seinem Hals; und eine Wolke schrie: «O, seht doch, da haben wir die verlorene Schwester wieder.» Da drängten sich alle Wolken heran, begrüssten die Schwester, und es herrschte eine grosse Freude. Und jede Wolke wollte dem Studenten etwas Gutes tun, weil er ihnen die verlorene Schwester zurückgebracht hatte.

Ja und diese Wolke kannte den Weg zum Turm gar wohl und wusste genau, wer die Königstochter war. Da holten die Wolken ihren schönsten Wagen, setzten den Studenten hinein, gaben ihm die Schärpe als Leitseil und spannten sich alle alle vor. Und in Windeseile flogen sie zum Turm.

Der Student stieg durch die Lücke und fand die Königstochter tief traurig, denn sie glaubte, der Sperber sei umgekommen und sie werde nimmermehr befreit.

Da stiegen sie in den Wolkenwagen und fuhren zum Vater der Königstochter. Und es herrschte eitel Jubel und Freude und die Hochzeit ward mit Glanz begangen.

Als aber der Riese in der nächsten Neumondnacht mit Brot und Käse und Fleisch in den Turm stieg und die Königstochter nicht mehr fand, nahm er in seinem Zorn einen Felsen und zermalmte das Mauerwerk zu feinem Staub, und er herrschte fortab einsam in den Felsen, dem Schnee und dem Nebel.

Der lachende Fluss

Einem jungen Menschen gefiel es bei seinen Eltern nicht mehr, darum gab er ihnen die Hand, sagte «Lebewohl», wanderte in die weite Welt hinaus und suchte das Glück. Er hoffte, es hinter den fernen blauen Bergen zu finden.

Schon waren viele Wochen vergangen, und aus dem Frühling war es Sommer geworden, da erst stand der Geselle am Fusse der fernen Berge. Er betrachtete verwundert die grünen Hänge und dachte: «Da hab ich mich gewiss gründlich verlaufen, bin ich doch immerfort auf blaue Höhen zugeschritten, und die da sind grün wie Gras.» Doch er liess sich's nicht verdriessen, kletterte frisch den Berghang hinan und stand nach drei Tagen oben. Da glänzte aus der Tiefe ein breiter Fluss empor. Doch der Glanz erlosch alsbald und das Wasser lag wie eine breite dunkle Strasse unten. Umso heller aber blinkte von weit jenseits des Flusses das Kuppeldach eines mächtigen Schlosses. Das gefiel dem Gesellen so sehr, dass er zu sich sagte: «Dorthin will und muss ich, denn dort finde ich gewiss das ersehnte Glück.» Und rüstig stieg er an den Fluss hinab. Aber so weit seine Augen schweiften, nirgends ging eine Brücke übers Wasser, ja es war nicht einmal ein leichter hölzerner Steg da. Doch der Geselle säumte nicht lange, streifte frisch seine Kleider ab, machte ein Bündel daraus, tat es auf den Rücken und schwamm in drei langen Zügen durch den dunklen Fluss; es graute ihm dabei ein wenig, denn die Wellen rauschten und plätscherten nicht.

Das andere Ufer war trocken und sandig, kein Gräslein gedieh dort weit und breit. Das gefiel dem Gesellen gar nicht, denn er war bislang immerfort durch rauschende Wälder und über bunte Blumenwiesen gewandert. Und weil es auch kalt war und der Nachtwind schnob, zog er eilig seine Kleider wieder an. Da hörte er eine leise rauhe Stimme rufen und gewahrte neben sich ein erbsengelbes Männlein in einem roten Rock, das reichte bis knapp an die Schäfte seiner Schuhe. «Ach», sagte das Männlein, «was kannst du gut schwimmen. Aber dazu braucht es junge Glieder, ich selber bin viel zu alt, um es noch zu erlernen. Doch nun höre: sei so gut und bring mich über den Fluss zurück, ich wohne dort am andern Ufer im Berghang. Sieh, ich muss elendiglich sterben, wenn du's nicht tust, denn wenn der Mond aufgeht und mich hier antrifft, sticht er mich mit seinen kalten Strahlen tot. Ich habe heute Sand geholt und mich dabei so sehr verspätet, dass ich mit keinem Sonnenstrahl mehr übers Wasser zurücktanzen konnte, und eine andere Brücke kenne ich nicht.» Der Geselle besah seine nassen Kleider bedenklich, und es schüttelte ihn heimlich von oben bis unten vor dem dunklen, schweigenden Wasser. Weil aber das erbsengelbe Männlein eine gar so klägliche Miene machte, streifte er kurz seine Kleider wieder ab. Und das Männlein kicherte fröhlich, sprang ihm in den Nacken und hielt sich an des Gesellen schönem dichtem Haar fest; und so schwammen sie durch die dunkle Nacht in dem noch dunkleren schweigenden Flusse.

Am andern Ufer wollte der Geselle rasch umkehren, aber das Männlein packte ihn am Knie und bat: «Komm mit in meine Berghöhle, da sollst du eine warme Suppe haben für die gute Ueberfahrt.» «Auch recht», dachte der Geselle, den es mächtig hungerte und fror, und er liess sich wie ein Kind führen; dabei fielen ihm die Augen beinahe zu.

In der grossen schimmernden Höhle im Berghang liess ihn das Männlein ans warme Feuer sitzen, stellte flink seinen blanken Kessel auf den Herd, rührte eifrig und zählte laut. Als die Hundert voll war, war auch die Suppe gar und duftete verlockend. Das Männlein schöpfte dem Gesellen mit einem grossen silbernen Schöpfer aus dem Kessel, und die Suppe schmeckte ihm so gut, dass er dreimal davon begehrte. Dazu schmunzelte das Männlein vergnügt und schöpfte eifrig mit dem grossen silbernen Löffel. Die Suppe erquickte den Gesellen so, dass er munter wurde. Es war ihm, er habe einen tiefen Schlaf getan und ein königliches Mahl genossen.

Als er sich den Mund wischte, sagte das Männlein: «Du hast gewiss vom Berg oben das Schloss mit der goldenen Kuppel gesehen. Geh jetzt geradewegs über den Fluss, um diese Zeit reicht er dir kaum an die Knie. Bist du drüben, dann wandre auf das Schloss zu und verlier es nicht eine Sekunde aus den Augen. Wenn du dann ans Tor kommst, sprich zur Wache: «Ich will die Königstochter freien!» Und alsbald wird man dich zum König führen. Der wird von dir verlangen, dass du den Fluss, der neben dem Schloss fliesst, zum Lachen bringst. Es ist derselbe Fluss, über den du mich so freundlich getragen hast, er geht von hier weit weit ins Land hinein. Bis heute hat noch kein Freier die Probe bestanden, jeder hat kläglich sein Leben lassen müssen. Sei jedoch ohne Furcht, nimm getrost den silbernen Schöpfer da und schöpfe damit aus einem grossen Trog Wasser in den dunklen Fluss. Und wenn man dich fragt, was das bedeute, sprich: «Eine grosse Hitze will den Fluss austrocknen, darum speise ich ihn und errette ihn aus der Gefahr!» Mit diesen Worten drückte das erbsengelbe Männlein im roten Rock dem Gesellen den silbernen Schöpfer in die Hand. Gleich durchzuckte ihn ein heftiger Schlag, und er verlor die Besinnung.

Als er erwachte, lag er am Fluss, mitten in roten und weissen Wasserrosen, und hätte der silberne Schöpfer nicht im Mondlicht geblinkt, ihm wäre alles als ein wunderbarer Traum vorgekommen. Er erhob sich und trat in das dunkle stille Wasser, es reichte ihm wirklich nur bis zu den Knien, und so war er bald am andern Ufer. Dort fand er seine Kleider schön trocken und wanderte fröhlich weiter. Der Mond hing halbvoll am Himmel, und die Schlosskuppel glänzte weit in seinem Schein. Und nach ein paar Stunden spielten die Sonnenstrahlen noch viel gleissender auf dem goldenen Königsdach. Der Geselle verlor es nicht eine Sekunde aus den Augen. Da wuchs das Schloss an mit Türmen und Zinnen und Fenstern, und zuletzt stand er vor einem grossmächtigen Tor. Die Wache versperrte ihm den Weg mit ihren langen Spiessen und wollte wissen, was er da zu suchen habe. Da sagte er die Worte, die ihn das Männlein gelehrt hatte. Alsbald wurde er zum König geführt. Der sass in einem Saal, wo es von Gold und Silber nur so strahlte. Neben dem König aber auf einem diamantenen Stuhl sass die Königstochter. Sie war von oben bis unten ganz schwarz angetan und im Gesicht totenblass. Der Geselle verneigte sich stumm, er wagte nicht, ein Wörtlein zu ihr zu sagen, so schön dünkte sie ihn. Und sie blickte ihn so traurig an, dass ihm das Herz wehtat.

Als der Geselle seinen Wunsch gesagt hatte, erwiderte der König: «Wenn du den stummen Fluss zum Lachen bringst, gehört dir meine Krone, und meine Tochter wird deine Frau, denn sobald der Fluss hell ist und lacht, kann auch sie wieder fröhlich sein, sonst aber bist du des Todes und wirst im Fluss ertränkt.» Da bat der Geselle um einen grossen Trog Wasser, und drei Diener mussten das schwere Gefäss an den Fluss tragen. Der König aber stand auf der Zinne und machte eine schadenfrohe Miene, denn schon über hundert Freier hatten den jämmerlichen Tod erlitten, und er gönnte seine Tochter keinem. Als nun der Geselle seinen grossen silbernen Schöpfer nahm und eifrig Wasser aus dem Trog in den Fluss goss, dünkte dies den König so lächerlich, dass er von der Zinne stieg, zum Gesellen trat und ihn fragte: «Was für dummes Zeug treibst du da, willst du etwa mich und mein Kind verspotten?» «Mitnichten», versetzte der Geselle ernsthaft und schöpfte eifrig weiter, «seht Ihr denn nicht, dass die Blätter schlaff an den Bäumen hängen, und fühlt Ihr nicht, wie heiss die Sonne brennt. In dieser Hitze müsste ja der Fluss jämmerlich vertrocknen, wenn ich ihn nicht mit Wasser speiste.» Kaum vernahm der Fluss diese Worte, vergass er alle seine Traurigkeit und lachte herzlich, denn es dünkte ihn gar vergnüglich, dass ihn ein Mensch vor dem Vertrocknen schützen wollte, wo ihn doch eine unerschöpfliche Bergquelle speiste und tausend Bäche und Wässerlein zu ihm kamen während seiner weiten Reise ins Meer. Und der Fluss lachte so laut, dass sein dunkles Wasser kristallklar wurde und seine Wellen silberne Kronen trugen. So rauschte er wie einst. Und wo ein schimmernder Wellenschaum das Ufer berührte, da sprosste es grün und bunt von Gras und Blumen.

Der König hörte das frohe Rauschen erstaunt und betrachtete verwundert die blühenden Ufer. Und da erscholl unversehens hinter ihm ein silbernes Lachen. Als er sich umdrehte, stand die Königstochter da. Sie besah sich mit leuchtenden Augen den hellen Fluss und lachte mit ihm um die Wette; und die übermütigen Wellenspritzer sprangen zu ihr und machten ihr schwarzes Gewand weiss und schön. Voll Freude nahm der König sein Kind bei der Hand. Doch da sah er den Gesellen in seinen dürftigen Kleidern vor ihr knien. Nun gereute ihn sein Versprechen, und er sagte: «Weil es dich keine Mühe gekostet hat, den Fluss zum Lachen zu bringen, verdienst du meine Krone und mein Kind nimmermehr. Verlass augenblicklich mein Reich, sonst wirst du als Hexerich verbrannt, und ich streue deine Asche eigenhändig in den Fluss.» Aber der Geselle blieb vor der Königstochter knien, er konnte sich nicht mehr von ihr trennen.

62

Da war in Eile ein grosser Holzstoss errichtet, der Geselle wurde darauf gebunden und die Scheite wurden in Brand gesetzt. Was half's, dass die Königstochter mit heissen Tränen um sein Leben flehte! Weil niemand Erbarmen hatte, nahm sie den silbernen Löffel, lief an den Fluss und schöpfte Wasser, um die bösen Flammen zu löschen, doch in ihrem Eifer fiel sie in den Fluss. Niemand merkte es, denn alles wollte den armen Gesellen brennen sehen.

Der König streute die Asche des Gesellen, wie er's gesagt hatte, eigenhändig in den Fluss und lachte dabei laut und hämisch. Doch kaum berührte die Asche die silbernen Wellen, trat auch schon der Fluss zornig über seine Ufer, überschwemmte den Richtplatz und das ganze Land und ersäufte den bösen König und seine falschen Räte erbarmungslos, denn die hatten sich für den unschuldigen Gesellen nicht mit einem Wörtchen gewehrt.

Dann kehrte der Fluss in sein Bett zurück, und da lag das Land reicher und schöner denn je unter dem Himmel. Aber es fehlte ihm ein König, und die Bewohner wurden nicht einig, wen sie erwählen sollten, denn auch die Königstochter war nicht mehr da.

Der Geselle jedoch war nicht tot. Der Fluss hatte seiner Asche das Leben zurückgegeben, zum Dank, dass er wieder so hell schimmern und lachen konnte.

Lange lange irrte der Geselle durchs Land und suchte die Königstochter, doch überall hiess es: «Sie ist am Tag, wo der letzte Freier verbrannt wurde, mit dem König und den Räten ertrunken.» Zuletzt setzte er sich verzweifelt an den Fluss, jammerte laut und wollte sich ins Wasser stürzen. Da rief der Fluss: «Tu es ja nicht. Die Königstochter lebt noch, denn sie hat um dein Leben gefleht. Wandre jetzt drei Tage meinem Lauf nach, aber nicht dem Meere sondern den Gletscherbergen zu.»

Der Geselle tat so; und nach drei Tagen stand er an einer Stelle, wo der Fluss so rein schimmerte, dass er den Sand auf dem Grund unten blinken sah. Und auf dem Sand, in einem perlenblauen Muschelbeet lag der grosse silberne Schöpfer. Der Geselle griff gleich nach dem Kleinod, doch es war so schwer, dass er dachte: «Da steckt ein tüchtiger Stein darin.» Und wie er den Schöpfer umdrehte, siehe, da sprang die Königstochter schön und froh daraus und fiel ihm um den Hals. Sie hatte unter dem Löffel auf dem Muschelbeet sanft geschlafen, und der Fluss hatte nicht einmal den Saum ihres Gewandes nass gemacht.

Da wanderten sie ins Schloss zurück und regierten das blühende Land in Glück und Frieden, und der Fluss beschützte und segnete es immerfort.

Die böse Wolke

In einem kleinen Haus lebten ein Mann und eine Frau friedlich zusammen. Doch da war eines Tages die Frau verschwunden, und so eifrig der Mann nach ihr suchte und fragte, er erhielt nie einen guten Bescheid. Er hatte sie aber über alles lieb und konnte sie nicht vergessen. Und wenn ein Freund oder ein Nachbar zu ihm sprach: «Es wäre besser, deine Frau läge auf dem Gottesacker und du könntest sie dort beklagen!», schüttelte er heftig mit dem Kopf und antwortete: «Nein, mir ist es tausendmal lieber, dass sie nicht gestorben ist und im Grabe liegt, denn so geheimnisvoll wie sie verschwunden ist, so plötzlich kann sie wieder da sein. Hätte der Tod sie mir wirklich genommen, mir fehlte ja jede Hoffnung, sie je wiederzusehen.» Und zuletzt verbot er Freunden und Verwandten sein Haus, denn sie bestürmten ihn gar bald, er solle sich wieder verheiraten, die Frau komme nicht mehr zu ihm zurück, sie sei ihm gewiss böslich davongelaufen.

Bald hielt es der Mann in seinem verödeten Haus nicht mehr aus und sprach: «Ich will gehen und meine Frau suchen, so weit der Himmel blau ist und die Sonne an ihm auf- und niedersteigt. Wohl ist die Welt gar gross und weit, doch ich werde nicht ruhen und rasten, bis ich sie gefunden habe.» So tat er, was ihm lieb war, in ein Bündelchen: den weissen Kamm, mit dem die Frau jeden Morgen und Abend durch ihr schwarzes Haar gefahren war, dass die Locken nur so knisterten, das rote Band, das sie an Sonntagen am Hals getragen hatte, und den goldenen Ring mit dem blauen Schimmerstein, den er ihr zum letzten Geburtstag geschenkt hatte.

Dann zog er den Schlüssel ab und verwahrte ihn unter dem grauen Stein hinter dem Haus, das war der Brauch zwischen ihnen gewesen, wenn er auf dem Feld arbeitete, sie aber einen Gang in die Stadt tun musste.

Nach drei Tagen kam er an ein einsames Haus, es lag an der breiten Strasse, und jedermann, der auf ihr daherkam, musste daran vorübergehen. Er ging hinein, bestellte einen Trunk kühlen Wein und fragte nach seiner Frau, aber man sagte nur: «Hier gehen tagaus, tagein soviel Leute vorbei, dass man leicht einmal jemand übersieht.» Da machte sich der Mann weiter auf den Weg und kam am Abend in ein stattliches Dorf, doch auch hier hatte niemand die Frau gesehen.

Nach weiteren drei Tagen befand er sich in einer grossmächtigen Stadt, in deren Strassen wimmelte es schwarz von geschäftigen Menschen. Als der Mann in das Gewühl blickte, sprach er traurig: «Ach, wie nur soll ich meine Frau in dieser Menschenmenge finden, ich kann doch nicht jeden anhalten und nach ihr fragen.» Aber dann dachte er: «Sie ist so schön, wie sonst nichts auf der Welt, da werde ich sie gewiss aus der Menge herausstrahlen sehen, wenn die Leute nur nahe genug zu mir herankommen.» Und so stellte er sich mitten auf den Marktplatz und sang mit seiner schönen tönenden Stimme ein Lied. Alsbald strömten die Leute in hellen Scharen herzu, um ja kein Tönchen von dem herrlichen Gesang zu verlieren. Und jedesmal, wenn ein Lied aus war, baten sie den Mann um noch eines und dann um noch eines; das ging so bis tief in den Abend. Da auf einmal, mitten in einem Lied, brach seine Stimme, und es kam kein Tönchen mehr über seine Lippen, er hatte jeden Klang aus seiner Kehle hergegeben. Und obwohl die ganze Stadt, vom kleinsten Kind bis zum ältesten Greis, herbeigekommen war, seine Frau hatte der Mann doch nicht gesehen.

Traurig ging er durchs Tor und wanderte übers dunkle Feld davon. «Ach», seufzte er, «was beginn ich nur, jetzt kann ich ja nicht mehr singen, es sitzt ja kein Laut mehr hinter meiner Zunge, und meine liebe Frau hat sich doch immer so sehr an meinen Liedern gefreut.»

Der Mann wanderte weiter, von Dorf zu Dorf, aus einer Stadt in die andere, durch die ganze Welt, aber auch nicht im kleinsten Häuschen hielt sich die Frau verborgen.

Weil er sie bei den Menschen nirgends fand, ging er zu den Bäumen und allem, was grün war und blühte. Aber kein Gräslein und keine Blume, weder Moose noch Flechten wussten etwas, der Saum ihres Gewandes hatte sie nicht gestreift. Da wandte sich der Mann dem Wasser zu, den kleinen und den grossen Seen, den raschen und den langsamen Flüssen. Er fuhr über das weite Meer, doch vergeblich, nirgends, nirgends zeigte sich eine Spur.

Zuletzt stieg er in die Berge, die so hoch sind, dass sie auch im Sommer eine schimmernde Schneedecke tragen. Er wagte sich über die schroffsten Abgründe und kletterte auf Klippen und Felsen, auf die selbst die wilden Gemsen sich nicht wagten. Aber auch dies war umsonst; es war, als habe sich eine tiefe Erdspalte aufgetan und die Frau verschlungen.

Als der Mann auf der obersten Felsenzacke des Gebirges sass, kam eben die Nacht herangefunkelt und zog mit ihrer schimmernden Sternenschar über seinem Haupte hin. Als er die vielen Lichter blinken sah, fragte er jedes nach seiner Frau. Doch kein Stern gab ihm Antwort, sie zogen alle langsam und schweigend über den Himmelsbogen. Auch der Mond, der ein Weilchen später die schwarzen Felsmassen mit seinem Lichte silbern machte, lächelte nur freundlich, denn er wusste auf des armen Mannes Frage keinen Bescheid.

Da schlief der Mann vor Leid und Mattigkeit ein, und schlief die ganze Nacht und einen Tag. Er erwachte, als die Sonne sich eben dem Untergang zuneigte und alles rot machte. Da tat er seine Frage, aber die Sonne zog behende ihre Strahlen hinter den Horizont hinab und redete nicht ein Wörtchen. Da stand der Mann wieder allein in der Nacht. Doch er gab seinen Mut noch nicht auf, sondern sprach: «So will ich den leeren Himmel fragen, ehe die Sonne, der Mond und die Sterne in ihm stehen. Und hilft auch das nichts, geh ich heim. Wer weiss, vielleicht wartet meine liebe Frau schon unter tausend Tränen auf mich, der Schlüssel liegt ja unter dem grauen Stein, dass sie glauben muss, ich sei nur aufs Feld gegangen.»

Als die lange, kalte Nacht vorbei war und die Dämmerung aufstieg, da wollte der Mann seine Frage tun. Doch in demselben Augenblick schiffte eine grosse Wolke über ihn hin und verdeckte ihm den Blick. Darüber ergrimmte er sehr und schalt laut. Kaum vernahm die Wolke die zornigen Worte, senkte sie sich auf den Felsen, umschloss den Mann mit dem feuchten Saum ihres Gewandes und trug ihn davon. Da konnte er nichts vom Himmel sehen, das graue, nasse Wolkentuch verhüllte seine Augen. Entfliehen konnte er auch nicht, er wäre sonst in die schauerliche Tiefe gestürzt und auf der Erde unten zerschellt, so hoch hoch schwebte die Wolke.

Und die Wolke flog und flog den lieben langen Tag. Am Abend blieb sie über einem klaren See stehen, mitten in wüsten Felsen. Sie liess den Mann auf das harte Ufer fallen, doch nun konnte er nicht fortlaufen, so müde war er, und so sehr schmerzten seine Glieder. Die

Wolke aber plumpste in den See und schlief die ganze Nacht darin. Der See war nämlich ihr Bett und ihre Speisekammer. Was die Sonne tagsüber von der Wolke wegtrank, sog diese in der Nacht aus dem See wieder auf. Darum tauchte sie jeden Morgen gross und stattlich aus ihrem feuchten Bett.

Bevor die Wolke am andern Tag davonflog, weckte sie den Mann mit einem Guss kaltem Wasser und sagte: «Dass du mir hübsch hier bleibst, sonst ergeht's dir schlimm. Ich schaue weit über die Erde, und wer einmal in meine Gewalt geraten ist, entwischt mir nicht wieder. Aber Langeweile sollst du nicht haben, für Arbeit ist gesorgt. Du musst mir am rechten Seeufer alle Perlenmuscheln suchen, ich brauche sie, um meine Farben darin anzureiben. Und dass du mir hübsch auf der rechten Seite bleibst, am linken Ufer darf nur meine Magd, die Frau sein, die mir mit ihren Tränen den See würzt und speist und die Muschelschalen sauber wäscht. Gehorchst du mir nicht, ertränk ich dich, zähle darauf.» Damit flog sie hoch in den Himmel und regnete in die blühenden Bäume und auf die geschnittenen Ährenhalme, denn sie hatte einen gar frechen, bösen Sinn.

Der Mann jedoch schlich sich gleich von seiner Arbeit weg ans andere Ufer. Da war die weinende Magd niemand anders als seine verlorene Frau. Sie weinte bitterlich und arbeitete so eifrig, dass ihre magern Finger zitterten und ihre blassen Wangen sich röteten. Als sie ihren Mann erblickte, schrie sie laut, fasste ihn herzlich in die Arme und konnte es kaum glauben, dass er den Weg zu ihr in diese entsetzliche Felsenwüste am See gefunden hatte. Und sie erzählte, dass die böse Wolke sie an einem schönen Abend, als sie der Sonne nachschaute, weggeraubt und an den See hier geschleppt habe. Dann berieten sie, wie sie der Wolke entrinnen könnten. Die Frau sagte: «Wir sollten den See ausschöpfen, dann müsste die Wolke vertrocknen, sie saugt sich nämlich Nacht für Nacht mit seinem Wasser voll. Wohl habe ich versucht, den See auszuleeren, aber was half's, meine Tränen um dich rannen zu reichlich, ja sie speisten ihn zum Überfluss.» Da erwiderte der Mann: «Aber jetzt können wir's wagen, denn du musst nicht mehr weinen.» Und sie machten sich frisch ans Werk. Und am Abend war der See um eine Fingerlänge gesunken.

Ehe die Wolke zurückkam, ging der Mann ans rechte Seeufer, zuvor jedoch gab er der Frau den weissen Kamm, sagte aber, sie solle ihn wohl verstecken. Doch sie kämmte sich damit, dass die schwarzen Locken knisterten, und steckte damit das Haar fest. Als die Wolke kam, stach ihr das weisse Ding gleich in die Augen, und sie fragte barsch, was das sei. «Ei», versetzte die Frau, «das ist der letzte Widerschein der Sonne auf meinem Haar.» Die Wolke gab sich zufrieden, gähnte und plumpste in den See, denn sie war recht müde. Beizeiten war sie wach und flog davon, denn sie wollte die Ernte verregnen. Und da sah die Frau mit heller Freude, dass die Wolke schon ein wenig abgenommen hatte.

Nun schöpfte sie mit ihrem Manne den See um die Hälfte aus. Am Abend gab er ihr das rote Halsband, und als er weggegangen war, schlang sie sich's um den Hals. Die Wolke kehrte verdrossen heim, denn noch nie hatte ihr die Sonne so zu schaffen gemacht. Als sie das rote Band schimmern sah, fuhr sie die Frau barsch an, was das für ein Ding sei. «Ei», versetzte da die Frau, «es ist der Widerschein der Sonne auf meinem weissen Hals.» Da nickte die Wolke schläfrig, gähnte und plumpste tief in den See.

Am andern Morgen fühlte sie sich matt und elend und war nur noch halb so gross wie sonst, doch sie raffte sich trotzig auf und sagte: «Ich will der Sonne den Meister zeigen.»

Und nun leerten der Mann und die Frau den See ganz, das war ein Leichtes, es rann ja keine einzige Träne mehr hinein. Am Abend steckte der Mann der Frau den goldenen Ring mit dem blauen Schimmerstein an die Hand, und diesmal blieb er an ihrer Seite. Die Wolke kam ganz klein und dünn zurück, sah aber den Glanz des Steines und fragte barsch, was das für ein Ding sei. «Ei», versetzte die Frau, «der Glanz des Himmels in meinem Trauring, den mir mein lieber Mann gegeben hat, du kannst ihn ja fragen, er steht neben mir.» Doch das hörte die Wolke schon nicht mehr, sie sank in den See; alsbald zischte es laut, und es flatterte ein weisser Nebel davon. Die Sonne hatte nämlich den Felsengrund des Sees glühend heiss gebrannt.

Noch in derselben Nacht verliessen die beiden den schaurigen Ort. Aber ihr Haus fanden sie nimmermehr. Da wanderten sie durch die

Welt, und er sang die herrlichsten Lieder, denn die grosse Freude hatte ihm seine Stimme wiedergegeben. Und eines Nachts entschlummerten sie über seiner Weise sanft aneinandergelehnt am Wegrand und wachten nicht mehr auf.

Der weisse Hahn und die blaue Blume

Vor alter grauer Zeit lebte ein König, der hatte ein einziges Kind, das war eine wunderschöne Tochter.

Das Schloss des Königs lag hart am Meer. Wenn die Königstochter vor ihrem Gemach auf dem Balkon sass, hörte sie die Wellen unten singen und sah das weite Wasser bald grün, bald blau schimmern. Weil nun die Königstochter immer in ihrem Gemach oder auf dem Balkon weilte, wusste sie nicht, dass hinter dem Schloss grüne Wälder und bunte Wiesen waren, dass spitze, wilde Berge in den Himmel ragten und dass es dort auch viele Dörfer und Städte gab.

Der König aber wusste wohl, warum er sein Kind nur die eine Hälfte seines schönen Reichs sehen liess. Als nämlich die Königstochter geboren wurde, war eine weise Frau an ihr Bett getreten und hatte gesagt: «König, zeige deinem Kind nie das feste Land, lass es nur aufs Meer hinausschauen, denn sobald die Königstochter das feste Land erblickt, musst du sterben. Das Schloss aber wird von einem dichten Nebel umzogen, die Königstochter in eine blaue Blume verwandelt und muss in dieser Gestalt auf dem Balkon über dem Meer stehen.»

Nun geschah es, dass der König für lange Zeit in wichtigen Geschäften verreisen musste. Ehe er fortging, musste ihm die Tochter in die Hand versprechen, nie aus ihrem Gemach zu gehen.

Die Königstochter gehorchte ihrem Vater, sass auf dem Balkon und betrachtete das Meer. Und sie verwunderte sich über alle Massen, dass sie den Himmel mit seinen Wolken und Sternen im Meer unten sehen konnte, obwohl er hoch und blau über ihrem Haupte glänzte.

Nach drei Monaten sagte die Königstochter zu sich: «Ich möchte gerne wissen, wo mein Vater bleibt. Auf dem Meer draussen ist er nicht, ich habe das weisse Segel seines goldenen Schiffes nirgends gesehen. Aber wer weiss, vielleicht geht das Meer rings ums Schloss, darum will ich in ein anderes Gemach gehen und Ausschau halten.» Und so vergass sie ihr Versprechen ganz und gar und lief auf die andere Seite des Schlosses.

Kaum sah sie das grüne Land, die Wälder und Wiesen, die Berge und Seen und die Dörfer und Städte, blieb sie wie angewurzelt stehen und betrachtete alles mit grossem Entzücken. Und auf einmal gewahrte sie ihren Vater. Er sass auf einem weissen Pferd und ritt vor einem glänzenden Ritterzug dem Schloss zu, und seine goldene Krone schimmerte hell. Da nahm die Königstochter ihren blütenzarten Schleier, winkte und rief laut. Der König erkannte sein Kind und erblasste. Und alsbald fuhr ein Blitz aus dem heitern Himmel und erschlug ihn, und um das Schloss legte sich ein so dichter Nebel, dass kein Mensch mehr wusste, wo es stand. Die Königstochter aber war eine blaue Blume geworden. Sie stand auf dem Balkon, mitten im Nebel, und wusste nicht, wie ihr geschehen war. Vom Himmel und vom Meer sah sie nichts, nur wenn die Sonne aufging und wenn der volle Mond aus dem Meer tauchte, wurde der Nebel ein wenig licht und schimmerte golden. Doch nie berührte ein Sonnen- oder Mondenstrahl die blaue Blume.

So verstrichen viele viele Jahre. Die Menschen im festen Land vergassen die Königstochter und das Schloss am Meer, sie wählten einen andern König, und der lebte in der grossen Stadt mitten im Land.

Jenseits des Meeres, weit weit vom Schloss, dehnte sich ein öder Strand aus. Es gediehen nur Disteln und magere Gräslein in dem feinen gelben Sand. Dort wohnte eine alte Frau. Die hatte einen hässlichen Jungen, drei braune Hühner und einen schönen weissen Hahn. Die Hühner legten täglich drei Eier, und mit diesen Eiern fristeten die Alte und der Junge ihr Leben. Eine andere Speise hatten sie nicht.

Eines Tages nun, als sie ihre drei Eier ausgetrunken hatten, der Junge zwei, die Alte eines, und sich die Mundwinkel sauber leckten, ergriff der hässliche Junge den Hahn, dass das Tier die Federn sträubte und jämmerlich schrie. «Mutter», sagte der Junge, «wozu fütterst du den Hahn nur, der ist doch zu nichts nütze, schlachte ihn lieber und brat ihn, das schmeckt gewiss schön, ich mag keine Eier mehr, sie riechen so faul, ich will Hahnenbraten essen.» Da nahm die Alte den Hahn in ihre Schürze, streichelte ihn und schmeichelte ihm und sprach: «O du dummer Junge, lass du den Hahn nur fein in Ruhe, dann wird er dir ein grosses Glück bringen, und du sollst alle Tage Hahnenbraten essen und noch Besseres dazu und obendrein in Samt und Seide einhergehen.» Da machte der Junge grosse Augen, sagte aber kein Wort. Doch bei sich dachte er: «Ach Gott, die Mutter wird alt und dumm, sie weiss nicht mehr, was sie zusammenschwatzt. Aber

Beatrice Afflerbach

dem Hahn mache ich morgen heimlich den Garaus, dann muss ihn die Mutter braten, mag sie wollen oder nicht, denn Hahnenbraten will und muss ich essen.» Und der hässliche Junge träumte die ganze Nacht von Hahnenbraten, dass ihm der Speichel aus den Mundwinkeln lief. Er schlief darum lange und hörte nicht, wie der weisse Hahn draussen lustig in der Sonne krähte, während die braunen Hühner gackerten und eifrig im Sand scharrten und pickten. Die alte Mutter aber war schon lange wach und hütete den weissen Hahn wohl, denn sie traute dem Jungen nicht.

Eines Morgens nun krähte der Hahn viel lauter und viel länger, als er sonst zu tun pflegte. Die Alte dachte: «Ei, haben denn die Hühner ihre Eier schon gelegt?» und ging hinaus. Kaum stand sie draussen, schmunzelte sie, dass sich jede einzelne Falte in ihrem Gesicht auf und ab bewegte, und rieb sich die Hände. Das weite Meer vor ihr war nämlich von einem dichten Nebel bedeckt, sie konnte weder den Himmel noch das Wasser sehen. Da nahm sie den weissen Hahn in ihre Schürze und sprach: «Lieber Hahn, du weisst, ich habe dich einst vor einem bösen Falken errettet, willst du mir jetzt zum Dank einen Gefallen tun?» Da krähte der Hahn laut und lustig. «Gut», sagte die Alte, «wenn die Sonne untergegangen ist, sollst du übers Meer fliegen. Du findest jenseits am Strand ein schönes Schloss, auf dessen Balkon steht eine blaue Blume. Pflücke sie mit deinem Schnabel und trag sie rasch in meine Hütte. Doch gib wohl acht, dass du die Blume bringst, ehe die Sonne aufgeht, sonst zerfährt sie in nichts, und dir ergeht es schlimm.» Der weisse Hahn schwang wieder seine Flügel und krähte laut und munter.

Als die Sonne unterging, trug die Alte den Hahn an den Strand und sprach: «Nun fliege!» Da sprang der Junge, der hinter der Hütte gelauert hatte, hervor und schleuderte dem Hahn ein Stück Holz nach. Es knickte ihm die drei stärksten Federn, und da konnte er nicht mehr so rasch fliegen, wie er wollte. Die Alte wurde zornrot, gab dem Jungen eine Ohrfeige, dass er in den Sand fiel, und rief: «Du dummer Junge, was wirfst du so grob mit Holzscheiten nach deinem Glück!»

Indessen flog der Hahn durch den dichten grauen Nebel und die finstere Nacht. Eben als der Morgen dämmerte, erreichte er das schöne Schloss, auf dessen Balkon die verzauberte Königstochter stand. Der Hahn schwebte still über der blauen Blume und betrachtete sie voll Entzücken, denn sie gefiel ihm über alle Massen. Dann packte er sie sanft mit dem Schnabel und wollte sie abbrechen. In demselben Augenblick ging die Sonne rot und feurig hinter dem Nebel auf, und ihr Schein traf die Blume. Da fuhr der weisse Hahn geblendet zurück. Alsbald stieg aus dem blauen Kelch eine schöne Jungfrau mit einer goldenen Krone, und der Nebel verging spurlos. Der Hahn aber schmiegte sich an die Füsse der Jungfrau, da streichelte sie ihn und sprach: «Hab herzlichen Dank, du guter Hahn, du hast mich und das Land aus böser Verzauberung befreit.»

Und fortab herrschte die Königstochter wieder über das blaue Meer und das grüne Land. Der weisse Hahn aber blieb bei ihr, er mochte nicht mehr zu der Alten und ihrem hässlichen Jungen zurückfliegen.

Nach einiger Zeit wurde er tieftraurig, liess den Schnabel hängen und zog die weissen Federn über den Boden, dass sie grau und schmutzig wurden. Da sagte die Königstochter: «Lieber Hahn, was fehlt dir nur?» Zu ihrem Erstaunen antwortete da das Tier mit schöner menschlicher Stimme: «Ach, ich bin recht betrübt, gewiss kommt bald ein junger König und heiratet dich; das macht mir so grosses Herzeleid.» «Du guter Hahn», erwiderte die Königstochter, «gräm dich nicht, ich werde jeden, der mich begehrt, abweisen. Bist du nun zufrieden?» «Ja», erwiderte der Hahn, «doch zum Beweis, dass du es ernst meinst, nimm ein Messer und schneide mir den Hals durch.» «Solch schnöden Undank mutest du mir zu», rief die Königstochter entsetzt, «nein, das tue ich nimmermehr.»

Da frass der Hahn kein Körnchen mehr und trank auch kein Tröpfchen Wasser mehr, wurde mager wie ein Gerippe und riss sich alle weissen Federn aus. Da glaubte die Königstochter, er müsse sterben, und um seiner Qual ein Ende zu machen, nahm sie ein goldenes Messer und schnitt ihm den Hals durch.

Kaum hatte sie's getan, stand ein schöner junger Königssohn vor ihr, küsste sie und sprach: «Vor langen Jahren verwandelte mich ein Zauberer in einen weissen Hahn, und sein Falke verfolgte mich. Eine alte Frau jenseits des Meeres rettete mich zwar aus den Krallen des Raubvogels, doch sie tat es nicht aus Mitleid. Sie wusste nur zu wohl, wer ich war, und wollte, dass ich übers Meer fliege und ihr die blaue Blume hole. Denn die schlimme Alte wollte dich mit ihrem hässlichen Jungen vermählen und Land und Meer beherrschen.»

Da freute sich die Königstochter, und der Königssohn heiratete sie, und sie lebten lange glücklich in ihrem Schloss am blauen Meer.

Die Alte und der hässliche Junge aber hatten das Nachsehen. Sie mussten bis an ihr Lebensende die fauligen Eier ihrer braunen Hühner austrinken und konnten weder Hahnenbraten essen noch in Samt und Seide einhergehen. Und darum zankten sie sich vom Morgen bis zum Abend.

Die weisse Blume

An einem schönen Sommertag brach sich ein Kind einen grossen Blumenstrauss und stellte ihn in ein Wasserglas. Da blühten die Blumen ein paar Tage, und als sie verwelkt waren, warf man sie über den Gartenzaun auf einen wüsten Haufen Unrat. Eine Blume war weiss und zart, sie fror und bebte auf dem abscheulichen Unrat und dachte traurig: «Ach, so muss ich an diesem hässlichen Ort elendiglich verderben.» Da schlich ein grauer, struppiger Wolf den Zäunen nach, der hatte gewaltigen Hunger und suchte sich etwas zwischen die Zähne. Als er die weisse Blume im Dunkeln schimmern sah, hielt er sie für einen Knochen, nahm sie ins Maul und rannte spornstreichs in den Wald, wo er seine Höhle hatte. Dort warf er die Blume in eine Ecke und schlief und schnarchte gleich, er war so müde, dass er nicht einmal mehr einen Knochen benagen mochte.

Die Blume erholte sich langsam von ihrem Schreck und Schmerz, denn die Zähne des Wolfs hatten sich tief in ihr weisses Kleid gebohrt. Und weil es in der Höhle schön warm war, richtete sie sich empor, warf ihr weisses Kleid ab und stand als schönes Mädchen da. Es lag nämlich ein schwerer Zauber über dem Mädchen: es durfte nur nachts in seiner wahren Gestalt einhergehen, tagsüber musste es eine weisse Blume sein.

Das Mädchen sah sich in der Höhle um. Sie war sehr gross, und überall standen und lagen kostbare Dinge, als sei sie das Gemach eines Königs. Aber auf allen Geräten lag Staub und Erde, und der Boden war von faulenden Fleischfetzen und Knochen bedeckt, dass es ihm ekelte. Gerne hätte es den Wolf gefragt, was das zu bedeuten habe, aber es wagte nicht, ihn aufzuwecken, es fürchtete sich vor seinen scharfen Zähnen.

Als der Wolf am andern Morgen erwachte, lag das Mädchen als weisse Blume still in einer Ecke, und er kümmerte sich nicht um sie. Er ging davon, durchstreifte den Wald, suchte etwas zum Fressen, und am Abend kam er müde zurück und schlief gleich wieder ein. Das Mädchen jedoch erhob sich, nährte sich kümmerlich von den Resten und besah sich die schönen Dinge, und am Morgen lag es als Blume still in einer Ecke. So verging eine Zeit.

Da begab es sich, dass der König des Landes eine grosse Jagd veranstaltete. Und es hiess, wer den grössten und schönsten Wolf lebendigen Leibs fange, werde reich belohnt. Da wurden Fallen gestellt und Gruben gegraben, und der Wolf geriet auch in ein scharfes Eisen, das ihm den Vorderfuss bis aufs Blut zerschnitt. Er aber riss sich mit aller Gewalt los und floh in die Höhle.

Als das Mädchen aus der Blume stieg, sah es den Wolf bluten und hörte ihn im Schlaf laut stöhnen. Es hatte grosses Mitleid und wollte ihm die Pfote verbinden. Als es den rauhen Wolfsfuss in der Hand hielt, schimmerte es unter dem Fell weiss, und es schob darum den Pelz ein wenig beiseite. Wie klopfte da sein Herz, denn anstelle der Pfote hielt es nun einen schönen menschlichen Fuss. Da nahm es ein scharfes Messer und löste sachte den Wolfspelz vom Leib des Schlafenden. Und, o Wunder, seine Ahnung hatte es nicht betrogen, unter dem rauhen grauen Fell hielt sich ein junger schöner Mann verborgen. Er trug ein blausilbernes Gewand, und lange goldene Locken fielen ihm über sein Antlitz. Es schob die Haare weg, um ihn besser zu sehen, da erwachte er und richtete sich auf. Kaum gewahrte er den Wolfspelz am Boden, liefen ein paar Tränen über seine Wangen. Dann ergriff er das Mädchen bei der Hand. Doch ehe er es anreden konnte, schien der Tag in die Höhle, und das Mädchen lag als weisse Blume im Staub. Da dachte er: «Das ist gewiss eine Elfe gewesen, die hat mich erlöst und ist mit der Sonne verschwunden.»

Weil er im Wald ein Jagdhorn blasen hörte, trat er vor die Höhle. Alsbald kamen die Jäger gelaufen, und der König eilte herzu und schloss ihn in die Arme. Er führte ihn aufs Schloss, liess eine frohe rote Fahne aufziehen, und es wurde ein grosses Fest gefeiert, das dauerte eine ganze Woche. Der junge Mann war nämlich niemand anders als der Königssohn. Vor zehn Jahren hatte ihn ein böser Zauberer aus dem Schloss in den Wald entrückt, dass er dort als grauer Wolf einsam leben musste. Erst wenn ihm der Pelz vom lebendigen Leib geschnitten werde, sei er frei, hatte es geheissen.

Das arme Mädchen aber war tief betrübt, als es am Abend den Königssohn nicht mehr fand und nur noch der Wolfspelz in der Höhle lag. Den nahm es zu sich und sprach: «Ich will gehen und dem Königssohn den Pelz bringen, ich werde ihn finden, und wohnte er am Ende der Welt.»

So hing es das Fell um und wanderte durch den wilden, kalten Wald, wo viele reissende Tiere hungrig heulten. Das Mädchen zitterte und bebte, doch es geschah ihm nichts, selbst die Bären und Wildschweine hatten Angst vor ihm, denn sie hielten es für einen starken Wolf. Als der Morgen kam, kroch es in einen hohlen Baum, verbarg den Wolfspelz wohl und stand als weisse Blume den lieben langen Tag an ein und derselben Stelle. In der Nacht aber wanderte es weiter. So kam es sicher aus dem Wald ins Freie, wo in den Feldern und Wiesen viele, viele Blumen blühten.

Eines Nachts nun kroch das Mädchen in einen Heuschober und wollte ein bisschen schlafen. Es war schrecklich müde, denn es hatte den ganzen Tag als weisse Blume in einer Wiese gestanden und gefürchtet, die Kinder würden es ausraufen. Wie es so lag, drang ein schwaches Licht durch eine Ritze, und es hörte zwei Stimmen miteinander reden. Eine sagte: «Hast du's gehört, der Königssohn zahlt dem, der ihm den Wolfspelz bringt, tausend Goldstücke, das ist ein schönes Geld.» «Gewiss», antwortete die andere Stimme, «aber wozu nur braucht er den Pelz, es weiss ja kein Mensch, wo die Höhle ist, kann es kein anderes Fell sein?» «O nein», sagte die erste Stimme, «er will nur dieses und es zur Erinnerung an die traurige Zeit tragen, wo er ein grimmer Wolf sein musste.»

Das Mädchen zitterte bei diesen Worten vor Freude und machte sich gleich auf den Weg nach dem Schloss. Eben als es die goldene Pforte erreichte, ging die Sonne auf, und es stand als weisse Blume da. Es konnte vorher nicht einmal mehr den Pelz verstecken. Eine niedere Dienstmagd, die am Brunnen Wasser schöpfte, fand das Fell und klatschte in die Hände, denn sie wusste genau, welcher Preis darauf stand. Und weil der Königssohn sich gar so sehr über den Fund freute, wusste sie ihn zu betören, und er erkor sie sich zur Braut, obwohl in seinem Herzen nicht ein Fünkchen Liebe zu ihr glomm. Die Hochzeit sollte in drei Tagen gefeiert werden, und im Schloss herrschte darum ein grosses Jagen und Treiben, jeder regte die Hände.

Als das Mädchen in der Nacht den Wolfspelz nicht mehr fand,

schnitt ihm der Schmerz wie ein glühender Pfeil durchs Herz, es stand und schaute zum dunklen Himmel und wusste nicht, was beginnen.

Am andern Tag kam die falsche Braut. Sie brach sich Blumen und brach auch die weisse, denn sie gefiel ihr wohl. Im Schloss kam ihr der Königssohn entgegen. Kaum erblickte er die weisse Blume, befiel ihn eine unbezwingliche Sehnsucht nach ihr. Er mochte sie der ungeliebten Braut nicht gönnen und sagte: «Du hast da einen schönen Strauss, sei so gut und schenk ihn mir.» Zuerst wollte sie nicht und erwiderte: «Nein, den kann ich dir nicht geben, ich brauche die Blumen für unser Hochzeitsfest.» Die Worte brannten ihn wie höllisches Feuer, und er antwortete: «Es braucht nicht der ganze Strauss zu sein, ich bin mit einer einzigen Blume zufrieden.» Da liess sie ihn wählen, und er nahm die weisse Blume.

Er steckte sie an den grauen Wolfspelz, der neben seinem Bett hing. Und von der Stunde an hasste er seine Braut und sann und sann, wie er die Hochzeit verhindern könnte.

Zuletzt sagte er: «Das Fest kann noch nicht sein, denn ich möchte gern in meinem grauen Wolfspelz in die Kirche gehen. Nun aber ist er gar grau und schlicht, ich müsste mich darin vor den geputzten Gästen und deinem Brautschmuck schämen. Darum soll ihn der Hofschneider mit Gold- und Silberfäden und bunten Edelsteinen bestikken.» Der Braut war das recht, denn sie hatte ein eitles, putzsüchtiges Herz. So hatte er Aufschub gewonnen.

In der Nacht verwandelte sich die Blume in das Mädchen, und es merkte, dass es sich im Gemach des Königssohns befand. Da setzte es sich neben sein Bett und erzählte ihm alles, was es von der Höhle, dem Wald und dem Wolf wusste. Er erwachte darüber, sah das Mädchen und hielt es wieder für eine Elfe. Doch es sagte: «Ich bin ein Mensch wie du!» und erzählte ihm seine Geschichte haarklein. Da küsste und umarmte er es frohen Herzens und rief: «Du bist meine liebe Braut, die andere soll ihren Betrug bereuen.»

Bis zum Hochzeitstag hielt er das Mädchen in seinem Gemach verborgen, das war ein Leichtes, es musste ja tagsüber eine weisse Blume sein.

Als der Festtag anbrach, tat der Königssohn den reich verzierten

Wolfspelz um und steckte die weisse Blume an sein Herz. Er sass froh neben der falschen Braut und schaute den schmausenden, trinkenden Gästen vergnügt zu. Als die Nacht einbrach und die Diener die Kerzen ansteckten, dass der Saal lichterhell erstrahlte, stand wie aus dem Boden gewachsen ein schönes Mädchen neben dem Königssohn. Die falsche Braut wollte es schlagen und schalt laut, weil es ein schlichtes Röcklein trug. Doch der Königssohn trat mit dem Mädchen in die Mitte des Saals und sprach mit lauter Stimme: «Das ist meine wahre Braut, sie hat mich aus der schlimmen Verzauberung gebracht.» Und er erzählte den horchenden Gästen alles haarklein.

Da entfloh die Magd mit Schande.

Der Königssohn aber heiratete das Mädchen.

Nach dem Fest liess er einen weisen Mann kommen. Der sprach drei Worte über der jungen Königin, und da war der Bann gelöst, und sie ging auch am Tag in ihrer wahren Gestalt einher.

Doch zur Erinnerung, dass ihr Gemahl sie als weisse Blume in die Wolfshöhle getragen hatte, sassen vier rote Punkte auf ihrem rechten Arm.

Den grauen Pelz aber hielten sie hoch in Ehren, und er war der schönste Königsmantel weit und breit.

Die schwarze Zunge

Ein Mann und eine Frau lebten lange Zeit in ungetrübtem Glück, denn sie hatten sich von Herzen lieb.

Eines Tages, als der Mann in den braunen Erdschollen grub, stand unversehens eine winzige Frau vor ihm. Sie trug eine nebelgraue Haube und ein braunes Gewand, das ging ihr bis über die Schuhe. Und über alles fiel ein zarter Schleier, dünn wie ein Lufthauch, aber kostbar wie kaum ein Ding in der Welt, denn er war aus lauter Sonnenstäubchen gewebt.

Der Mann erschrak, denn er wusste genau, dass das die Ackerfee war, und er hatte gar oft gehört, dass die Ackerfee ein böses Herz habe und den Menschen schlimme Streiche spiele. Doch dann dachte er: «Ich will ihr den Schleier wegnehmen und meiner Frau bringen, die hat grosse Freude an so schönen Dingen.» Aber ehe er einen Finger rühren konnte, sagte die Ackerfee mit klarer Stimme: «Du musst dich nicht fürchten, ich will dir wohl. Schon lange weiss ich, wie so friedlich du und deine Frau miteinander hausen. Und damit euer Glück nie weicht, nimm dies.» Damit holte sie eine kleine braune Wurzel unter dem Schleier hervor. Der Mann betrachtete das Ding verwundert, und die Fee sagte: «Gib die Wurzel noch heute deiner Frau, aber vergiss es ja nicht.» Und gleich war sie in einer braunen Furche verschwunden, der Mann sah sie nicht mehr, so eifrig er suchte und spähte. Aber auch die schärfsten Augen hätten das Gewand und den Schleier der Fee nicht von den Erdschollen und den Ährenschäften unterscheiden können. Da steckte er die Wurzel in die Tasche, grub weiter, und als die Abendglocke läutete, ging er heim.

Die Frau stand am Fenster und sah nach ihm aus. Als sie ihn kommen sah, eilte sie in die Küche und hob die Suppe vom Feuer. Doch als sie einen Löffel davon kostete, verbrannte sie sich die Zunge, und die Zunge schrumpfte gleich zusammen, wurde klein und schwarz und tat fürchterlich weh. Und als der Mann der Frau freundlich einen guten Abend bot, konnte sie kein Wort reden; darüber grämte er sich und vergass das Geschenk der Ackerfee.

Am andern Tag schmerzte die Zunge nicht mehr, aber sie war und blieb schwarz, und die Frau brachte kein freundliches Wort mehr über die Lippen, sie konnte nur noch schimpfen und keifen. Das schnitt dem Mann tief ins Herz, denn was half's, dass er auf die Scheltreden freundlich antwortete und ihr zuliebe tat, was er konnte, die Frau wurde täglich zänkischer und verdriesslicher, es war, als sei der Teufel leibhaftig in sie gefahren.

Da hielt es der Mann nicht mehr aus, er ging davon und liess die Frau allein. Und wie er so dahin wanderte, sich nochmals umdrehte und seinen Acker beschaute, gewahrte er zwischen den hohen Kornhalmen den goldenen Schleier der Ackerfee. Alsbald erinnerte er sich an ihre Worte und fühlte die Wurzel in seiner Tasche. Da fasste ihn ein gewaltiger Zorn, er nahm die Wurzel, warf sie mitten in den Acker und rief: «Nimm deine falsche Gabe zurück, sie hat ihren Zweck erfüllt.» Gleich erscholl ein gellendes Gelächter aus der Ackerfurche, dass der Mann von wildem Grausen gepackt davonlief.

Als er am Mittag, am Abend und auch in der Nacht nicht zurückkehrte, und als eine ganze Woche verstrich, ohne dass er sich zeigte, wurde die Frau böse und sprach zu sich: «Der schlechte Kerl ist mir davongelaufen, was soll ich tun? Aber seinetwegen mag ich nicht verhungern.» Und weil sie sah, dass das Korn auf dem grossen Acker eben reif war, nahm sie eine Sichel und machte sich ans Werk.

Es war heiss, und die Sonne stach, und die Frau schalt weidlich, dass der Mann sie die harte Arbeit allein tun lasse. Wie sie so schnitt, fand sie zwischen den Halmen die Wurzel, die der Mann davongeschleudert hatte. Die Wurzel war winzig klein und sehr hart und glich der vertrockneten Zunge der Frau aufs Haar. Und sie steckte das Ding verwundert zu sich.

Als sie am Abend müde in der Stube sass, nahm sie die Wurzel aus der Tasche und betrachtete sie, denn das Ding brannte sie dort wie Feuer. Und je länger sie die Wurzel betrachtete, umso weicher wurde ihr Herz, und sie fing an zu schluchzen und zu klagen: «Ach, wie bin ich so böse und hart gewesen und habe meinen lieben Mann aus dem Haus getrieben.» Und wie sie so klagte, fielen die Tränen auf die Wurzel, die sog das salzige Wasser begierig ein und wurde weich und zart.

Am andern Morgen, vor Tag, ging die Frau auf den Acker und grub die Wurzel tief in die Erde, denn ihr hatte geträumt, wenn sie das tue, werde noch alles gut. Und kaum stak die Wurzel im Boden, kam die Ackerfee in ihrem goldenen Schleier und sagte: «Nun weiss ich, dass dein Herz noch gut ist.» «Ach», klagte die Frau, «ich bin in grosser Not, und ich weiss, du verstehst mehr als alle Menschen, sag, wie kann ich meinen Mann zurückgewinnen.» «Wenn du heute nacht deine Zunge neben die Wurzel hier in die Erde gräbst», sagte die Fee und verschwand.

Da ging die Frau, nahm ein scharfes Messer und schnitt sich die Zunge aus dem Mund. Es tat entsetzlich weh, ihr war, die ganze Hölle brenne nun in ihrem Schlund, doch sie achtete nicht auf die Schmerzen, sondern ging in der tiefen Nacht aufs Feld und tat ihre schwarze, harte Zunge neben die Wurzel in die Erde.

Kaum hatte sie die Zunge zugedeckt, erhob sich ein furchtbares Unwetter: der Regen rauschte stromweise nieder, die Hagelkörner fielen erbsengross, der Donner grollte, und der Blitz zerriss die Finsternis mit gelben Flammen. Die Frau dachte, ihr letztes Stündchen sei gekommen, und betete leise. Doch weil sie keine Zunge hatte, drang nicht die kleinste Silbe über ihre Lippen, und traurig dachte sie: «Ach, mein Gebet hat keine Kraft, der liebe Gott kann es ja nicht hören.» Und erschöpft und nass bis auf die Haut schlief sie ein.

Als sie erwachte, war der Himmel blau und die Sonne schien golden, dicht neben ihr aber wiegte sich ein Rosenbusch voll roter Rosenblumen im Wind, und sie konnte sich nicht sattsehen an der Pracht.

Da kam ein alter Mann, der blieb vor dem Rosenbusch stehen und sprach leise: «O die schönen Blumen.» Da brach ihm die Frau einen Strauss, und er nahm ihn in seine zitternden Hände und dankte ihr.

Der Alte aber war niemand anders als der Mann, denn seit er davongegangen war, waren viele, viele Jahre verstrichen, und die Frau hatte so lange im Feld geschlafen. Der Mann aber war von bitterm Heimweh gequält und wollte vor seinem Tod sein Feld und sein Heim nochmals sehen. Weil sie sich nicht erkannten, fragte er sie nach dem Haus. Sie aber konnte nicht reden, darum nahm sie ihn bei der Hand und führte ihn in die Stube. Dort musste er auf der Ofenbank sitzen, und sie ging in die Küche und kochte ihm eine stärkende

Suppe. Doch als sie den Löffel nahm und schmeckte, ob die Suppe gar sei, wuchs ihr die Zunge neu.

Nun brachte sie dem Gast die Suppe. Er aber war auf der Bank eingeschlafen. Sie weckte ihn und sprach: «Iss und stärke dich, dann will ich dir ein weiches Bett zurechtmachen.» Da fiel es ihm wie Schuppen von den Augen, und er merkte, dass er in der eigenen Stube sass und dass seine Frau so freundlich zu ihm sprach. Und da wurde er wieder jung und frisch. Und sie umarmten sich und freuten sich sehr, dass der böse Zauber gewichen war. Sie lebten noch lange und dachten stets voll Dankbarkeit an die Ackerfee.

Der Wassergeist und der Knabe

Es stand einmal ein grosses Haus mitten in einem grünen Garten. In dem Haus wohnten viele Leute: Vater und Mutter, ihre sieben Kinder und vier Knechte und drei Mägde. Die alle arbeiteten von früh bis spät fleissig. Die Mädchen und Mägde mussten kochen und fegen, spinnen und nähen, die Knaben und Knechte aber im Garten graben und hacken und pflanzen und schneiden. Zwei von den Knaben taten das gerne, der mittlere aber liebte die Arbeit gar nicht, er setzte sich viel lieber unter einen Baum und zeichnete Blumen und Bäume und Berge und Wolken auf seine Schreibtafel oder auf ein Blatt weisses Papier. Ertappte ihn aber der Vater dabei, zerriss er ihm das Papier und löschte das Bild auf der Tafel aus. Und erwischten ihn gar seine Brüder und Schwestern, schrien sie gleich laut, dass die Eltern kamen und den Faulpelz abstraften. Und weil das alles nichts half, zerbrach man dem Knaben die Tafel und nahm ihm alles Papier und alle Federn und Bleistifte weg.

Weil nun der Knabe das Malen und Zeichnen nicht lassen konnte, nahm er Ziegelsteine und schwarze Kohle und zeichnete damit auf die Wände des Hauses. Da sperrte man ihn in eine leere Kammer, und er musste vom Morgen früh bis am Abend spät Garn winden, das seine Schwestern gesponnen hatten. Aber der Knabe hielt dies Leben nicht aus und entfloh eines Nachts heimlich durch das Fenster.

Die Eltern und Geschwister suchten gar nicht nach ihm, sondern sagten: «Endlich sind wir den Faulpelz los, jetzt kann er uns die Wände nicht mehr verschmieren, gewiss hätte er uns später nur Schande gemacht.»

Indessen lief der Knabe weit weit durch die Welt und staunte, wie sie gar so gross und schön war. Und er sprach das eine über das andere Mal zu sich: «O, wenn ich doch die herrlichen Berge und Seen und die Wälder und Felder malen könnte, wie wäre ich doch dann glücklich!»

Eines Abends sass er am Ufer eines kristallklaren Sees. Er sah die glühenden Berggipfel, die roten Wolken und die grünen Bäume darin gespiegelt, und da liefen ihm die Tränen über die Wangen und er seufzte: «Ach, wann werde ich etwas so Schönes malen können, etwas Herrlicheres als diesen See gibt es auf der weiten Welt nicht mehr.»

Wie er so seufzte, tat sich der graue Fels, auf dem er sass, auseinander, und der blaue Wassergeist, der Herr des Sees, trat zu ihm und sprach: «Komm mit mir und male, was du schön findest, dann kann ich es immerfort ansehen und muss in der langen dunklen Nacht keine Angst mehr haben.» Da erwiderte der Knabe: «Wie gerne erfüllte ich deinen Wunsch, aber meine Kunst ist klein, ich weiss nicht, ob ich je in meinem Leben diesen schönen See malen kann.» «Komm nur mit mir», sagte der Wassergeist und nahm den Knaben bei der Hand.

Er führte ihn durch den grauen Felsen in sein unterirdisches Glasschloss. Dort bewirtete er ihn mit einem köstlichen Mahl; schöne Fische trugen es in Perlen und Silberschalen herbei. Und als der Knabe sich sattgegessen hatte, führten ihn zwei goldene Fische zu einem grossen Muschelbett und deckten ihn gut zu.

Der Knabe schlief sanft, doch mitten in der Nacht weckte ihn ein ängstliches Seufzen und Stöhnen, es klang so herzzerreissend, dass er den Tönen nachging. Da fand er den Wassergeist; der sass auf seinem Korallenthron und seufzte und stöhnte laut. Als der Knabe fragte: «Was fehlt dir, kann ich dir helfen?», antwortete er: «Ach, ich kann nicht schlafen, ich muss immerfort die grausige schwarze Nacht ansehen, und darum schwinden meine Kräfte rasch und ich muss bald sterben.» Da nahm der Knabe die feuchte Hand des Geistes und erzählte ihm von seiner weiten Reise; und wie er so erzählte, lauschte der Geist begierig, und die Nacht verging im Nu. Kaum schien der helle Morgen, war der Geist fröhlich. Nun führte er den Knaben in einen grossen Saal. Dort schwammen tausend Fische, und jeder hatte eine andere Farbe als sein Nachbar. Der Knabe stand und staunte mit offenem Mund. «Sieh», sagte der Geist, «jeder Fisch trägt eine graue Muschel auf dem Rücken, darin schwimmt eine Flüssigkeit von genau derselben Farbe, die der Fisch hat. Nimm die Farben, sie werden nie ausgehen, soviel du auch brauchst, und bemale mir die Wände dieses grossen Saales. Dort in der Ecke steht alles Gerät, das du brauchst.» Und mit diesen Worten verliess er den Saal.

Dem Knaben aber brannten und zuckten die Finger, und er begann zu malen, und er malte, dass die Wangen wie Feuer brannten und die Augen wie Sonnen strahlten.

Als der Geist kam, um ihn zum Essen zu holen, blieb er staunend stehen, denn der Knabe hatte einen grossen grünen Baum an die Wand gemalt. «Siehst du, es geht gut», sagte der Geist, «doch komm, nun musst du essen und schlafen.» Und wieder bedienten die Fische den Knaben, als wäre er ein Königssohn.

In der Nacht weckte das ängstliche Seufzen des Geistes den Knaben wiederum, und er ging und tröstete ihn und erzählte ihm bis zum Morgengrauen von seiner Wanderung durch die weite Welt.

Früh am andern Morgen begann der Knabe wieder zu malen, und er malte so eifrig, dass am Abend der Wassergeist ihm den Pinsel aus der Hand nehmen und ihn in sein Muschelbett tragen musste. Und diesmal schlief der Knabe so tief, dass ihn das ängstliche Stöhnen des Geistes nicht weckte.

Es verging eine Woche, und der Knabe malte, als gelte es sein Leben. Am Morgen des zehnten Tages sagte der Wassergeist: «Nun musst du mir den Thronsaal ausmalen, du kannst es, es hilft dir keine Widerrede.» Und da sah der Knabe, wie blass und vermagert der Geist war, und er sagte zu sich: «Ja, ich muss den Saal ausmalen, das darf so nicht weitergehen, sonst stirbt der gute Wassergeist, weil er in der Nacht so schrecklich Angst leiden muss.»

Da ass und trank und schlief der Knabe drei Tage und drei Nächte nicht, sondern malte und malte. Und als der Morgen des vierten Tages anbrach, leuchteten die Wände des Thronsaals, als seien sie der kristallklare See selber und spiegelten den Himmel, die Wolken, die Berge und die Bäume ab.

Der Wassergeist wankte blass und schmal herein, er bestaunte das Werk des Knaben und konnte sich nicht sattsehen daran. Und als dann die Nacht anbrach, durfte sie nicht in den Thronsaal dringen; er blieb hell und bunt wie am Tag. Und der Wassergeist gewann seine Kräfte wieder, keine finstere Angst zehrte mehr an seinem Leib.

Der Knabe aber blieb noch eine Zeit im Seepalast unten und malte. Da auf einmal packte ein grosses Heimweh sein Herz. Er trat zum Wassergeist und sprach: «Entlasse mich, mein Herz schreit nach der Erde, ich muss sterben, wenn ich nicht hinaufgehen darf.» Da liefen dem Geist zwei grosse Tränen über die Wangen und waren die schönsten Perlen, die der Knabe je gesehen. Und der Geist küsste ihn auf die Stirn und sprach: «Geh und sei glücklich, ich darf dich nicht halten; und zum Dank für deine Bilder, nimm diese Muschel; öffne sie, wenn du in grosser Not bist, und sie wird dir Hilfe bringen.» Dann führte er den Knaben durch den Felsengang auf die feste Erde. Er wandte sich rasch in seinen Palast zurück, und die Fische hatten gar viel zu tun, um die vielen Perlen, die der Wassergeist weinte, wegzutragen, sonst hätten sie bald den hohen Thronsaal angefüllt.

Der Knabe aber zog durch die Welt. Er war jetzt ein schöner junger Mann, denn er hatte zehn Jahre beim Wassergeist unten gelebt. Und bald erlangte er einen grossen Ruf als Maler.

Eines Tages liess ihn gar der König des Landes in einer silbernen Kutsche holen und sagte: «Bemale mir die Wände meines Schlosses mit schönen Bildern.» Das tat der Maler mit tausend Freuden; und was er im Schloss malte, war tausendmal schöner, als was er sonst schon gemalt hatte. Das rührte daher, dass ihm die Königstochter bei der Arbeit zusah. Und weil sie gar fein und lieblich war, entbrannte sein Herz in grosser Liebe, und er konnte nicht mehr ohne sie leben.

Als nun alle Wände im Schloss prächtig schimmerten, kam der König und wollte ihm zum Lohn eine goldene Kette umhängen und dazu tausend Goldstücke geben. Aber der Maler wies das zurück und sprach: «Behalte deine Schätze, gib mir deine Tochter zur Frau, das ist mein wahrer Lohn.» Der König ergrimmte und rief: «Packt den Vermessenen und werft ihn in den Turm, da kann er sich besinnen, wer er ist und was man sein muss, um die Hand meiner Tochter zu erhalten.»

Da lag der arme Maler auf dem harten Stroh und grämte sich sehr, denn er hatte keine Farben mehr und sah seine liebste Königstochter nicht. Und weil er im tiefsten Verliess schmachtete, merkte er nicht, dass der Feind das Land überzog, den König besiegte und alles kurz und klein schlug. Als aber auch das Schloss an allen vier Ecken brannte, glaubte der Maler, sein Ende sei gekommen und er müsse elendiglich in Rauch und Qualm ersticken. In seiner Not dachte er an den Wassergeist, und da kam ihm die Muschel in den Sinn, die ihm der Geist zum Abschied geschenkt hatte. Er tat sie rasch auf, und da lag die grösste und schönste Perle darin, die der Wassergeist je geweint hatte.

Die Perle schimmerte sanft; und wo ihr schönes Licht hinfiel, erlosch das Feuer, und Rauch und Qualm verzogen sich. Und aus Schutt und Asche erhob sich das Schloss schmuck und neu.

Der Maler aber suchte die Königstochter. Er fand sie im Garten mit russigen Gewändern und geschlossenen Augen. Da legte er die Perle auf ihren Mund. Alsbald kehrte das Leben in sie zurück, und sie stand schön und glücklich vor ihm.

Die beiden umarmten und küssten sich. Dann wanderten sie durch das verwüstete Land, und im Schein der schönen Perle erglänzte es bald wieder, als wäre nie ein wilder Krieg über seine Städte und Felder gegangen.

Dann kehrten sie ins Schloss zurück und waren König und Königin. Und die Bilder, die der König malte, wurden immer schöner.

Der König in der silbernen Fähre

Vor Zeiten floss ein dunkles Wasser mit goldenen Wellenringen an einem Schloss vorbei und rauschte und sang Tag und Nacht. Oben im Schloss hauste ein Fürst mit seinem einzigen Kinde, einem schönen Mädchen.

Die Fürstentochter trug ein goldenes Gewand, sass am Fenster und lauschte dem Gesang des Wassers und beschaute sich die goldenen Wellenringe.

Eines Tages glitt eine Fähre vorbei, die war silbern, und in der Fähre lag ein König in goldener Rüstung und schlief.

Die Fürstentochter sah der silbernen Fähre nach, bis sie in der Ferne verschwunden war und sie kein Schimmerchen mehr von der goldenen Rüstung des Königs erspähen konnte. Und da wurde sie todestraurig, denn eine heisse Sehnsucht nach dem König verzehrte ihr Herz, doch die silberne Fähre kam nicht wieder dahergeglitten.

Da tat die Fürstentochter ihr goldenes Gewand in den Schrein, nahm ein schlichtes und ging aus dem Schloss davon in aller Heimlichkeit.

Sie wanderte dem dunklen Wasser nach und suchte den König und die silberne Fähre. Und als sie fünf lange Tage und fünf lange Nächte gegangen war, kam sie an einen königlichen Garten, der war von dem dunklen Wasser gesäumt. Und an einem Weidenbaum war die silberne Fähre mit einer goldenen Kette angebunden. Da pochte ihr Herz vor Freude laut. Sie ging geradewegs aufs Schloss, das weiss und hoch aus den Bäumen hervorschaute, und klopfte ans Tor. Da tat der Pförtner ein Fensterchen auf und fragte: «Wer steht draussen?» «Eine Fürstentochter», antwortete sie, «führ mich zum König.» Da beguckte der Pförtner die Fürstentochter von unten bis oben und sagte dann verdriesslich: «Du lügst, du trägst ja ein Gewand aus schlichter Seide, hier herein dürfen nur Fürsten- und Königstöchter in goldenen Gewändern kommen.»

Da stand die arme Fürstentochter müde und traurig, aber sie sprach zu sich: «Ich will heimgehen, mein goldenes Gewand antun und wiederkommen.» Und sie wanderte wiederum fünf lange Tage und fünf lange Nächte dem dunklen Wasser entlang.

Aber sie fand das väterliche Schloss nicht mehr, denn der Feind war gekommen, hatte das Land verwüstet und das Schloss in Schutt und Asche gelegt, und keine lebende Seele war entronnen.

Drei Tage und drei Nächte sass die Fürstentochter am Ufer des dunklen Wassers und weinte, und wo eine Träne aufs Wasser fiel, verschwand ein goldener Wellenring. Dann trocknete sie ihr Angesicht und suchte unter den Trümmern nach dem goldenen Gewand, aber sie fand nichts als einen toten Knappen. Sie nahm sein Gewand und begrub ihn. Und in der Knappentracht ging sie zum drittenmal dem dunklen Wasser nach, fünf lange Tage und fünf lange Nächte. Da stand sie wieder vor der Schlosspforte und bat um einen Dienst, denn die Sehnsucht nach dem König nagte an ihrem Herzen. Weil sie ein feines Wesen hatte, wurde sie angenommen und kam ins Leibgefolge des Königs.

Und als der König den jungen, schönen Knappen sah, wollte er wissen, wer er sei, liess ihn kommen und fragte nach seiner Herkunft. Doch da schlug die Fürstentochter die Augen nieder und sprach: «Ich bin ein armes Waisenkind, weiss nicht, wer meine Eltern sind.»

Jeden Abend, wenn alles im Schloss still war, schlich sich die Fürstentochter zum Weidenbaum, setzte sich in die silberne Fähre, dachte an den König und sang. Und da kamen die Schwäne dicht an sie heran, und die Fische stiegen aus der Tiefe und lauschten ihrem Gesang. Und eines Nachts drangen ihre Lieder ins Schlafgemach des Königs, und weil ihm der Gesang gefiel, wollte er den Sänger sehen und ging den Tönen nach. Und da fand er den jungen, schönen Knappen in der silbernen Fähre. Von diesem Tag an musste der Knappe den König täglich in der silbernen Fähre über das dunkle Wasser rudern und singen.

Nun aber wurde des Königs Angesicht immer düsterer, und da fasste sich die Fürstentochter eines Tages ein Herz und sprach: «Lieber Herr, meine Lieder können Euch nicht mehr froh machen, sprecht, welcher Kummer quält Euer Herz?» Da seufzte der König tief und antwortete: «Lieber Knappe, ich kann in meinem Leben nicht wieder froh werden, wenn ich die Fürstentochter im goldenen Gewand nicht zur Frau bekomme. Sieh, vor drei Jahren reiste ich durch die Welt. Da traf mich die Nachricht, mein Vater liege im Sterben. Alsbald stieg ich in die silberne Fähre und fuhr eilig den dunklen Strom mit den goldenen Wellenringen hinab. Und da kam ich an einem Schloss vorbei, darin war eine Fürstentochter in einem goldenen Gewand, die trat im Traum zu mir und sprach: ‚Warte! Wenn die Zeit um ist, komm ich auf dein Schloss.‘ Mein Vater aber nahm mir das Versprechen ab, dass ich mich drei Jahre nach seinem Tode verheirate. Und in drei Wochen ist die Frist vorbei. Aber ich mag keine der vielen Königstöchter, keine gleicht der Fürstentochter im goldenen Gewand.» Da schwieg die Fürstentochter und mochte nicht mehr singen und weinte bitterlich um das verlorene Glück.

Die drei Wochen verstrichen, und es kamen täglich viele Königstöchter aufs Schloss, und jede trug ein goldenes Gewand, denn der König hatte ausrufen lassen, er nehme nur eine Fürstentochter in einem goldenen Gewand zur Frau.

Der König aber war düstern Sinnes, denn er mochte nicht eine der vielen Jungfrauen leiden.

Zuletzt sprach er: «Kommt morgen alle in den grossen Saal, dass ich meine Wahl treffen kann.» Und wie er so durchs Schloss ging, hörte er überall die goldenen Gewänder rauschen, und er fand am Boden tausend und abertausend feine goldene Flitterchen. Doch als er eines aufhob, sah er, dass es aus Rauschgold war und zwischen seinen Fingern schwarz wurde. Da kam ihm ein guter Gedanke.

Als am andern Tag die Königstöchter im Saal standen und sich mit neidischen Blicken massen, sprach der König: «Geht an das dunkle Wasser, das meinen Garten begrenzt, und wascht eure goldenen Gewänder; und die wird meine Braut, deren Kleid am schönsten glänzt, wenn sie es aus dem Wasser zieht.» Da murrten die Königstöchter und sagten: «Wir sind vornehme Königstöchter, keine Mägde.» Doch es ging jede ans Wasser und wusch ihr Gewand, und ein königlicher Diener gab acht, dass es mit rechten Dingen zuging.

Indessen sass die Fürstentochter traurig in der silbernen Fähre, denn sie hatte die vielen Königstöchter und ihre schimmernden Gewänder wohl gesehen. Da dachte sie: «Ach, wie ist mein Wämslein schmutzig, es ist Zeit, dass ich's einmal wasche.» Sie zog es aus und tat es ins Wasser. Aber da kamen die Königstöchter und nahmen es ihr und zerrissen es in tausend Fetzen, denn sie sahen wohl, wie schön und herrlich die Fürstentochter war. Das half ihnen freilich wenig, darum wurden ihre Gewänder nicht schöner, das Wasser spülte das falsche Flittergold eifrig hinweg, und sie zogen nichts als den grauen, nassen Seidenstoff heraus.

Die Fürstentochter aber floh in die silberne Fähre und wollte sich vor Trauer ins Wasser stürzen, denn so nackt und bloss durfte sie sich vor dem König nicht mehr zeigen.

Aber da kamen zehn weisse Schwäne und tausend bunte Fische, und der schönste Schwan trug die Knappentracht neu und schön auf dem Rücken und sprach: «Nimm dein Gewand, wir haben es aus dem Wasser geholt zum Dank für deine Lieder, das Wasser aber hat es aus deinen Tränen gewirkt, die auf die goldenen Wellenringe gefallen sind.» Da schlüpfte sie hinein und fuhr dem Schloss zu.

Alsbald schwoll dem Ufer entlang ein Raunen und Murmeln an, und alle, alle Königstöchter starrten sie an und wuschen nicht mehr, und eine schrie laut: «Gebt acht, der König kommt, rasch rasch, wir wollen sie ertränken, bevor er sie gesehen hat.»

Aber schon trat der König aus dem Tor, schritt auf die silberne Fähre zu und rief mit ausgebreiteten Armen: «So bist du doch noch gekommen und bringst mir das Glück.» Die Fürstentochter schlug die Augen nieder, denn die Worte taten ihr weh, und sie wollte die glückliche Braut nicht sehen. Aber, o Wunder, sie trug ja kein braunes Wämslein mehr, sondern ihr goldenes Gewand, und sie merkte, dass die Worte ihr galten.

Der König sprang zu ihr in die Fähre, und sie küssten sich. Dann glitt die silberne Fähre über das dunkle Wasser mit den goldenen Wellenringen davon. Der König aber stand neben seiner wahren Braut, und sie verschwanden vor den Augen der staunenden Menge. So fuhren sie weit in ein seliges Land, und keiner hat sie mehr gesehen.

Der Fischkönig

Am Ufer eines lieblichen Sees lebte einst ein Fischer und war ganz allein und verlassen. Den lieben langen Tag war er am Wasser oder am Ufer und lockte die Fische in sein Netz oder fing sie mit einem spitzen Angelhaken. Wenn der Abend kam und Nebel und Kühle brachte, kehrte der Fischer mit seiner Beute in sein Häuschen zurück, und dort briet und sott er die Fische und ass sie auf, etwas anderes hatte er nicht zu essen.

Eines Tages, als er wieder am See sass, sagte er laut vor sich hin: «Ach, warum muss ich immer so allein sein. Es wäre viel schöner, wenn ich einen Menschen bei mir im Häuschen hätte, der mir die Stube aufräumte, die Netze flickte und wenn ich hungrig bin, die Fische fein braun und knusprig backte.» Und der Fischer seufzte tief und schwer. Da traf ihn ein heftiger Wasserstrahl mitten ins Gesicht. Er schüttelte die Tropfen ab und rieb sich die Augen klar. Da sah er dicht vor sich einen silbernen Fisch, der mit dem Schwanz heftig aufs Wasser schlug. Da nahm der Fischer rasch sein Netz, doch der Fisch streckte seine spitze Schnauze in die Luft und sprach: «Lass das fein bleiben, sonst geht es dir ans Leben. Tu jetzt das Netz beiseite und hör mir zu.» Verwundert liess der Fischer das Netz sinken und betrachtete das schöne Tier aufmerksam. «Nimm dein Boot und fahre mir nach», sagte der Fisch, und der Fischer tat es, ohne zu zögern.

In der Mitte des Sees, genau dort, wo er am tiefsten war, machte der silberne Fisch halt und sprach: «Sieh ins Wasser, und du wirst auf dem Grund ein schwarzes Kästchen erkennen. Hol es herauf und fahre damit, so rasch du kannst, ans Ufer zurück. Mach in deinem Haus ein grosses Feuer an und wirf das Kästchen in die Flammen. Und wehe dir, wenn du es öffnest und nur einen Blick hineintust, dann ergeht es dir schlecht. Das Kästchen ärgert mich schwer, es steht genau auf dem Eingang zu meinem unterirdischen Palast, und ich kann es nicht wegstossen. Heute früh sind zwei Männer gekommen, die haben es hinabgesenkt und dabei gesagt: ,Nun gibt es bald keine Fische mehr im See, das Gift wird sich dem Wasser bald mitteilen.' Du weisst, was das für dich und mich bedeutet!»

Nun holte der Fischer das Kästchen herauf, und der silberne Fisch verschwand durch das perlenfarbige Tor, er dankte ihm nicht einmal.

Der Fischer fuhr heim, aber er gehorchte dem silbernen Fisch nicht, sondern öffnete das Kästchen, denn er dachte: «Wer weiss, welch köstlicher Schatz darin steckt, vielleicht werde ich ein reicher Mann, und ist es auch Gift für die Fische, mir kann es gewiss nichts anhaben, bin ich doch ein Mensch.» In dem Kästchen aber lag weder Gold noch Silber, sondern ein liebliches kleines Mädchen. Es lächelte so freundlich, dass der Fischer es alsogleich von Herzen liebte. Und er behielt es bei sich und sorgte für es wie für ein leibliches Kind.

Und das Mädchen wuchs heran und wurde immer schöner.

Dem Fischer aber war sein heisser Wunsch in Erfüllung gegangen, er war nicht mehr allein. Das Mädchen flickte die Netze, buk die Fische und stellte Blumen in die Stube. Am liebsten aber fuhr es mit ihm auf den See und half ihm Fische fangen, und es konnte auch selber bald gut rudern und schwimmen.

Der Fischer hatte jedoch zu ihm gesagt: «Nimm dich in acht vor dem grössten silbernen Fisch, der meint es gar nicht gut mit dir. Darum sollst du bei deinem Leben nie bis zur Seemitte fahren, denn dort ist auf dem Grund ein perlenfarbenes Loch und führt in den Palast des Fischs.» Und das Mädchen gehorchte.

Weil sich aber lange Zeit der Fisch nicht zeigte, vergass es die Worte seines Ziehvaters.

Indessen wurde der Fischer alt und grau, und eines Morgens lag er tot im Bett. Das Mädchen weinte bitterlich, grub ihm ein Grab am Ufer und schmückte es mit den schönsten Blumen, die es finden konnte.

Es lebte dann ganz allein am See, ruderte und fischte und flocht sich neue Netze.

Eines Tages sah es auf dem blauen Wasser draussen ein helles Ding auf- und niederblitzen, doch so genau es hinsah, es konnte daraus nicht recht klug werden. Neugierig ruderte es darauf zu. Und da sah es einen grossen silbernen Fisch, der machte auf dem Wasser die seltsamsten Sprünge. Da musste das Mädchen hell lachen.

Gleich sprang der Fisch hoch in die Luft und fiel ins Boot, dass es nur so klatschte, und er blieb dort wie tot liegen. Das Mädchen war darüber sehr erschrocken. Es besah sich den Fisch, dann packte es ihn mitleidig am Schwanz und wollte ihn ins Wasser werfen. Alsbald war es von zwei starken Armen umschlungen und in die Tiefe gezogen, es verging ihm dabei Hören und Sehen.

Als es wieder zu sich kam, lag es auf einem grünen Ruhebett, das mit rosa Muscheln verziert war. Neben ihm aber sass der grosse silberne Fisch. Er trug jetzt ein goldenes Krönlein und hatte zwei lange nackte Menschenarme. Und er schaute so hässlich aus seinen stumpfen blöden Augen, dass sich das Mädchen schaudernd abkehrte. Doch der Fisch kicherte vergnügt: «Nun hab ich dich doch noch erwischt. In ein paar Tagen, wenn du dich in meinem Palast auskennst, bring ich dir ein schönes Fischgewand und lehre dich, was hier der Brauch ist. Und sobald du eine Fischin geworden bist, feiern wir Hochzeit und machen eine Reise ins Meer.» Das Mädchen schüttelte heftig den Kopf und antwortete: «Lass mich frei, lass mich ans Licht, ich kann und mag dich nicht leiden, ich will keine Fischin sein, ich will ein Mensch bleiben.» Darob ergrimmte der Fischkönig, packte und schleppte es in ein enges grünes Kämmerlein, wo es abscheulich nach faulem Tang und toten Fischen roch.

Drei Tage liess er das ärmste Mädchen ohne Essen und Trinken, und der Gestank benahm ihm Hören und Sehen. Es verschmachtete beinahe und musste den Fischköder, den es bei sich trug, verzehren, so sehr es ihm davor ekelte.

Dann kam der jüngste Diener des Fischkönigs, das war der Stichling, und fragte: «Willst du nun meinem Herrn gehorchen oder nicht?» Es schüttelte den Kopf, und der Stichling wollte gleich davongehen und die Kammer wieder zusperren. Da hielt es ihn an seinem schönsten roten Stachel fest und flehte: «Lieber Stichling, zeig mir doch den Ausgang, dass ich entfliehen kann, hier bei dem abscheulichen Fischkönig muss ich sonst sterben.» Da spiesste der Stichling seinen Stachel so tief in des Mädchens Hand, dass es blutete und ihn losliess. Und der Stichling ging zum König, schwänzelte vor dem Thron hin und her und erzählte alles. Der König wurde bitterböse, klatschte mit seinem geteilten Schwanz auf den Thron, dass der Palast zitterte und der See oben hohe Wellen machte. Und er schwur bei seinen silbernen Flossen: «Ich werde das Mädchen heiraten, mag es

wollen oder nicht, und sobald es eine Fischin ist, töte ich alle Menschen, keiner darf übrigbleiben.» Da fragte der Stichling: «Grosser König, darf ich mittun, wenn Ihr die Menschen tötet, ich möchte sie mit meinem Stachel recht plagen, was auch haben sie mir einen so hässlichen Namen gegeben. Und sagt mir doch, was haben Euch die Menschen Arges zugefügt, dass Ihr sie auch töten wollt?» Der Fischkönig rollte die Augen im Kopf und sagte: «Vor Jahren haben mir zwei Männer mein perlenfarbenes Tor versperrt: sie haben ein schwarzes Kästchen darauf gestellt. In dem Kästchen lag ein Kind, und der Fischer, dem ich befahl, das Kästchen mit dem Kind zu verbrennen, hat mich hintergangen, er hat das Kind grossgezogen. Aber ich habe es doch noch erwischt, und es soll mir nicht entgehen, ich will mich an ihm rächen. Es ist das Mädchen. Geh, hol es, ich will es unverzüglich in eine Fischin verwandeln, wer weiss, was es sonst Arges aussinnt.»

Der Stichling schwänzelte zu dem armen Mädchen und schleppte es in den grossen Saal. Dort lag ein grünes Fischgewand und eine Perlenkrone. Und der Fischkönig sass auf dem Thron, und alle seine Fische und ihre Fischinnen umschwänzelten ihn. Als sie das Mädchen sahen, lachten die grossen laut und die kleinen kicherten leise, denn die Fische kamen sich gar schön vor in ihren Schuppenkleidern und fanden das Mädchen hässlich.

Der Fischkönig wies auf das Gewand und die Krone und befahl: «Tu das an». Da flehte das Mädchen: «Lass mich frei, lass mich ans Licht, hier unten kann ich nicht leben.» Nun wollte der König Gewalt anwenden und schlug dem Mädchen seinen Schwanz ins Gesicht. Aber er traf es nicht, es sprang behende beiseite. Darum klatschte der Schwanz mit grosser Wucht an die gläserne Wand des Palastes. Sie sprang entzwei, und alsbald drang ein kalter Wasserstrom in den Saal, und der Wasserstrom brachte einen Sonnenstrahl mit. Der Sonnenstrahl traf den Fischkönig mitten ins Gesicht, und da fiel er geblendet vom Thron und war mausetot. Und das Wasser riss den Palast auseinander und die Fische wurden von den Trümmern erdrückt und den Glasscherben zerfetzt.

Dem Mädchen aber geschah nichts. Eine mitleidige Welle trug es ans Seeufer, und dort lag es im Schilf, halbtot in seinen nassen Kleidern. Der Hund eines Jägers fand es noch am gleichen Tag, als er Wasser saufen wollte. Und das Tier ruhte und rastete nicht, bis sein Herr herbeikam. Der entfachte rasch ein Feuer und wärmte die steifen Glieder des Mädchens. Es erwachte und erzählte dem Jäger seine Geschichte und dankte ihm herzlich. Und wie sie so beisammen sassen, gewannen sie einander lieb und beschlossen, sich nicht mehr zu trennen.

Die Wellen des Sees spülten die Kostbarkeiten des Fischkönigs ans Ufer, und der Jäger und das Mädchen sammelten sie und hatten daran mehr als genug für ihr Leben.

Das Nebelnetz

Es war ein alter Mann, der lebte ganz allein in einem kleinen Haus, mitten auf einem öden Feld. Und hinter dem Feld stieg ein schwarzes Felsgebirge in die Wolken. Und weil nie ein Mensch über das öde Feld in das steinige Gebirge ging, kam nie einer am Haus des Alten vorüber, und so wusste auch niemand, dass er in seinem Keller einen riesengrossen Goldschatz hatte.

Einmal kam ein grauer Nebel aus den Felsen geflogen, der wollte den alten Mann mit sich nehmen. Da bat und flehte der Mann: «Ach, lass mich in Ruhe.» Und der Nebel antwortete: «Wohlan, wenn du innert drei Tagen einen guten Menschen findest, sollst du noch hier bleiben, doch du weisst wohl, dass ich dich überall erwischen kann.» Dann flog er davon.

Nun tat der alte Mann einen Teil des Goldes in einen grossen, wüsten, braunen Sack und ging ins Dorf, das am andern Ende des Feldes lag. Er pochte an die Türen und bat um eine milde Gabe und um ein Lager für die Nacht. Aber die Leute wiesen ihn alle unwirsch ab, denn der Alte missfiel ihnen, weil er zerrissene Kleider und einen langen struppigen Bart hatte. Ja den wüsten Sack hielten sie gar für ein Zauberding und fürchteten sich. Und der reichste Bauer hetzte darum seinen schwarzen Hund auf den alten Mann.

Da ging er aus dem Dorf, legte den Sack traurig auf einen Wegstein und setzte sich daneben. Eine arme Magd, die eben Futter fürs Vieh schnitt, sah das, kam flugs heran und fragte mitleidig: «Der Sack ist Euch wohl zu schwer, armer alter Mann, darf ich ihn Euch tragen?» Da lächelte der Mann und sprach: «Du gutes Mädchen, hab Dank, nimm den Sack, er ist dein. Trag ihn in die Kammer und zeig niemandem, was darin ist, dann wird es dir gut ergehen.» Und mit diesen Worten machte er sich auf und war gleich im Feld verschwunden, die Magd schüttelte verwundert den Kopf, dass der alte schwache Mann so rasch gehen konnte.

Am andern Morgen hörte der reiche Bauer, bei dem die arme Magd diente, das Vieh im Stall laut brüllen und schnauben und an den Ketten zerren. Rasch schaute er nach, weil er fürchtete, es sei etwas Ungerades geschehen, doch da merkte er, dass die Kühe noch nicht gemolken waren und die Futterraufen leerstanden. Er rief der säumigen Magd, aber sie kam nicht. Da polterte er die Stiege empor und tat die Kammertür auf. Alsbald blieb er wie angewurzelt stehen, denn da kniete die Magd am Boden, und vor ihr lag und funkelte ein grosser Haufen Goldstücke. Barsch fragte er: «Woher hast du den Schatz?» «Der alte Mann hat es mir gegeben», sagte sie endlich, weil ihr der Bauer mit dem Knotenstock drohte. Da griff er sich an den Kopf und nannte sich einen Dummbart, denn er hatte ja selber den Hund auf den Alten mit dem braunen Sack gehetzt. Doch weil er verschlagen war und geldgierig, sagte er: «Das Gold ist mein, denn du stehst bei mir in Dienst und hast es bekommen, während du für mich gearbeitet hast. Weil ich's aber gut mit dir meine, geb ich dir zum Neujahr ein Goldstück.» Da lief die Magd weinend und jammernd zum Nachbarn. Aber der half ihr nicht, ja er sagte, sie lüge und solle fein schweigen. Und so erging es ihr im ganzen Dorf, denn jedermann fürchtete sich vor dem reichen Bauern und hatte nicht Mut, gegen ihn aufzustehen.

Weil nun bald jeder im Dorf wusste, wieviel Gold in dem braunen Bettelsack gesteckt hatte, beschlossen die Leute, den Alten aufzusuchen und ihm alles Gute aus Hof und Feld zu bringen, denn sie sagten sich: «Er wird uns dafür reich belohnen, hat er ja der Magd schon bloss für gute Worte soviel geschenkt.» Und das arme Mädchen musste ihnen den Weg weisen, den der alte Mann gegangen war. Ach es weinte dabei, denn es fand es gar abscheulich, was die Leute wollten.

Doch die Leute fanden den Alten nicht, und im Keller lagen nur ein paar von Ratten zerfressene Säcke und nicht ein Goldstück. Ergrimmt und müde kamen sie heim. Da war das Korn überreif geworden und die Körner lagen am Boden. Dazu brach ein Gewitter los, und die Leute hatten im Winter kein Mehl zum Brotbakken. Zwar konnten sie bei dem reichen Bauer kaufen, denn er hatte seine Ernte wohl geborgen. Aber er verlangte so schlimme Wucherpreise, dass sie ihn verfluchten.

Die arme Magd aber war fortgegangen, übers Feld, zu dem Alten. Sie dachte: «Er ist so schwach, gewiss kann er meine Hilfe brauchen.» Doch auch sie fand den alten Mann nicht. Es lag aber ein Zettel auf dem Tisch, darauf stand geschrieben: «Das Häuschen gehört dem guten Mädchen, es soll hier wohnen und darf alles tun, ausser nachts durchs Fenster sehen.» Und weil das Mädchen müde war, schlief es ein und erwachte erst, als der helle Tag in die Stube leuchtete. Aber wie war es erstaunt, denn vor ihm auf dem Tisch stand ein dampfendes Mahl; und schöne Gewänder und köstliche Schmuckstücke hingen und standen in der Stube herum. Da tat das Mädchen die prächtigen Kleider an, putzte sich und ass und trank, und der Tag verging ihm im Flug, und in der Nacht schlief es tief und gut. Am andern Morgen stand das Essen wieder bereit, und es fand noch schönere Kleider und noch kostbarere Schmuckstücke. Und das herrliche Leben währte eine lange Zeit, das Mädchen hatte, was es sich nur wünschte.

Aber da kam eine böse Neugierde in sein Herz, die vergällte ihm alle Freude, denn um sein Leben wollte es gern wissen, woher all der Reichtum rührte. Darum stellte es sich eines Nachts ans Fenster und hielt die Augen offen. Gegen Mitternacht kam ein lichter Streifen vom Gebirge her, der kam mitten durchs Fenster, als sei es Luft, und schwebte dreimal durch die Stube. Und alsbald hingen schöne Gewänder da und auf dem Tisch stand das Essen. Und der Streifen verschwand, wie er gekommen war. Nun brannte die Neugierde das Mädchen noch mehr, es dachte: «Und wenn es mich die Seligkeit kostet, ich muss wissen, wer der Streifen ist.» So wachte es wieder eine Nacht, und als der Streifen kam, fasste es sich ein Herz und sprach: «Du guter Streifen, sag mir doch, wer du bist, damit ich dir danken kann, für das herrliche Leben, das ich hier geniesse.» Alsbald gab es einen lauten Donnerknall, der Streifen verwandelte sich in den alten Mann mit dem grauen Bart, und er sagte traurig: «Ach, dass du mein Gebot übertreten hast, und es neigte sich doch alles schon zu einem guten Ende. Noch drei Tage und drei Nächte, und die Stunde meiner Erlösung hätte geschlagen. Nun aber muss ich als Nebel ins Gebirge fliehen, und du kannst mein wahres Antlitz nie sehen. Wisse, ich bin ein Königssohn und nicht alt und hässlich, und das Häuschen ist mein verzaubertes Schloss. Ich musste hier als alter Mann leben, bis ein Mensch freundlich zu mir war und hundert Nächte seine Neugierde bezwingen konnte.» Da weinte das Mädchen bitterlich und fragte: «Sag, gibt es denn keine Rettung, ich will alles, alles für dich tun?»

«O nein», erwiderte der verwunschene Königssohn, «sieh, als Nebel kann ich durch alles hindurchschlüpfen, ich müsste mich schon in einem Netz verfangen, das feiner ist als Luft, das allein könnte mich festhalten und mir meine wahre Gestalt zurückgeben, doch nirgends in der Welt gibt es ein solches Netz.» Und dann verwandelte sich der alte Mann in einen grauen Nebel und flog übers Feld davon ins hohe Felsgebirge, und das Mädchen schaute ihm nach. Als er wie ein lichtes Wölkchen an einer Bergspitze hing, verliess es das Häuschen und wanderte ins Gebirge, dem verwunschenen Königssohn nach.

Im Gebirge war es kalt und steinig. Die feinen Schuhe des Mädchens zerrissen, die Kleider hingen ihm bald in Fetzen vom Leib, und die Hände und Füsse bluteten. So kletterte es über Felsen und Schründe und klammerte sich ängstlich an, um nicht zu fallen. Als die Nacht kam, wollte es unter einem überhängenden Felsen schlafen. Da wehte ihm ein leiser Rauchgeruch entgegen, und es ging ihm nach und hoffte, einen Menschen zu finden. Da stand es bald vor einer Höhle und sah darin eine verhutzelte Bergfrau, die eine gelbe struppige Ziege molk. Das Mädchen grüsste artig, da bot ihm die Bergfrau ein Näpfchen Milch an und sagte: «Sitz ans Feuer und wärme dich, du armes Kind, wie bluten doch deine Hände und Füsse.» Das Mädchen aber tat nur drei kleine Schlückchen und schlief dann gleich ein.

Am andern Morgen fragte die Bergfrau: «Was tust du denn hier oben in den wilden Bergen?» Und weil es sah, dass sie es gut mit ihm meinte, erzählte es ihr seine traurige Geschichte und fragte schmerzlich: «Ach wisst Ihr kein Mittel, wie ich ein Netz, das feiner als Luft ist, gewinnen kann?» Da fuhr die Bergfrau dreimal über das Fell der struppigen Ziege, das tat sie immer, wenn sie nachdachte, und das gelbe Tier meckerte leise. «Ja», sagte sie dann mit gerunzelter Stirn, «es gibt einen Weg zu dem Netz, aber kein Mensch kann ihn beschreiten. Auf den höchsten Berggipfeln, wo nur der kahle Fels in die Luft starrt und die Sonne den Schnee wegbrennt, wächst eine weisse Blume, die lässt kein Tröpfchen Himmelswasser durch ihre Blätter rinnen, sonst müsste sie ja verschmachten. Ein Netz aus diesen Blumen gewirkt, könnte den Nebel fangen. Er aber wagt nicht, so hoch zu steigen, er fürchtet die Sonne, und du würdest dich erfallen, denn nicht einmal meine Ziege geht dorthin und klettert doch besser, als die braunen Gemstiere es können.» Da erhob sich das Mädchen gleich, dankte der Bergfrau, und obwohl sie warnte, jammerte und es am Gewand packte, es stieg auf all die ragenden Berggipfel und suchte die Blume, die das Himmelswasser festhielt. Tausend weisse Blumen sammelte das Mädchen in sein seidenes Tuch trotz Schwindel, Hitze und grimmigem Frost. Dann kehrte es in die Höhle der Bergfrau zurück, die streichelte ihm voll Freude die Wangen und die Hände, und die Ziege meckerte leise.

Das Mädchen nahm eine silberne Nadel aus seinem Haar, dass die Flechten sich lösten und über seine Schultern rollten. Es zupfte der Ziege ein Büschel Haare aus dem Fell und zog jedes Ziegenhaar durch die Nadel; und da wurde jedes Haar ein klarer feiner Seidenfaden. Nun wirkte das Mädchen aus den weissen Blumen und den seidenen Fäden ein Netz. Das war eine lange, lange mühevolle Arbeit, denn es galt, gar feine Stiche zu ziehen und Knoten zu schlingen, damit die Blumenblätter nicht zerrissen und die Fäden nicht brachen. Doch das Mädchen knüpfte und strickte geduldig und wirkte ein Netz, das war leichter und feiner als die Luft und liess sich als erbsengrosses Bündelchen in der Hand tragen.

Das Mädchen tat das Netz in sein Seidentuch und kletterte zu der steilen Felsenspalte, in der der Nebel zu schlafen pflegte. Es breitete das Netz über der Spalte aus, und als der Nebel am andern Morgen aufflog, da hielten ihn die feinen weissen Blumenblätter fest, er konnte nirgends hindurchschlüpfen und das Geäder mit keiner Gewalt zerreissen. Da war er ganz abgemattet und begann tief zu schlafen. Da hob das Mädchen das Netz mit dem Nebel auf und trug die köstliche Last auf eine bunte Blumenwiese. Alsbald verwandelte sich der Nebel in einen schönen jungen Königssohn. Das Mädchen betrachtete ihn entzückt, zog das Netz sachte hinweg, und da erwachte er. Mit tausend Freudentränen dankte er ihm für die Erlösung und bat: «Komm mit mir und sei meine Frau.» Und es sagte gerne: «Ja.» Doch zuerst gingen sie zu der guten Bergfrau und wollten sie mit sich nehmen, sie aber sprach: «Was soll ich nur in einem Schloss, ich bin alt und runzlig und will hier leben und sterben. Doch schenkt mir ein silbernes Glöckchen, dass ich's der gelben Ziege umhänge, damit ich weiss, wo sie ist, wenn sie in den wilden Felsen herumklettert.» Und der Königssohn und das Mädchen versprachen's und nahmen Abschied von ihr.

Das öde Feld am Fuss des Gebirges aber wurde ein blühendes Königreich, und kaum setzten die beiden den Fuss über die Schwelle des einsamen Häuschens, verwandelte es sich in ein prächtiges Schloss. Und da lebten sie lange und glücklich, und das Nebelnetz war der Schleier der Königin.

Der Korngeist

Eines Abends ging ein junger Mann durch das grosse Stadttor, denn er wollte einen schönen Blumenstrauss für seine Liebste holen. Aber da waren die Kinder am Nachmittag draussen gewesen und hatten alle alle Blumen in den Feldern und Wiesen gebrochen. Wohl guckte der junge Mann zwischen die Gräser und die Halme, aber seine Mühe war vergeblich. Und zuletzt, als der halbe Mond schon hoch am Himmel stand und mit seinem silbernen Licht den goldenen Sternenschein löschte, kehrte er betrübt um. Da wogten und knisterten die Ähren eines grossen Kornfeldes neben ihm im Nachtwind, und er dachte: «Ich will meiner Liebsten einen silbergrünen Ährenschaft mitbringen, gewiss freut sie sich daran ebensosehr wie an rotem Mohn und blauen Glockenblumen.» Doch kaum berührte er einen Kornhalm, lief ein heftiger Schmerz durch seinen ganzen Leib, und er konnte sich nicht mehr von der Stelle rühren. Und die Halme teilten sich alsbald und heraus trat ein grosser Mann, der hatte einen Bart aus gelben Stoppeln und ein Gewand aus Kletten, Winden und Stacheldisteln. Der Mann schrie: «Du Kornräuber, nun hab ich dich, komm nur fein mit, dass ich dir den Garaus machen kann!» Da sagte der junge Mann: «Ich habe kein Korn geschändet, ich will nur eine einzige Ähre für meine Liebste mitnehmen, denn ich habe nirgends Blumen gefunden.» Da lachte der Korngeist und sprach: «Ei, ist deine Liebste denn so schön, dass du Blumen für sie suchst, so geh nur heim und grüsse sie von mir und nimm ruhig eine Ähre.» Und der junge Mann war wieder frei, brach sich einen Halm und machte, dass er davonkam, denn er traute dem Korngeist nicht. Der verschwand zwischen den Kornähren, denn er wohnte im Feld und schlief tagsüber auf einem knisternden Halmenbett, nachts jedoch machte er die Runde.

Am andern Tag brachte der junge Mann seiner Liebsten die grünsilberne Ähre, vom Korngeist aber verriet er kein Sterbenswörtchen, damit sie sich nicht ängstigte. Und die Ähre gefiel dem Mädchen so sehr, dass es sie in ein Wasserglas neben sein Bett stellte.

Der Korngeist aber hatte dem jungen Mann heimlich eine Handvoll Klettensamen auf den Rücken geheftet; und die Samen waren abgefallen und bildeten eine treue Wegspur hinter ihm.

Der Korngeist erhob sich am andern Abend aus seinem knisternden Halmenbett und sah im Mondschein die braunen Samen am Boden und schmunzelte über sein wildes Gesicht, dass die Disteln in
seinem Stoppelbart rauschten. Dann ging er dem Wegweiser nach;
und weil er sich so winzig klein wie eine Kerzenflamme machen
konnte, schlüpfte er ungesehen vom Wächter durchs Stadttor. Still
schwebte er durch die Strassen und sah mit seinen scharfen Augen jedes Klettenkorn auf dem holprigen Pflaster, und der letzte braune
Same lag vor einem schmalen hohen Haus.

Der Korngeist drückte auf die Klinke, aber die Tür war gut verwahrt. Weil jedoch ein Fenster unter dem Dach offen stand, flog er
hinauf und glitt hinein. Da war er in einer kleinen Kammer. Darin
stand ein Tisch mit einem Wasserkrug, ein Stuhl mit ein paar Kleidern
darüber und ein Bett; und in dem Bett lag ein schönes Mädchen, das
schlief, und seine Hand spielte mit einer grünsilbernen Ähre. Da
wusste der Geist, dass er am rechten Ort war und er die Liebste des
jungen Mannes gefunden hatte. Er neigte sich über sie und murmelte:
«Wahrlich ist sie schöner als meine schönsten Blumen. Darum soll sie
bei mir zwischen den Kornhalmen wohnen, dann werden meine Felder doppelt Frucht bringen.» Und weil der Geist das Mädchen nicht
aus dem Bett wegtragen konnte, sann er sich einen listigen Plan aus.
Er schickte dem Mädchen einen Traum von seinen Kornfeldern, den
goldenen Ährenhalmen, den roten Mohnblumen und dem lustigen
Grillengezirpe. Dann entschwebte er und machte sich nach Hause.

Ehe er sich am Morgen in sein Bett legte, rief er eine kleine, braune
Grille herbei und sagte: «Gib wohl acht auf den Weg, der am Feld
vorbeiführt: und wenn du ein schönes Mädchen und einen jungen
Mann herankommen siehst, dann wecke mich, und wenn du's nicht
tust, verlierst du alsogleich dein Musikantenleben.»

Das Mädchen aber träumte gar schön von einem goldenen Kornfeld mit roten Feuerblumen und lustigem Grillengezirp, und am andern Tag sagte es zu seinem Liebsten: «Wir wollen vors Tor gehen,
denn es gelüstet mich gar sehr, zwischen den Kornfeldern zu spazie-
ren.» Da erschrak der junge Mann und warnte die Liebste vor dem
Korngeist, doch das Mädchen sagte: «Er kann nicht böse sein, sonst

hätte er dich nicht freigelassen und dir die Ähre geschenkt, und wenn ich die Felder nicht sehen kann, muss ich sterben.» Da schlug er seine Bedenken in den Wind; und sie gingen miteinander aus der Stadt.

Die braune Grille aber sass wachsam unter einem Klettenblatt und strich ihr Bein ganz sacht gegen die Flügel, um den Geist ja nicht zu stören. Doch kaum gewahrte sie den jungen Mann und das schöne Mädchen, strich sie so heftig über die Flügel, dass die Töne nur so schrillten. Alsbald schoss der Geist auf, dass das Feld dabei Wellen schlug, trat in seiner wilden Grösse vor das Mädchen, packte es mit seiner Linken am Handgelenk und hielt mit der Rechten den jungen Mann fest. Und er sagte: «Schlag ein, du bist ein gemachter Mann, wenn du mir das Mädchen gibst, denn du erhältst dafür ein grosses Kornfeld.» Aber der junge Mann schüttelte den Kopf. Da bot ihm der Korngeist hunderttausend Pfund Korn, doch der junge Mann blieb standhaft und verriet das Mädchen nicht. Und während der Geist so mit ihm verhandelte, machte sich das Mädchen heimlich los und lief davon. Dann rief es dem Geist: «Hier bin ich», denn es dachte: «Nun wird er mich fangen wollen und dabei meinen Liebsten fahren lassen, und er kann sich retten.» Wirklich stürzte der Korngeist dem Mädchen nach, doch der junge Mann war rascher, schlang den Arm um es, und sie rannten in Windeseile davon. Da schickte ihnen der Korngeist seinen stärksten Fluch nach, doch weil es lichterheller Tag war, erfüllte er sich nur halb. Die Beiden ertranken nicht in dem tiefen Fluss, in den der Geist sie wünschte, aber das breite Wasser floss trennend zwischen ihnen durch. Da sassen sie am Ufer und winkten sich und konnten nicht zueinander, denn nirgends führte eine Brücke über den wilden Fluss. Und als der junge Mann hinüberschwimmen wollte, musste er gleich umkehren, sonst hätte ihn ein Wirbel auf den Grund gezogen.

Da verdingte sich das Mädchen als Wäscherin und stand tagtäglich am Fluss und rieb die schmutzige Wäsche sauber. Der junge Mann jedoch sass am andern Ufer und flickte Netze. Und weil er gar so traurig war, warf er sein Brot den Fischen hin, und die umschwänzelten ihn bald scharenweise und sahen ihn aus ihren grossen Augen an, als verstünden sie sein Leid.

So verging der Sommer, und der Winter kam und baute eine Brücke von Eis über den Fluss. Da sagte das Mädchen zu sich: «Ich bin fein und leicht, denn der Kummer hat mich abgezehrt; ich will darum zu meinem Liebsten hinübergehen, dann hat die Not ein Ende.» Aber das Eis war dünn und trügerisch, bald klaffte eine grosse Spalte vor ihm, und es musste umkehren, wenn es nicht in dem kalten Wasser ertrinken wollte.

Da sassen sie und weinten und winkten einander traurig über den Fluss zu.

Eines Tages, als der junge Mann trübselig sein Brot den Fischen vorwarf, da kamen immer mehr und immer neue Fische herbeigeschwommen, und fremde mit wundersam goldenen und silbernen Schuppen glänzten darunter. Und die Fische steckten ihre Köpfe zusammen, als hätten sie sich etwas gar Wichtiges zu sagen. Und auf einmal bildeten die goldenen und silbernen Fische eine lange lange Reihe über den Fluss, von einem Ufer zum andern, es schwamm immer ein silberner Fisch neben einem goldenen. Da hörte das Mädchen zu waschen auf und rief erstaunt: «O, die schönen, schönen Fische.» Alsbald drehten sich die Fische alle miteinander um, steckten die Köpfe tief ins Wasser, ihre Schwänze aber liessen sie in die Luft ragen. So verharrten sie regungslos, und das Mädchen besah sich die herrliche Brücke mit freudigem Herzen. Und weil ihm der junge Mann winkte und deutete, betrat es die Brücke furchtlos und wanderte sicher wie auf einer breiten Strasse darüber. Am andern Ufer fiel es dem Liebsten in die Arme, und sie küssten sich und weinten vor Freude.

Die goldenen und silbernen Fische aber hatten die Brücke zum Dank für das Brot und aus Erbarmen mit den Beiden erbaut. Sie schwammen vor ihnen her, dicht dem Ufer entlang, und führten sie in ein schönes Land, wo der Korngeist ihnen nichts mehr anhaben konnte.

Der entehrte Brunnen

Es war einmal ein schönes Land, und wer darin lebte, liebte es von Herzen, und wer es verlassen musste, verdarb und starb vor Heimweh. Das Land hatte aber nur einen einzigen Brunnen, und dieser Brunnen speiste die Menschen, das Vieh und alles, was grünte und blühte. Darum war er auch des Landes köstlichster Schatz und wurde gehütet wie sein Augapfel. Und wer den Brunnen getrübt oder ein Tröpfchen Wasser verschleudert hätte, wäre gleich des Todes gewesen, es standen nämlich drei bewaffnete Wächter am Brunnen, und jeder hatte einen starken schwarzen Hund mit spitzigen weissen Zähnen neben sich.

Der Brunnen hatte drei Zugänge: einer war eine schöne breite Strasse; auf ihr kamen die Menschen daher, tranken und schöpften in schönen Krügen und Schalen Wasser. Der andere Zugang war ein hellbrauner Weg mit grünen Graskanten; auf ihm kamen die Bauern und die Gärtner daher mit Fässern, Trögen und Giesskannen. Der dritte Zugang aber war ein schmaler Pfad; er hatte tausend Löcher und Risse und war voll Staub und Kot und Steine, denn auf ihm kamen die Tiere des Landes brummend und quiekend, brüllend und schnaubend, schnarrend und schnatternd einhergezogen, um sich an dem klaren Wasser zu erlaben.

Und die Wächter sorgten dafür, dass kein Tier auf den Weg mit den grünen Grasborten oder gar auf die breite Strasse geriet, aber sie liessen es auch nicht zu, dass ein Bauer oder Gärtner auf ihr ging. Und sie wussten wohl, warum sie ihre Pflicht so treu erfüllten. Als der König des Landes sie in ihr Amt einsetzte, hatte er nämlich gesagt: «Das Wohl des Landes hängt davon ab, ob ein Tier auf der Menschenseite trinkt oder ein Bauer dort seinen Trog füllt. Geschieht dies, erzürnt sich der Brunnengeist und verschliesst alsbald den Brunnquell, dann verschmachtet das Land und verwandelt sich in eine öde Wüste.» Und diese Worte hatten sich die Wächter wohl gemerkt, und lange, lange Jahre wurde der Brunnengeist nicht gekränkt.

Nun aber geschah es, dass einem armen Hirten seine einzige Ziege sich erfiel und die Vorderbeine brach. Da lud er sie auf seine Schultern und wollte sie zum Brunnen tragen. Aber auf dem steinigen Weg wimmelte es von stampfenden und scharrenden Tieren, dass er traurig dachte: «Ach, meine arme Ziege ist verschmachtet, bis ich zum Brunnen komme.» In seiner Not ging er zum Weg mit der grünen Grasborte, aber auch da war es schwarz von den Gärtnern und Bauern. «Ach», seufzte der Hirt, «mein armes Tier stirbt, wenn es nicht bald einen kühlen Trunk tun kann.» Und die Ziege meckerte gar jämmerlich. Da schlug er das Gebot des Königs in den Wind und betrat die breite Steinstrasse. Weil es schon dunkelte, war fast niemand mehr dort, und er kam rasch zum Brunnen. Und weil die Ziege vor Ermattung die grünen Funkelaugen geschlossen hatte, sahen die Hunde sie nicht, und auch die Wächter merkten nichts.

Doch kaum hatte das Tier sein Maul ins Wasser gesteckt, tat es einen lauten Donnerschlag. Es wurde taghell, und aus der Brunnentiefe stieg eine mächtige, silberne Gestalt. Das war der Brunnengeist. Er hatte einen Silberschlüssel in der Hand. Den schwang er dreimal über dem Haupt, und da war der Quell im Schacht unten verschlossen, und der Brunnen gähnte den Wächtern schwarz entgegen. Und dann schlug der Brunnengeist den Hirten, die Ziege, die Wächter und die Hunde mit seinem harten grünen Fischschwanz tot, warf den Schlüssel hoch in die Luft und rief: «So sei das Land verflucht, denn seine Menschen haben meine Gabe geschändet und mein Gebot verachtet. Und der Quell soll erst wieder springen, wenn ein Mensch, dessen Sinn treu und lauter ist wie das Wasser, den Schlüssel findet.» Und damit machte sich der Brunnengeist winzig klein und verbarg sich als Muschel im Schacht unten, eben dort, wo der silberne Quell emporgesprungen war, und der Geist schlief tief. Das Land aber verdorrte, und die Menschen zerfielen in feinen gelben Sand. Da breitete sich eine Wüste um den verlassenen Brunnen. Der Schlüssel aber war in den Himmel geflogen und an einer schwarzen Felszacke des Mondes hängengeblieben. Dort konnte ihn kein Mensch holen. Es wusste auch niemand, dass er dort hing.

Nun lebten irgendwo in der Welt drei Brüder, denen gefiel es in der Heimat nicht mehr, denn ihre Eltern waren arm und konnten sie nichts Rechtes lernen lassen. Darum zogen sie davon und suchten ihr Glück, aber es liess und liess auf sich warten.

Da hörten sie von dem verdorrten Land und dass unter seinem

Sand unermessliche Schätze begraben seien, und sie riefen wie aus einem Mund: «Dorthin wollen wir wandern.» Aber die Leute warnten sie und sprachen: «Es wäre schade um euer frisches junges Leben, wie mancher ist hingegangen und nimmer zurückgekehrt. Es führen nämlich drei Wege durchs Land, und jeder läuft zu einem leeren Brunnen, dorthinein stürzt ein jeder unfehlbar und bricht sich den Hals, wenn ihn der Tod nicht schon zuvor ereilt.» Doch die Brüder achteten nicht auf die Worte, sondern schlugen den Weg ins Gebirge ein, das breit und mit vielen hohen Felsenbergen die Grenze gegen das dürre Land bildete.

Die Nacht überraschte sie, doch sie erkannten die Felsen, den Schnee und die Eisschründe recht wohl, denn der Mond hatte seine silberne Hornlaterne angezündet.

Zwei der Brüder aber, der älteste und der jüngste, waren müde und stolperten bei jedem Schritt; da schalten sie den Mond aus, dass er ein erbärmliches Licht gebe, und verspotteten ihn mit frechen Worten. Doch der mittlere Bruder sagte: «Seid doch fein still, merkt ihr denn nicht, wie gut der Mond es mit uns meint, er zeigt uns ja den Weg durch die Felsen.» Aber die Brüder lachten ihn aus, machten dem Mond eine lange Nase und streckten ihm die Zunge, so weit sie konnten, aus dem Hals heraus. Da wurde der Mond bitterböse und füllte eine Gletscherspalte mit Licht. Und obwohl der Bruder sie warnte, liefen die andern in den hellen Schein und riefen: «Nun nimmst du endlich Vernunft an, alte Nachthaube, und leuchtest, wie es sich gehört!» Patsch, lagen sie schon in der Eisspalte, froren jämmerlich und zerschnitten sich die Hände. Da wollte der Bruder hinuntersteigen und ihnen helfen, aber eine sanfte Stimme sprach über ihm: «Lass die unverschämten Gesellen fein in der Eisspalte, ans Leben geht es ihnen nicht, doch soll ihnen die Frechheit einmal aus dem Leib frieren, dann können sie laufen, wohin sie wollen.» Der Geselle blickte verwundert auf, und da merkte er, dass der silberne Mond zu ihm redete. «Hör», fuhr dieser fort, «ich will dir zu einem grossen Glück verhelfen, denn du hast so Gutes von mir geredet. Doch zuvor sollst du mir noch einen kleinen Dienst erweisen. Steig auf den höchsten Berg und hab keine Furcht, ich zünde dir mit meinen besten Strahlen über Geröll und Eis.

Und wenn du oben bist, stehst du vor der siebenfarbigen Brücke des Regens, die führt zu mir herüber. Betritt den Regenbogen kecklich und komm zu mir. Dann suche in meinen schwarzen Felsen den kleinen silbernen Schlüssel, er sitzt an einer Zacke fest und tut mir entsetzlich weh, aber ich kann ihn nicht losbekommen.»

Der Geselle tat so. Er stieg auf den höchsten Berg und wanderte ohne Furcht über die Brücke des Regens, ihm war dabei, er gehe über einen bunten Teppich.

Lange kletterte er in den schwarzen Felsen des Mondes und fand endlich den silbernen Schlüssel. Behutsam löste er ihn von der Zacke und wies das Ding dem Mond. Der war hocherfreut, denn er spürte keine Schmerzen mehr, und sprach: «Das hast du gut gemacht! Verwahr den Schlüssel wohl, er schliesst dir das Glück auf. Steig bei Tagesanbruch auf die andere Seite des Gebirges, und du wirst an die Grenze eines gelben verdorrten Landes kommen. Es laufen drei Wege in sein Inneres. Betritt weder den schmalen, löchrigen Pfad noch den braunen Weg mit den vergilbten Grasborten, sondern geh auf der steinernen, breiten Strasse. Sie führt dich an einen leeren Brunnen. Steig in seinen Schacht und suche auf dem Grund nach der kleinen grauen Muschel, nimm sie in die Linke und stecke den Silberschlüssel in das Loch, das unter der Muschel liegt, dreh um, und du wirst sehen, was geschieht.» Der Geselle merkte sich alles wohl und dankte dem Mond für den guten Rat; und der geleitete ihn mit seinen besten Strahlen über die Brücke des Regens ins Gebirge zurück. Dort legte sich der Geselle und schlief unter einem Felsvorsprung, und der Mond hütete ihn wie ein kleines Kind.

Am andern Morgen stieg der Geselle in das gelbe wüste Land. Er sah die drei Wege und betrat die breite Strasse. So kam er zum leeren Brunnen. Er erschrak bis ins Herz, denn es ging in eine bodenlose Tiefe und ein modriger Duft wehte empor. Doch mutig klomm er hinab. Und das war viel gefährlicher als im Gebirge und in den schwarzen Felsen des Mondes, denn die Steine des Brunnenschachts waren feucht und mürbe, und zuweilen fiel einer in die Tiefe. Aber der Geselle hörte ihn nicht aufschlagen, so weit reichte der Schacht in den Bauch der Erde.

Endlich stand er unten. Aber es herrschte da eine solche Finsternis, dass er die eigenen Lider nicht mehr fühlte, wenn er sie über die Augen deckte. So tappte und tastete er nach der Muschel, doch seine Finger stiessen nicht daran. Zuletzt zog er den silbernen Schlüssel hervor, und kaum hielt er ihn in der Hand, füllte sich der Brunnenschacht mit einem matten Schein. Das tat der Mond, der hatte schon lange mit seinen Strahlen in den Schacht gelangt, aber die Steine hatten alles Licht neidisch verschluckt, im silbernen Schlüssel jedoch konnte er sich endlich spiegeln.

Nun entdeckte der Geselle die kleine graue Muschel. Sie lag genau in der Mitte des Brunnenbodens. Flugs nahm er sie, steckte den Schlüssel in das Loch und drehte ihn um. Da knallte es, der Brunnen erzitterte, als stürzten die Wände ein, und dem Gesellen verging Hören und Sehen.

Als er die Augen aufschlug, lag er neben dem Brunnen und hörte es rauschen, als springe klares Wasser. Und da nahm ihn eine kühle Hand bei der Rechten, und er sah eine mächtige silberne Gestalt mit einem grünen Fischschwanz auf dem Brunnenrand liegen. «Hab tausend Dank», sprach sie, «ich bin der Brunnengeist, und du hast das verfluchte Land erlöst. Ich stak in der grauen Muschel und schlief, aber der erweckte Quell hat ihre harte Schale zerbrochen. Doch sprich, wo nur hast du den silbernen Schlüssel gefunden?» «Auf dem Mond», antwortete der Geselle und erzählte dem Geist seine Geschichte.

Als er fertig war, sprach der Geist: «Sieh dich einmal um!» Der Geselle tat so und rief verwundert: «O, wie bin ich in dies herrliche Land gekommen?», denn um ihn grünte und blühte es weit. Da lächelte der Brunnengeist und sprach: «Es ist das verdorrte Land, du hast es erlöst, weil du den Quell neu erschlossen hast.»

Und alsbald nahte sich ein feierlicher Zug festlich gekleideter Menschen, die brachten auf einem blauen Seidenkissen eine goldene Krone. Der Brunnengeist tat sie dem Gesellen ins Haar und sprach laut: «Sei fortab König und regiere das Land. Es wird dir alles zum Heil gereichen, solange der Brunnen ungekränkt ist. Lass die Tiere nur am Ende des steinigen Pfades trinken, und lass die Gärtner und

Bauern nur den braunen Weg mit den grünen Grasborten betreten, es sollen auch nur Menschen mit schönen Gefässen Wasser am Ende der breiten, steinernen Strasse schöpfen.» Mit diesen Worten verschwand der Brunnengeist tief, tief im Wasser. Und alles jubelte dem neuen König zu.

Als der Mond am Himmel stand, dankte ihm der König herzlich für das grosse Glück und bat ihn um Gnade für seine Brüder. Da holte der Mond die beiden Schelme aus der Eisspalte, und das war gut, denn sie waren ganz steif gefroren. Doch sie erholten sich bald, baten den Mond um Verzeihung und gelobten dem königlichen Bruder Treue. Da machte er den einen zum Wächter über den steinigen Pfad und den andern zum Wächter über den braunen Weg. Er selber aber erbaute am Ende der breiten Strasse ein goldenes Schloss.

Und der Brunnengeist musste den Quell niemals wieder verschliessen.

Das grüne Blatt

Es war einmal ein König, der hauste in einem goldenen Schloss. Um das Schloss aber lief ein grosser Garten, darin standen bunte Blumen und Bäume mit goldenen und silbernen Blättern. Dicht am Garten vorbei führte eine breite Strasse, da gingen und fuhren viele Leute, und wer an des Königs Garten kam, blickte hinein und bewunderte die bunten Blumen, die goldenen und die silbernen Bäume. Nun stand mitten im Garten, am schönsten Platz, ein Baum, der hatte grüne, runde Blätter mit einem gezackten Saum. Und wer den Baum sah, sagte: «Ach, wie hässlich ist er, der verunziert den ganzen Garten, was will er mit seinen gemeinen grünen Blättern unter den silbernen und goldenen Bäumen. Wäre ich König, ich hätte das Ärgernis schon lange weggeräumt.» Aber der König liebte diesen Baum vor allen, kam jeden Morgen in der Frühe und zählte seine Blätter und vergass keines. Er wusste wohl, warum er das tat. Vor Jahren war der grüne Baum über Nacht zwischen den silbernen und goldenen aufgeschossen, und ein schwarzer Vogel hatte dem König aus dem Geäst zugerufen: «König, hüte den Baum wie deinen Augapfel, wird ihm nur ein Blatt geraubt, so bricht ein grosses Unglück über dich herein.»

Nun begab es sich, dass der König für mehr als ein Jahr seinem Reich fern sein musste. Da sagte er zu seinem einzigen Kind, das war ein schönes Mädchen mit langem goldenem Haar: «Liebes Kind, ich muss dich allein im Schloss lassen für ein langes Jahr. Nun bitte ich dich: geh jeden Morgen, wenn die Sonne kommt, in den Garten und zähle die Blätter des grünen Baums und vergiss nicht eines und lass nie einen Tag aus, es darf nämlich nimmermehr ein Blatt fehlen, sonst ergeht es dir und mir gar übel.» Und die Königstochter versprach ihm in die Hand, den Auftrag pünktlich zu erfüllen.

Doch schon nach einer Woche sagte sie zu sich: «Ach, was taugt die Zählerei, ein Blatt mehr oder weniger schadet nicht, das kann der Vater gar nicht merken, ja, wenn der Baum diamantene Blätter trüge, dann lohnte sich die Mühe!» Und anstatt die grünen Blätter zu zählen, brach sich die Königstochter einen bunten Blumenstrauss.

Da kam ein schwarzer Vogel und riss ein grünes Blatt ab und flog damit davon. Hart am Rand der breiten weissen Strasse, jenseits des

Gartens jedoch tat sich gleich ein gähnender Abgrund auf, er ging tief tief in den Bauch der Erde; und auf seinem Grund rauschte und toste ein wildes Wasser. Und die Königstochter wurde von unsichtbaren Händen ergriffen und an den Rand des Abgrundes jenseits des väterlichen Gartens gesetzt. Und eine Stimme rief: «Da bleibst du, bis der Abgrund sich schliesst. Und das geschieht erst, wenn das geraubte grüne Blatt in seine Tiefe fällt.»

Da sass die arme Königstochter, schaute über die grausige Tiefe und weinte, denn sie konnte nicht mehr in den Garten und ins Schloss hinüber. Und ob auch viele Leute an ihr vorübergingen, keiner konnte ihr helfen, niemand hatte etwas von dem grünen Blatt gesehen. Und zuletzt verhüllte die Königstochter ihr Angesicht mit ihrem langen goldenen Haar, denn sich mochte nichts mehr sehen. Und ihr Haar wuchs und wuchs und fiel tief in den Abgrund, und unter dem goldenen Schleier weinte sie bitterlich. Aber was half's, die Tränen füllten den Abgrund nicht, sie hörte es nur wild aus seiner Tiefe rauschen und tosen.

Eines Tages kam eine uralte Frau dahergehumpelt. Sie hatte einen hohen Korb auf dem krummen Rücken, darin sassen zwei Hühner, ein schwarzes und ein weisses. Und als die Hühner die Königstochter sahen, gackerten sie laut. Aber darum kümmerte sich die Alte nicht, sie ging ruhig weiter. Da kam ein heftiger Wind und wehte das Haar der Königstochter in die Höhe, raubte ihr eines und liess es auf dem Schultertuch der alten Hühnerfrau liegen. Die ging ruhig weiter und keuchte nur immer schwerer, denn das Tragen wurde ihr sauer.

Nach einer Stunde bog sie in einen Feldweg, wo ihr Häuschen zwischen drei grossen Linden, tausend Schritte von der grossen Strasse entfernt stand. Die Alte machte Feuer und hing einen Wasserkessel darüber; und als das Wasser sott, nahm sie das weisse Huhn, stach's ab, rupfte es und warf's ins Wasser. Das schwarze Huhn aber gackerte laut und pickte mit dem Schnabel und schlug mit den Flügeln, dass sie's nicht greifen und töten konnte. Da pochte es an die Tür, und ein bestaubter Wanderbursche trat ein. Als er sah, wie sehr sich die Alte mühte, nahm er flugs das Messer und stach das schwarze Huhn ab. Da dankte ihm die Alte schön und sagte: «Iss eine Hühnersuppe mit mir

Beatrice Afflerbach

und schlafe in meiner Hütte, ich will dir ein Farrenlager aufschütten.» Und der Wanderbursche sagte gerne: «Ja», denn er kam weit weit her und sein Ranzen war schwer. So löffelten sie die Teller aus. Auf dem Schultertuch der Alten lag immer noch das Haar der Königstochter und glänzte wundersam. Als die Alte vor dem Schlafengehen das Tuch von sich tat, fiel es zu Boden. Der Wanderbursche hob es auf, wickelte es um den Finger und fragte die Alte, woher sie das schöne Haar habe. Aber sie schüttelte bloss den Kopf. Und als er fragte: «Darf ich's behalten?», nickte sie. Da verwahrte er das Haar sorgsam und träumte die ganze Nacht von einem Mädchen mit goldenen Haaren. Und als er erwachte, sagte er zu sich: «Ich will nicht ruhen und rasten, bis ich das Mädchen gefunden habe, gewiss ist das Haar mir ein glückliches Wegzeichen.»

Die Alte gab ihm ein gutes Morgenbrot, dann reichte sie ihm ein rundes grünes Blatt mit gezacktem Saum und sprach: «Nimm das, es ist mein Dank und wird dir noch grosses Glück bringen.» Der Wanderbursche tat es in seinen Ranzen, dachte aber: «Was soll mir ein grünes Blatt, es gibt deren tausend in Wald und Feld, die Alte ist wohl nicht mehr recht bei Verstand.»

Nun wanderte er weiter und hatte das grüne Blatt und die Alte mit ihren Hühnern bald vergessen. Nach tausend Schritten kam er auf die breite Strasse und sah die silbernen und goldenen Bäume im königlichen Garten funkeln und dahinter das Schloss schimmern, und er dachte: «Dort wohnt gewiss das Mädchen mit den goldenen Haaren, ich bin auf der rechten Strasse zum Glück.» Und er verdoppelte seine Schritte.

Da stand er unversehens vor der Königstochter und sah wohl, dass ihre Haare genau so golden waren wie jenes, das er um den Finger gewickelt trug. Da fasste er ein Herz und redete sie an und fragte sie: «Sag, warum sitzest du so allein hier an dem schrecklichen Abgrund?» Die Königstochter strich ihr Haar zurück, denn seine Stimme klang sehr gut, und unter tausend Tränen erzählte sie ihm ihre traurige Geschichte. Alsbald suchte er in seinen Taschen nach dem grünen Blatt, aber so eifrig er suchte, er fand und fand es nicht. Da dachte er: «Ach Gott, ich habe es verloren, was hab ich doch mein Glück leichtsinnig verscherzt. Nun muss die arme Königstochter meinetwegen ihr Leben hier vertrauern, denn der Abgrund schliesst sich nimmermehr.» In seiner Not und Pein mochte er nicht weiterleben, und ehe es die Königstochter hindern konnte, stürzte er sich hinab.

Doch er fiel nicht tief, und als er die Augen öffnete, merkte er zu seinem Erstaunen, dass er in einem grünen Schifflein mit silbernen Segeln sass; und das Schifflein schwamm auf einem klaren blauen See. An dem einen Ufer schimmerte der Garten mit den silbernen und goldenen Bäumen und dahinter das königliche Schloss. Am andern Ufer aber stand die Königstochter und winkte mit leuchtenden Augen. Da fuhr der Wanderbursche zu ihr; sie setzte sich neben ihn auf die Ruderbank, und dann steuerten sie dem Schloss zu. Und da sagte eine Stimme aus dem grünen Segel: «So ist alles gut geworden, wisst, ich bin das verlorene grüne Blatt. Die Alte mit den Hühnern hat mich vor Jahren dem schwarzen Vogel abgenommen, sie wusste gar wohl, welche Kraft in mir stak. Ich lag tief verborgen im Ranzen des Gesellen, dass er mich nicht finden konnte. Weil er sich aber in den Abgrund gestürzt hat, ist noch alles gut geworden, und der Zauber ist gelöst.»

Die Königstochter und der Wanderbursche wurden mit grossem Jubel empfangen, ins Schloss geführt und dort miteinander vermählt. Es war ein gar herrliches Fest.

Und sie lebten gar glücklich zusammen und fuhren noch gar manches liebe Mal in dem silbernen Boot mit dem grünen Segel auf dem schimmernden See.

Die alte Hühnerfrau aber war und blieb verschwunden, der junge König fand sie nicht wieder, als er sie suchte, um ihr Dank zu sagen.

Die Frau ohne Schlaf

Einer jungen Frau war der Mann gestorben und lag draussen auf dem Gottesacker unter vielen Blumen. Die Frau kam täglich zum Grab und begoss die Blumen mit ihren Tränen so reichlich, dass sie kein Wasser brauchten; und von den heissen Tränen wurden die Blumen schöner und dufteten stärker als auf den andern Gräbern. Der Gram zehrte an der Frau, dass sie bald so schwach war, dass sie sich nur mit Mühe auf den Gottesacker schleppen konnte, doch sie sprach: «Ich darf meinen Mann nicht allein im Grab lassen, ich muss ihm meine Tränen schicken, damit er weiss, wie sehr ich mich nach ihm sehne.» Nun aber wuchs ihr Leid täglich, und sie sah in jeder Nacht den Mann frisch und gesund neben ihrem Bett, darum sagte sie zu sich: «Gewiss ist er noch am Leben, wenn ich nur wüsste, wie ich ihn bei mir behalten kann.» Zuletzt beschloss sie, eine weise Frau aufzusuchen, von der es hiess, sie wisse mehr als die ganze Welt, und das musste schon wahr sein, denn sie war so alt, dass sie kein einziges Haar mehr besass und immer ein dichtes Tuch um den Kopf trug.

Die alte weise Frau empfing die Witwe freundlich und sprach: «Ich weiss wohl, was dich zu mir führt, dein schwarzes Gewand verrät es mir. Du suchst ein Heilmittel gegen deinen Gram, damit du wieder froh sein und das Leben geniessen kannst.» Da schüttelte die Frau ihren Kopf und sprach: «O nein, ich will meinen Mann nicht vergessen, du sollst mir vielmehr sagen, ob er nicht doch noch lebt. Sieh, er besucht mich Nacht für Nacht im Traum, dass ich immer bitter weinen muss, wenn der Morgen mich weckt, und weil er gar so schön und frisch aussieht, kann ich nicht glauben, dass er tot ist.» «Da willst du mehr als die andern Menschen wissen», sprach die Alte, «was gibst du mir denn, wenn ich's dir verrate?» Die Frau bot ihr ihre ersparten Goldgulden, es waren tausend, und die Alte nahm sie, sagte aber: «Das genügt nicht, ich muss noch etwas Besseres haben. In meinem Alter ist der Schlaf gar leicht, da stört mich jede Fliege, ja manchmal weckt mich der eigene Atem. Ich brauche darum deinen tiefen jungen Schlaf. Neige dich also zu mir.» Die Frau tat so, und die Alte nahm ihr die schönen blauen Augen mit dem goldenen Wimpersaum und den goldenen Brauen weg und gab ihr dafür ein Paar grüne Augensterne und schwarze Wimpern und Brauen. Dann holte sie ein schwe-

119

res Buch, öffnete es mit einem winzigen Silberschlüssel und schlug es auf. Da schimmerten schneeweisse Pergamentblätter, die waren von goldenen Zeichen bedeckt.

Die Alte führte eifrig ihren kleinen Finger unter den goldenen Buchstaben hin, schlug Seite um Seite um und ruhte nicht, bis sie das Buch ausgelesen hatte, und dabei keuchte und hustete sie. Dann schloss sie es mit einem so lauten Knall, dass die Frau erschrak, denn die Alte war dünn wie eine Schlange und sah hinfällig aus. «Hör», sagte die weise Frau, «ich finde den Namen deines Mannes nicht, du hast recht, er lebt noch. Jeden Abend kommt nämlich ein schwarzer Vogel zu mir und schreibt mit seinem Schnabel die Namen der eben Gestorbenen in dies Buch. Nun müssen wir herausbekommen, wo dein Mann weilt. Am besten ist es, du gehst zur Nacht. Das kannst du wohl, denn du bist nun ohne Schlaf und wirst nie mehr müde. Die Nacht hat hunderttausend Augen und sieht alles auf der Erde, sie wird dir sagen, wo dein Mann weilt. Und die Nacht wohnt weit hinten im Norden, dort steht ihr Häuschen am Fuss eines Gletschers. Geh am Abend zu ihr, dann ist sie munter, tagsüber liegt sie im Bett und schläft, und wehe dem, der sie stört.» Die junge Frau gab der Alten die Hand, dankte ihr herzlich und machte sich für die Reise zur Nacht bereit. Sie weinte nochmals am Grab und brach sich einen schönen Strauss, um ihn der Nacht als Geschenk zu bringen. Weil die Frau keinen Schlaf mehr hatte, wurde sie nicht müde, obwohl sie ein ganzes langes Jahr gehen musste, bis sie zum Häuschen der Nacht kam, tief im Norden, im Schatten des grossen Gletschers. Und während der ganzen Reise welkten die Blumen nicht, denn ihre heissen Tränen speisten sie.

Als die Frau vor dem Häuschen stand, war es Abend. Die Nacht sass am Tisch und sah mit ihren hunderttausend Augen zum Himmel, aber noch glühte dort ein Restchen Abendrot, darum blieb die Nacht sitzen und wartete, bis es erlosch, sonst hätte sie sich Mantel und Hände versengt.

Die Frau pochte sachte an die Tür. Da rief die Nacht mit dunkler Stimme: «Tritt nur herein, Menschenkind, ich habe dich schon lange auf der Erde wandern sehen.» Die Frau trat ein und bot der Nacht mit bescheidenem Gruss den Blumenstrauss. Die Nacht nahm ihn und sprach: «Hab Dank, du weisst, was sich ziemt, und wir werden uns vertragen. Du hast ein schwarzes Gewand an, und deine Blumen sind an einem traurigen Ort gewachsen; und nicht die Sonne und der Regen, sondern deine Tränen haben sie so schön gemacht. Doch nun sage, warum bist du zu mir gekommen?» Da erzählte die Frau ihre Geschichte.

Da rauschte die Nacht leise mit ihrem Mantel und sagte: «Bleib ein Jahr bei mir, dann habe ich die Erde jeden Tag, den sie in einem Jahr erleben darf, gesehen und weiss alles.» Damit flog sie davon und bedeckte den Himmel mit ihrem schwarzen Mantel, an dem ihre goldenen Augen schimmerten. Aber wenn sie in der Morgenstunde heimkehrte, konnte sie der Frau nie guten Bescheid bringen, denn sie sah den Mann nirgends.

Als das Jahr verstrichen war, sagte die Nacht: «Die Alte hat dich gewiss belogen und mit ihren schwachen Augen den Namen deines Mannes im Totenbuch nicht gesehen. Doch weine nicht, ich habe dich recht lieb gewonnen und will dich mit mir nehmen auf meinen dunklen Himmelsfahrten, dann wirst du all dein Leid vergessen.» Aber da bat die Frau: «O lass mich auf der Erde und meinen Mann suchen, ich finde ihn gewiss noch, gewiss ist er in einem Versteck, in das deine Augen nicht dringen können.» Da liess die Nacht die Frau wegziehen, doch sie war darüber so sehr betrübt, dass sie aus ihren hunderttausend Augen weinte, darum lag am andern Morgen ein starker Silbertau über der ganzen Welt.

Die Frau wanderte in ihre Heimat zurück und ging zuerst zu der weisen alten Frau. Aber da war die Alte lange tot, und in ihrem Haus lebte ihre Tochter. Die hatte wunderschöne blaue Augen und goldene Wimpern und Brauen, und die Frau erriet nicht, dass das ihre eigenen Augen waren und die Tochter der Alten eine giftige Hexe war. Als diese die Frau sah, hätte sie sie am liebsten erdrosselt, wagte es aber nicht, da die Frau unter dem besonderen Schutz der Nacht stand. Die Frau zu hassen, dazu hatte die Hexe einen gar guten Grund. Sie hielt nämlich den Mann bei sich verborgen. Sie hatte ihn in einen todähnlichen Schlummer gesenkt und heimlich aus dem Sarg geholt in ihren

Keller; und der Keller war so tief in der Erde, dass nicht ein Auge der Nacht in ihn dringen konnte. Und das alles hatte die Hexe getan, weil sie den Mann verführen und seine Seele stehlen wollte. Es war ihr aber bis auf den heutigen Tag nicht gelungen.

Die Hexe verstellte sich und sprach: «Seid nur ruhig, meine Mutter ist zwar tot, aber sie hat mir das grosse Buch und ihre Kunst geschenkt.» Das war jedoch eine höllische Lüge. Die Tochter hatte der Alten die blauen Augen und das Buch gestohlen, und daran war sie gestorben. Nun schlug die Hexe das Totenbuch auf, und da stand zum grossen Leid der Frau der Name ihres Mannes in goldener Schrift. Und die Hexe sagte: «Meine Mutter hatte schwache Augen, es tut mir leid, dass ihr vergeblich zur Nacht gewandert seid.» Aber auch dies war eine schlimme Lüge, sie hatte den Namen eigenhändig eingetragen und musste ihn Tag für Tag erneuern, weil die falsche Schrift schon nach einer Stunde erlosch.

Verzweifelt ging die Frau auf den Gottesacker, warf sich auf das Grab und weinte und schlief ein. Am Abend kam die Hexe und raufte alle Blumen aus. Sie sah die Frau nicht, denn die Nacht deckte sie gut zu, sonst wäre es ihre letzte Stunde gewesen. Kaum war die Hexe weg, weckte die Nacht die Frau und flüsterte: «Gib wohl acht, dein Glück ist nahe, ich habe deinen Mann gesehen.» Und da kam auch die Hexe schon wieder. Sie zerrte den Mann hinter sich her und kreischte: «Sieh doch, wie deine Frau dich liebhat, alle Blumen, die ich auf das Grab pflanzte, hat sie ausgerauft, aus Wut, dass du noch lebst und sie keinen andern Mann nehmen darf!» Da trat die Frau hervor und schloss den Mann in ihre Arme. Alsbald wich der Bann, und er rief: «O, endlich bin ich erlöst und ich habe dich wieder.» Und sie küssten sich herzlich. Die Nacht aber hielt die Hexe fest, sah sie aus den hunderttausend Augen an und zwang sie, die blauen Augen der Frau zurückzugeben. Da wurde die Hexe wahnsinnig, denn einen eigenen Schlaf besass sie nicht mehr, sie hatte ihn dem Teufel verkauft.

Der Mann und die Frau lebten fortan glücklich miteinander. Und als der Tod kam, brachte er sie der Nacht, die verwandelte die Toten in ein goldenes Sternenpaar und nahm es mit auf ihren dunklen Fahrten über den Himmel.

Der Strom ohne Brücke

Einst umfloss ein breiter Strom eine grosse schöne Stadt, er schimmerte wie ein silberblaues Seidenband, und wer in der Stadt lebte, war glücklich. Der Strom aber war der gute Geist der Stadt, er schützte sie vor jedem Feind, er speiste sie, wenn eine Dürre drohte, mit klarem unerschöpflichem Wasser. Auf seinem Boden jedoch blinkte silberner Sand, eine Handvoll davon genügte, um einen Menschen für sein Leben reich zu machen.

Doch so weit der Strom um die Stadt glänzte, war nirgends eine Brücke über ihn geschlagen; dafür lagen viele kleine und grosse Boote an seinem Ufer, die fuhren täglich mit ihren gelben, weissen, blauen und roten Wimpeln übers Wasser, hoch beladen mit Früchten, Brot, Blumen und andern Dingen, die die Menschen brauchten.

Kam nun ein Fremder in die Stadt und verwunderte sich, dass da keine einzige Brücke über den Strom ging, dann erzählte man ihm: «Vor tausend Jahren erbaute ein armer Graf eine Burg am Strom, genau dort, wo jetzt das königliche Schloss steht. Der Graf schlug auch eine Brücke über den Strom, doch das Wasser riss sie in der nächsten Nacht weg und tat mit der zweiten und der dritten dasselbe. Und als es der Graf zum viertenmal versuchte, trat in dunkler Nacht der Stromgeist an sein Bett, legte ihm die nassen Hände auf die Brust, dass es eiskalt durch seine Glieder rann und sein Herz beinah erstarrte. Und der Geist sprach: ,Hast du es denn immer noch nicht begriffen, du Menschenkind, dass ich keine Brücke über mir dulde. Versuchst du's noch einmal, dann reiss ich nicht nur die Brücke weg, sondern nehme auch deine Burg mit und ertränke dich. Willst du aber mein Gebot halten, soll dir ein grosses Glück widerfahren, und es wird dich so lange überdauern, als auch deine Nachfahren es achten und halten.' Da schwor der Graf den stärksten Eid, dass er nie eine Brücke über den Strom schlagen werde. Der Stromgeist lächelte dazu und verschwand.

Der Graf sank gleich in einen tiefen Schlaf, denn er hatte sich sehr gefürchtet, die Hände des Geistes waren aber auch gar nass und kalt gewesen. Und wie er so schlief, war ihm, der Strom rausche und singe und auf seinem Grund funkelten tausend Lichter und Lichterchen, aber er dachte: ,Ich träume bloss.'

Als er am Morgen unters Fenster trat, stiess er einen hellen Schrei aus und fuhr sich dreimal über die Augen, er erblickte nämlich eine schöne Stadt mit breiten Gassen, prächtigen Häusern und mächtigen Mauern und Türmen, und seine armselige Burg erkannte er kaum wieder, sie hatte sich über Nacht in ein goldenes Schloss verwandelt. Da schaute er in den Strom und sah auf dem silbernen Grund den Wassergeist sitzen und ihm winken. Und nun wusste er, dass er in der Nacht nicht geträumt hatte. Alsbald liess er den Befehl ausgehen, es dürfe nimmermehr eine Brücke über den Strom geschlagen werden. Und weil der Graf seinen Eid nicht brach, blieb die Stadt mit dem goldenen Schloss stehen, und er regierte sie als ihr König. Und auch sein Sohn liess keine Brücke erbauen und dessen Sohn wieder nicht. Und so wird sich ein jeder König an den Eid halten und sich hüten, den Stromgeist zu erzürnen.» — So erzählte man den Fremden.

Nun aber geschah es, dass eine Königstochter den Sohn des Fährmanns, der täglich das Brot an die goldene Schlosstreppe brachte, heimlich liebte. Mit der Zeit konnten die beiden ihre Liebe nicht mehr verbergen und glaubten zu sterben, wenn sie nicht zusammenkämen. Darum trat die Königstochter vor ihren Vater und sprach: «Gib mir den Sohn des Fährmanns, der das Brot an unsere Treppe bringt, zum Mann, wir lieben uns und müssen verderben, wenn man uns trennt.» Der König wurde rot vor Zorn und sagte: «Eh ich dich einem niedern Fährmannssohn zum Weibe gebe, lass ich eine Brücke über den Strom schlagen.» Da erschrak die Königstochter und ging ganz blass davon, denn nun wusste sie, dass der Vater seinen harten Sinn nie erweichen werde. Darum beschloss sie, die Stadt mit ihrem Liebsten heimlich zu verlassen. Und in der nächsten Nacht tat sie Magdkleider an, dass niemand sie kannte als ihr Liebster.

Sie fuhren über den Strom, nahmen einen Sack Silbersand mit und wanderten eilig, bis der Grenzstein in ihrem Rücken lag.

Im Nachbarland wurden die beiden freundlich empfangen, der König schenkte ihnen ein Schloss, und sie lebten glücklich zusammen.

Aber der Vater der Königstochter schickte Häscher aus, die sollten den Fährmannssohn erschlagen, die Königstochter aber mit Gewalt zurückbringen. Doch sie kehrten unverrichteter Dinge zurück, denn der Nachbarkönig gab die Königstochter nicht heraus, er schützte sie. Da sandte ihr Vater tausend bewaffnete Soldaten, die mussten dem Nachbarkönig sagen: «Wir überziehen dein Land mit Krieg und stecken dein Schloss in Brand, wenn du uns den Fährmannssohn und die Königstochter nicht herausgibst.» Der Nachbarkönig jedoch liess sich nicht schrecken, er schlug die frechen Soldaten tot.

Und da entbrannte ein fürchterlicher Krieg, denn nun rüsteten die beiden Könige ein Heer und bewaffneten die Soldaten bis an die Zähne.

Der König am silbernen Strom sass wohlgeborgen in seinem goldenen Schloss und schaute ins Kampfgetümmel am anderen Ufer. Aber das feindliche Heer ersah seinen Vorteil und gewann die Oberhand und trieb des Königs Leute an den Strom zurück. Und weil da nirgends eine Brücke war, entstand ein fürchterliches Gedränge, jeder wollte zuerst in ein Boot springen und stiess seinen Nachbar rücksichtslos ins Wasser. Und da brachte keiner sein Leben davon, das ganze königliche Heer ertrank im silbernen Strom. Und der König musste das alles mitansehen. Er fluchte laut, dann auf einmal sprang er auf und drohte dem Strom mit geballter Faust und schrie: «Du bist ein Betrüger, ich halte dir den Eid nicht länger.»

Dann liess er seinen Maurermeister kommen und befahl: «Schlag eine Brücke über den Strom.» «Nimmermehr», antwortete der Meister. Aber der König sprach: «Der Strom hat falsch an uns gehandelt, er hat mein Heer ertränkt und dem Feind den Sieg geschenkt und Schmach und Schande über die Stadt gebracht.» Das leuchtete dem Meister ein, und es war in Eile eine mächtige steinerne Brücke errichtet.

Als sie fertig war, tat der König die Krone aufs Haar, hing den Purpurmantel um, nahm Szepter und Reichsapfel, stellte sich auf die Brücke und lästerte den Stromgeist. Alsbald schlug eine grosse Silberwelle empor, nahm den König mit sich und ertränkte ihn.

Da grauste es den Leuten, und sie begannen eilig die Brücke abzubrechen, doch was half's, es war schon zu spät. Das Wasser stieg unaufhörlich und stand bald mannshoch in den Strassen, es füllte Stuben und Kammern; am Abend erreichte es die Spitzen der Tore und Kirchtürme, und vom goldenen Schloss sah man kein Schimmerchen mehr. Drei Tage und drei Nächte lag die Stadt unter dem Wasser begraben, dann lebte kein Mensch und kein Tier mehr darin.

Als der Strom wieder in seine Ufer zurücktrat, waren von der Stadt nur noch ein paar Steine zu sehen, und das Land in der Runde war von wüstem Schutt und Geröll überdeckt. Vom goldenen Schloss hat man kein Splitterchen entdeckt, und der Strom führt auf seinem Grund keinen Silbersand mehr. Zuweilen nur tritt er über seine Ufer und deckt mit seinem Wasser das Geröll, als wolle er es mit sich nehmen, aber es gelingt ihm nie, immer wenn er in sein Bett zurückgeht, liegen die Trümmer an derselben Stelle, um keine Handbreite verrückt.

Der Wolkenreiter

Ein Mann und eine Frau lebten lange Zeit in Frieden, und es fehlte nichts zu ihrem Glück.

Der Mann war ein Bote und musste täglich weite Gänge übers Land tun, und zuweilen brach die finstere Nacht herein, ehe er zurück war. Dann wartete die Frau sehnsüchtig und stellte ein rotes Lichtlein ins Fenster, und das rote Lichtlein leuchtete weit weit in die Finsternis, dass der Mann nicht mehr fehlgehen konnte, sobald er's sah.

Eines Abends nun regnete es, und die Nacht stand schon rabenfinster am Himmel, und noch sah der Mann das rote Lichtlein nicht. Und da merkte er auf einmal zu seinem grossen Schreck, dass er nicht vom Fleck kam, so sehr er auch seine Füsse rührte. Darüber ergrimmte er und fuhr mit der geballten Hand mitten in die Finsternis, als gälte es, eine unsichtbare Wand einzustossen. Vergebens! Er griff nur in die leere Luft. Doch weil er ein tapferes Herz hatte, sagte er: «Ich gebe den Kampf nicht auf, und wäre es der Teufel, so will ich ihn besiegen.» Da pfiff und lachte es gellend über ihm, und ein Windstoss warf den Mann zu Boden, dass er die Besinnung verlor.

Zuhause hatte die Frau das rote Lichtlein getreulich ins Fenster gestellt. Doch die Nacht schritt unaufhaltsam vorwärts, und der Mann kehrte und kehrte nicht zurück. Und unversehens brach ein greulicher Sturm los, der pfiff und heulte und rüttelte an Fenster und Tür, als wolle er das Häuschen zerbrechen.

Da hielt es die Frau in ihrer Angst nicht mehr aus, schlug ein grosses Tuch um, nahm das rote Lichtlein sorgsam in die Hand und ging in das entsetzliche Wetter und suchte ihren Mann. Und nicht tausend Schritte vom Haus weg fand sie ihn. Er lag am Boden und regte sich nicht. Sie kniete sich neben ihn und zündete mit dem Licht über sein Angesicht. Da sah sie zu ihrer grossen Freude, dass er noch atmete, und schickte sich an, ihn aus der Ohnmacht aufzuwecken. Gleich war sie von hinten angepackt, emporgerissen und durch die Luft davongetragen, es verging ihr Hören und Sehen.

Endlich wurde sie mit einem Ruck auf einem Felsen abgestellt. Eine mächtige graue Gestalt stand vor ihr und sprach mit tiefer Stimme: «Nun bist du mein und entrinnst mir nimmermehr. Was hat sich auch dein Mann vermessen, mich bezwingen zu wollen, gebiete ich doch über den Wind und die Wolken. Das sind meine Pferde, und keines auf der Erde unten ist rascher.» Da rang die arme Frau die Hände und flehte: «Bring mich zurück, ach, mein armer Mann ängstigt sich gar sehr um mich. Nimm meinen Schmuck und mein Gold, nur lass mich frei.» Doch der Wolkenreiter sagte: «Nichts da, morgen ist unsere Hochzeit, und du sollst neben mir auf einem Wolkenross reiten.» Da wollte sie sich vom Felsen stürzen, aber er hielt sie am Gewand fest und lachte: «Das hilft dir nichts, meine Wolken fliegen rascher, als du fällst, und fangen dich mit ihren weichen Armen. Aber hör: weil ich ein gutes Herz habe, darfst du wieder auf die Erde. Und wenn du dort innert Jahresfrist ein Pferd findest, das rascher als meine Rosse und als der Wind läuft, bist du frei. Sonst halten wir Hochzeit.» Und er pfiff ein graues Wolkenross herbei, das musste die Frau auf die Erde bringen. Da fuhren sie durch den Himmel, mitten durch die finstere Nacht. Die Frau hielt sich an der Mähne fest, um nicht zu stürzen, nahm aber ihr rotes Lichtlein wohl in acht. Und da sagten die Menschen zueinander: «Ei, seht doch die schöne leuchtende Sternschnuppe.»

Das graue Wolkenross aber brachte die Frau in einen fürchterlichen Dornwald, das hatte ihm der böse Meister aufgetragen. Und als die Frau es bat: «Ach, trag mich in die Stadt», da wies es ihr die gelben Zähne, dass sie schreiend davonlief und die Dornen ihr Kleid arg zerfetzten. Doch sie arbeitete sich aus dem Wald und kam an die breite Landstrasse. Da sass eine uralte Frau, die hatte einen Hühnerkorb neben sich und weinte erbärmlich. Mitleidig fragte die Frau: «Ei sagt, was fehlt Euch, kann ich Euch wohl helfen?» «Ach», krächzte die Alte mit heiserer Stimme, «ich habe mir den Fuss vertreten, und es sind noch vier Stunden bis zur Stadt. Dort wollte ich mein schwarzes Huhn und die sieben Eier, die es gelegt hat, verkaufen. Aber nun faulen die Eier, und das Huhn vermagert vor Hunger.» Da sagte die Frau: «Gebt mir den Korb, ich bring ihn Euch gern in die Stadt.» Die Alte lächelte freundlich und antwortete: «Gut, gebt den Korb nur am roten Stadttor ab, dann ist alles in Ordnung. Und zum Dank für Eure Freundlichkeit nehmt dies Säcklein. Doch streut die Körner beileibe nicht dem Huhn hin, es frisst sie nicht, behaltet sie, sie werden

Euch noch zu Eurem Glück verhelfen.» Und mit diesen Worten war die Alte im Dornwald verschwunden.

Die Frau brachte den Korb ans rote Stadttor, und da durfte sie ohne Zoll hineingehen. Weil sie aber auf dem Pferdemarkt das Tier, das sie suchte, nicht fand, verliess sie die Stadt gleich wieder.

Unterwegs hungerte es sie sehr, und weil sie kein Brot bei sich trug, nahm sie ein paar Körner aus dem Säcklein der Alten und ass sie. Und die Körner erquickten sie wie ein königliches Mahl, dass ihre Füsse sie trugen, als sässen Flügel daran.

Auf einmal wieherte es laut hinter ihr, und ein schönes schwarzes Pferd rieb seine Schnauze an ihrer Schulter und schnupperte am Säcklein. Da gab sie ihm ein paar Körner, und das Tier folgte ihr wie ein Hündlein. Sie hatte nämlich ein paar Körner aus dem Säcklein verloren, und das Pferd war der leckeren Spur nachgegangen.

Da setzte sich die Frau in den Schatten eines Baumes, schnitt sich die langen Zöpfe vom Kopf und wirkte ein Leitseil daraus. Und auf dem schwarzen Fell des Pferdes schimmerte das Seil wie lauteres Gold. Da reckte das Tier den Kopf stolz in die Luft und wieherte, dass die Wolkenrosse es hörten und ihm Antwort gaben. Der Lärm drang zum Felsennest des alten Wolkenreiters, der schwang sich auf eine Wolke und ritt über den Himmel, und da sah er unten auf der Erde die Frau und neben ihr das schwarze Pferd. Alsbald schickte er einen wilden Sturm und seine besten Rosse hinunter. Da schwang sich die Frau aufs Pferd, und es ging davon, als sei der Sturm ein Maienlüftlein, und die Wolkenrosse blieben weit hinter ihnen zurück. Vor Neid und Zorn, denn nun konnte er der Frau nichts mehr anhaben, schlug der Wolkenreiter sein bestes Ross tot und warf es in den Dornenwald.

Die Frau, als sie der Gefahr glücklich entronnen war, streichelte das Pferd und ritt zu ihrem Haus. Aber da fand sie ihren Mann nicht. Da zog sie mit dem Pferd durch die Welt und suchte ihn. Und weil sie gar schön war, musste sie viele Nachstellungen leiden, darum tat sie Männerkleider an. Not litt sie keine, denn wenn sie ein Korn aus dem Säcklein nahm, verwandelte es sich nach ihrem Wunsch in alles, was sie brauchte, und die Zahl der Körner nahm nicht ab.

Eines Tages ritt sie in eine grossmächtige Stadt. Da sass ein zerlumpter Bettler am Weg und flehte um ein Almosen. Und weil er ihr gefiel, denn er hatte ein feines stilles Wesen, sagte sie: «Bleibe bei mir und sei mein Pferdeknecht.» Und das tat sie, weil das Pferd vor dem Bettler nicht scheute, sonst biss und stiess es nach jedermann und liess sich nur von ihr streicheln und füttern.

Die Frau stieg in einem vornehmen Gasthof ab, und am Abend ging sie mit dem roten Lichtlein in den Stall und brachte, wie sie es immer tat, dem schwarzen Pferd eine Handvoll Körner, denn sonst schlief das Tier nicht. Als sie die Stalltür öffnete, da sass der neue Pferdeknecht auf dem Bänklein. Er spielte mit dem goldenen Leitseil und sah traurig vor sich nieder. Kaum gewahrte er das rote Lichtlein, schluchzte er laut und sprach: «O lieber Herr, wie gross ist doch mein Elend! Seht, das Haar meiner Frau schimmerte so golden wie dies Seil, und allabendlich stellte sie mir ein solches rotes Lichtlein ins Fenster, um mir den Weg zu weisen. Aber sie ist mir verlorengegangen, ich kann sie nirgends finden und bin ganz ins Elend geraten.» Da fiel ihm die Frau um den Hals und rief: «Ich bin es ja. Ach, was hab ich dich nicht erkannt, als du mich am Tor um eine milde Gabe batest.» Und nun erzählten sie sich ihre Geschichten. Und da merkten sie, dass die Frau nicht eine kurze Nacht, sondern fünf Jahre auf dem Wolkenfelsen gewesen war und weitere fünf Jahre den Mann gesucht hatte. Darum war sie nicht daheim gewesen, als er aus seiner Ohnmacht erwachte.

Nun gab die Frau dem Mann Körner aus dem Säcklein, und es kehrten sofort Jugend und Gesundheit in seine Adern zurück. Da ritten sie heim. Jeden Abend stellten sie das rote Lichtlein ins Fenster, und das schwarze Pferd wurde gepflegt wie ein Kind. Eines Nachts erlosch dann das Lichtlein, und das Pferd lag tot auf dem Stroh, denn der Mann und die Frau waren gestorben.

Der Geist im Ofen

In der hintersten Ecke einer Stube stand einmal ein grosser, grüner Ofen. Im Winter, wenn es draussen kalt war und der Ofen glühte, spielten die Kinder neben ihm und legten ihre roten Aepfel und gelben Birnen in seine heisse Röhre.

Eines Nachts nun, als es in der Stube still war und nur noch ein Scheit im Ofen brummte und flackerte, begann es in der Röhre zu heulen und zu klagen. Und dann erscholl ein so entsetzliches Stöhnen, dass die Kinder in ihren Betten erwachten und zitterten. Und weil das unheimliche Klagen nicht verstummen wollte, riefen sie laut nach Vater und Mutter. Die kamen auch flugs herbei und sagten: «Ihr müsst keine Angst haben, das ist nur der Wind, der so tut. Er geht den ganzen Tag übers kalte Feld und sucht sich in der Nacht ein warmes Plätzchen zum Schlafen. Und weil er ein gar unruhiger Geselle ist, stösst er überall an und heult und stöhnt darüber so wild.» Da gaben sich die Kinder zufrieden, steckten den Kopf unter die Decke und schliefen und vergassen alles.

Doch am andern Tag, eben als die Kinder ihre Aepfel in der heissen Ofenröhre braten wollten, erscholl das klägliche Geheul wieder. Da stoben sie schreiend in die andere Stubenecke und schielten zum Ofen hinüber und meinten, er werde immer grüner und immer grösser, schaue sie aus bösen, glänzenden Augen an und wolle sie alle mit Haut und Haar verschlingen. Doch weil sich das Geheul und Gestöhn Tag für Tag und Nacht für Nacht wiederholte, sagten auch die Kinder bald: «Es ist nur der Wind, der so wild tut.» Und so spielten sie wieder neben dem grünen Ofen.

Nur eines der Kinder glaubte das nicht, es dachte: «Das kann nimmermehr der Wind sein. Gewiss ist ein Geist im Ofen eingesperrt, und der klagt so, weil er nicht mehr heraus kann.» Und so gab es auf jedes Tönchen, das aus der Röhre kam, wohl acht und merkte bald, dass da eine menschliche Stimme so jammerte, doch was sie sagte, das konnte es nicht verstehen. Das traurige Gestöhn und Gejammer ging nun dem Kinde so zu Herzen, dass es heimlich seine Aepfel und Birnen, sein Brot und seine Nüsse in den Ofen tat, damit der arme Geist darin ja nicht verhungerte. Und es spielte den lieben langen Tag neben dem Ofen und bat und schmeichelte, bis es auf der warmen

Ofenbank schlafen durfte. Und weil es alles Essen in die Ofenröhre tat, wurde es blass und mager, doch kein Mensch merkte warum.

In einer Nacht erklang das Heulen so jämmerlich wie noch nie. Da fasste sich das Kind ein Herz, tat das Ofentürchen auf und sprach ganz fein und leise: «Ach du armer Geist, gewiss hungert dich sehr. Sieh, ich konnte dir heute nichts geben, weil die Mutter immer in der Stube gewesen und nie hinausgegangen ist. Aber morgen sollst du wieder alles bekommen.» Doch das Heulen verstärkte sich nur. «O», dachte das Kind, «nun ist der arme Geist gewiss böse auf mich.» Und um ihn zu besänftigen, sprach es: «Ach, wenn du nur reden könntest, du armer Geist, dann solltest du mir dein Leid klagen, und gewiss könnte ich dir helfen.» Da antwortete eine menschliche Stimme ganz deutlich: «Warte noch drei Tage.»

Das Kind tat so und verging schier vor Ungeduld. In der dritten Nacht pochte es dreimal laut und deutlich gegen die grünen Kacheln. Flugs tat das Kind das Türchen auf, und da sah es mitten im Ofen einen schönen, jungen Mann in prächtigen Kleidern. Er lächelte freundlich und sprach: «Liebes Kind, auf dem Dach liegt eine schwere Klappe, die verrammelt das Kamin, sag doch deinem Vater, dass er sie wegnimmt.» Da legte das Kind den Finger auf den Mund und schüttelte den Kopf, denn es hatte Angst, der Vater werde dem schönen jungen Mann etwas Ungerades antun, er war nämlich oft böse und hart. Es stieg aber gleich selber aufs Dach. Dort fror es bitterlich, denn der Wind schnob schneidend durch sein dünnes Hemdlein und die eisigen Ziegel rührten kalt an seine blossen Füsse. Und es hob mit seinen magern Aermchen die schwere Klappe empor. Da kam auch gleich der schöne junge Mann heraufgestiegen, und das Kind hielt den Atem an, so wunderbar dünkte er es. Er nahm es in die Arme, küsste es und sprach: «Ich danke dir, du hast mir das Leben gerettet. Sieh, ich bin auf der Wolkenjagd von einem bösen Hagelwetter in dies Kamin hinabgestossen worden und musste im Ofen gefangen sitzen. Was half's, dass ich rief und schrie, man glaubte ja, es sei nur der Wind. Und hättest du mir nicht dein Brot und deine Aepfel zugesteckt, ich wäre schon lange tot und verschmachtet. Nun fliege ich fort in mein Königreich, es liegt weit oben in den weissen Bergen. Und im Frühling, wenn alles schön grün ist und blüht, komm ich mit meinem Wagen und hole dich. Gar gerne nähme ich dich schon jetzt mit, aber mein Mantel reicht nur für mich, zusammen stürzten wir uns zu Tode. Leb wohl und vergiss mich nicht.» Damit breitete er seinen blauen Mantel aus und flog davon, weit über den dunklen Himmel. Das Kind stand und sah ihm lange nach und winkte mit der Hand. Dann stieg es in die Stube und legte sich in sein Ofenbettchen, und weil es nun neben ihm still war, schlief es gleich ein und träumte von dem schönen Königssohn.

Am andern Morgen sagte der Vater: «Heute nacht hat es gar zu seltsam im Ofen geklungen. Das kann nicht der Wind gewesen sein. Ich will darum einen weisen Mann befragen.» Und er ging und erzählte dem weisen Mann alles. Der sagte. «In deinem Ofen sitzt ein Königssohn, der ist auf der Wolkenjagd durchs Kamin gefallen und jammert Tag und Nacht um Befreiung, und wer ihm hilft, wird reich belohnt.» Für diesen Rat musste der Vater dem weisen Mann drei blanke Taler zahlen. Er tat's ohne Murren, denn er dachte bei sich: «Was tut's, der Königssohn muss mir ja doch hunderttausend Goldstücke geben.»

Stracks eilte er heim, trat vor den Ofen und rief: «Du gefangener Königssohn, ich kann dich befreien, aber ich tu es nur, wenn du mir dafür hunderttausend Goldstücke bezahlst, hast du's gehört.» Als er keine Antwort bekam, wiederholte er seine Worte. Und weil es im Ofen beharrlich schwieg, schrie er zuletzt wütend: «Wenn ich das Gold nicht bekomme, sollst du im Ofen verhungern, du geiziger Wicht.»

Das Kind, das schwach und sehr krank auf der Ofenbank lag, freute sich von Herzen, dass der Königssohn dem bösen Vater entwischt war, und verriet ihn mit keinem Sterbenswörtchen.

Nun verrammelte der Vater den Ofen, und weil es darin nicht mehr heulte, sagte er: «Ich merk es wohl, der Königssohn verstellt sich und schweigt, denn er mag mir das Gold nicht gönnen.» Und erst nach einer Woche tat er den Ofen wieder auf, denn er dachte: «Nun ist der Königssohn verhungert, und ich kann seine Kleider um schweres Geld verkaufen.» Aber der Ofen sah ihn so leer an wie eine Kirche am Werktag. Da hielt sich der Vater für betrogen, lief sporn-streichs zum weisen Mann und wollte die drei Taler zurückhaben. Der aber gab das Geld nicht heraus, sondern sprach: «Geh, ich habe dir die Wahrheit gesagt, und die ist nie billig.»

Das kranke Kind aber sehnte sich heftig nach dem Königssohn, träumte Nacht um Nacht von ihm, und einmal redete es in der Fieber-hitze laut von ihm. Das hörte der Vater Wort für Wort und erriet als-bald, wie alles zugegangen war. In seinem namenlosen Zorn sperrte er das Kind in den Ofen und sagte dabei: «Weil du den Königssohn gar so lieb hast, sollst du nun selber schmecken, wie es tut, im Ofen zu sitzen.»

Drei Tage nach dieser schlimmen Tat kam der Königssohn in ei-nem prächtigen Silberwagen und mit vier Windrossen davor angeflo-gen und wollte das Kind holen. Da gaben sie ihm seine ältere Schwester und liessen das rechte im Ofen. Und der Königssohn ahnte nichts von dem abscheulichen Betrug, denn als er das Kind auf dem Dach oben gesehen hatte, war es ja finstere Nacht gewesen. Doch be-vor er in den Wagen stieg, sagte er zu dem falschen Kind: «Nun zeig mir noch den Ofen, in dem ich so schrecklich geschmachtet habe.» Auf der Ofenbank lag aber noch das Hemdlein des rechten Kindes. Der Königssohn nahm es in die Hand und sprach: «Ei sieh, da ist ja das Hemdlein, das so lustig im Wind flatterte, als du mir auf dem Dach oben die Hand reichtest, das dürfen wir ja nicht vergessen. An unserm Hochzeitstag sollst du es als Brauthemd tragen.» Kaum hatte er das gesagt, erscholl aus dem Ofen ein leises, bitterliches Schluchzen. Alsbald wurden die Eltern und Kinder totenblass und stoben davon. Der Königssohn jedoch erkannte die Stimme, stieg flugs aufs Dach, nahm die Klappe weg und rief: «Komm zu mir.» Da antwortete es: «Ja, wenn du mir mein Hemdlein gibst.» Er warf's hinunter, und gleich stieg das Kind aus der Tiefe, blass und krank, und sank ihm halbtot in die Arme. Der Königssohn trug es in seinen Silberwagen, und die vier Windrosse eilten wie der Blitz über den Himmel, den fal-schen Eltern und Geschwistern verging dabei Hören und Sehen.

Auf dem Schloss in den weissen Bergen oben genas das Kind bald. Da feierte der Königssohn sein Hochzeitsfest mit ihm, und sie lebten lange glücklich.

Die Nebelflöte

Es war einmal ein Mann, der hatte ein böses Herz und mochte keinem Menschen eine Freude gönnen, und wenn er einen traf, der glücklich war, gab es ihm einen giftigen Stich in die Seele.

Weil er nun viele Leute sah, deren Augen glänzten und deren Mund lachte, meinte der Mann, er müsse bald sterben.

Da verkaufte er sein Haus und was er besass und tat das Gold, das er dafür erhielt, in einen Sack und wanderte weit. Er wanderte durch sieben Wälder und über sechs Felder, bis er zu einem dichten Dorngestrüpp kam. Kein Sonnenstrahl konnte durch das Geflecht dringen, ein feuchter grauer Dunst wehte daraus empor, und es roch nach Moder und Verwesung.

Der Mann warf den Sack zu Boden, dass die Goldstücke nur so klirrten, und rief: «Nebel, Nebel, komm hervor und gib mir einen guten Rat.» Und da erhob sich eine wüste graue Gestalt aus dem Dorngestrüpp, die sagte: «Was hast du mir denn mitgebracht, dass du es wagst, mich zu rufen und aus dem Schlaf zu wecken.» Der Mann stiess mit dem Fuss an den Sack, dass das Gold noch lauter klirrte, und antwortete: «Gold». «Öffne», befahl der Nebel, und der Mann tat's. Gleich stürzte sich der Nebel auf die Goldstücke, wühlte in ihnen und steckte sie in die Falten seines Gewandes. Dann fragte er: «Welchen Dienst kann ich dir tun?» «Gib mir soviel Gewalt, dass ich alle Menschen töten kann», sagte der Mann, «dass es überall grau ist auf der Welt; denn solange noch ein Kind lacht oder ein Vogel singt, muss ich schwere Not leiden und mit Gift und Schmerz in der Brust sterben.» «Du verlangst nicht wenig», erwiderte der Nebel, «aber ich will dir helfen, wenn du mir alljährlich einen solchen Goldsack bringst.» Der Mann nickte. Da zog der Nebel eine kleine, silberne Flöte aus seinem Gewand und sprach: «Geh an die äusserste Seite des Königsreichs, in dem du wohnst. Umschreite es und blase dabei unablässig auf dieser Flöte, dann wirst du sehen, was geschieht.» Der Mann nahm die Flöte, dankte und ging davon. Der Nebel aber lachte, dass die Goldstücke nur so klirrten, und legte sich in der Dornenhecke wieder schlafen.

Der Mann wanderte an die äusserste Grenze des Königreichs, umschritt es und blies dabei unablässig auf der silbernen Flöte. Da wuchs hinter ihm ein himmelhoher undurchdringlicher Nebelwall empor. Es wurde dunkel und kalt, das Wasser stieg in Flüssen und Seen an und überschwemmte das fruchtbare Land. Und obwohl der König hunderttausend starke Männer zusammenrief, damit sie die Nebelwand umlegten, was half's, die Wand trotzte Steinen, Kugeln, Eisen und rotem Feuer. Ja, wer sich ihr näherte und ihr weniger als drei Schritte fernblieb, den verschluckte und erstickte sie mit ihrem feuchten grauen Dunst.

Als der Mann dies sah, rieb er sich die Hände, und sein neidisches Herz hüpfte hoch. Und als er merkte, dass sich hinter der Mauer kein lebendiges Leben mehr regte und alles Singen und Lachen verstummt war, ging er durch das stille Königreich und holte sich aus der Schatzkammer einen grossen Sack voll Gold und brachte ihn dem Nebel. Der freute sich sehr, wühlte in den Münzen, dass sie nur so klirrten, steckte sie in seine Falten und sprach: «Das hast du gut gemacht! Nun geh an die Grenze des nächsten Königreichs und blase auf der Flöte und hole mir wieder Gold. Und du sollst nicht ruhen und nicht rasten, bis die ganze Welt hinter grauen hohen Mauern liegt und die Menschen vor Traurigkeit sterben.»

Das tat der Mann, und sein Sinn wurde immer heiterer, denn allmählich wurde die ganze Welt feucht und grau und tot. Er hörte kein Kind mehr lachen und sah kein Auge mehr vor Freude glänzen.

Zuletzt war von den hundert Königreichen, in die die Welt eingeteilt war, nur noch eines übrig, und der Nebel konnte sich fast nicht mehr bewegen, so schwer war das Gold aus den neunundneunzig Schatzkammern, das ihm der Mann gebracht hatte. Und er sagte zu ihm: «Sobald du die graue Mauer um das hundertste Königreich gezogen hast, ist die Welt mein, und du sollst sie an meiner Stelle regieren.» Doch der Mann dachte: «Du hast sie noch nicht. Ich allein will König heissen. Der Nebel soll mir Knechtdienste leisten, doch zuerst muss er mir alles Gold herausgeben.»

So begann er das letzte Königreich zu umschreiten und blies auf der Flöte.

Als der König den Flötenklang hörte, erschrak er tief, denn er wusste wohl, was das bedeutete. Und als er die graue Mauer wachsen

Beatrice Afflerbach

sah, verbot er jedermann, näher als drei Schritte an sie heranzugehen, denn es sollte keiner von seinen Leuten von dem abscheulichen Nebel erstickt werden.

Nun hatte der König eine Tochter, die war tausendmal klüger und schöner als alle andern Jungfrauen; und als sie die Flöte vernahm, erschrak sie nicht, sondern lachte laut. Das aber tat sie, weil sie sich einen listigen Plan ausgeheckt hatte. Obwohl jedermann im Land weinte und trauerte, strahlten ihre Augen, und ihr Mund lachte und sang immerfort. Und als der König zu ihr sagte: «Du böses Kind, wie nur kannst du lachen und singen, geht dir denn die Not des Landes nicht zu Herzen?», da sang und lachte sie weiter und noch heller als zuvor.

Nachts aber, wenn alles schlief, schlich sich die Königstochter ins Schatzgewölbe und verbarg, was dort an Gold und Silber lag, unter einem grossmächtigen Stein. Sie liess nur fünfzig Goldstücke übrig. Dann nahm sie einen braunen Sack und füllte ihn mit schlechten Eisenstücken, tat die fünfzig Goldvögel so geschickt darüber, dass diese das Eisen verbargen; dann band sie den Sack zu.

Eben als sie fertig war, schloss der böse Mann die graue Mauer und begab sich aufs Schloss. Überall lagen die Leute matt und krank, als seien sie schon tot, und niemand verwehrte ihm den Weg. Nur die Königstochter war frisch und lebendig, denn weil ihr Mund lachte und ihre Augen strahlten, konnte der Mann sie nicht bezwingen.

Als er ins Schloss trat, verstellte sie sich und tat, als habe sie Angst vor ihm, führte ihn mit demütigen Gebärden ins Gewölbe und sprach: «Sieh, schon lange habe ich auf dich gewartet und diesen Goldsack für dich bereit gestellt und ihn wohl gehütet, sonst hätte ihn mein Vater an einem unzugänglichen Ort verborgen.» «Nun», sagte der Mann, «heb den Sack auf und bring ihn, wohin ich dir den Weg zeige.» Da tat die Königstochter, als wolle sie den Sack heben, liess aber gleich die Arme sinken und sprach: «Er ist zu schwer, wir wollen zehn Diener rufen, und die sollen ihn auf einen Wagen laden, es steht schon alles bereit.» Und der Mann sagte zu allem: «Ja». Er wollte nämlich die Königstochter, sobald er beim Nebel war, erwürgen, denn ihr lachender Mund und ihre strahlenden Augen drangen wie giftige Pfeile in sein Herz.

So fuhren sie den schweren Sack zur Dornhecke, wo der Nebel schon mit gierigem Sinn wartete. Kaum stand der Wagen vor ihm, fuhr er mit beiden Händen nach dem Sack und wollte ihn herunterheben. Doch die Last war so gross, dass er darunter zusammenbrach; und weil sein Gewand über und über voll Gold stak, war er ungeschickt und konnte sich nicht rühren. Da flüsterte die Königstochter dem Mann zu: «Nun geh und erwürg den Nebel, dann bist du Herr der Welt und alles Gold ist dein.»

Das liess sich der Mann nicht zweimal sagen, warf die Flöte hin und würgte den Nebel. Die Königstochter aber nahm flugs die Flöte und begann auf ihr zu blasen. Alsbald gewann der Nebel neue Kraft, er schwoll an und erstickte den Mann.

Er dankte der Königstochter und fragte, wie er ihr's lohnen könne. Da sagte sie: «Nimm die graue Mauer von der Welt hinweg und gib den Menschen und den Tieren und allem, was tot ist, das Leben zurück, tust du's nicht, werfen meine Diener den schweren Sack auf dich, er ist voll Eisen.»

Der Nebel gehorchte; auch er merkte, dass er gegen die Königstochter nichts ausrichten konnte.

Da grünte und blühte die Erde neu, und die Menschen lachten wieder und waren ihres Lebens froh.

Die Königstochter aber wurde des Kaisers Frau; und sie führten ein mildes weises Regiment.

Die hundert Kühe

Es war einmal ein Bauer, der besass einen grossen Hof, weite Wiesen und fruchtbare Felder. Im Stalle jedoch brüllten ihm neunundneunzig gescheckte Kühe, und die waren sein grösster Stolz. Er brachte ihnen täglich Salz und streichelte sie, und die Knechte und Mägde mussten den Stall so sauber halten wie die gute Stube.

Nun hatte der Bauer ein einziges Kind, das war ein Sohn, der hatte ein weisses Gesicht und feine schmale Hände. Und der Sohn mochte nicht auf dem Feld oder in den Ställen arbeiten, viel lieber sass er auf der Ofenbank und las in einem Buch, das ihm der Schulmeister geliehen hatte, oder hörte der Muhme zu, wenn sie am Spinnrad hockte und Geschichten erzählte. Und als der Sohn herangewachsen war, trat er vor den Bauern und sprach: «Lieber Vater, lass mich in die grosse Stadt gehen, damit ich dort alles, was in den Büchern steht, erlernen und ein weiser Mann werden kann.» Da ergrimmte der Bauer, wurde rot im Gesicht und schrie: «Nein, du bleibst fein hier und melkst die Kühe und trägst den Mist auf die Wiesen. Und wenn ich einmal tot bin, bist du der Bauer, und so sollst du es auch mit deinen Kindern halten; ich will nicht, dass mein schönes Gut je in fremde Hände kommt.» Da erwiderte der Sohn: «Ach, das kann und mag ich nicht, ich muss sterben, wenn ich kein weiser Mann werde. Verkauft den Hof und gönnt Euch ein ruhiges Alter, Ihr habt lang genug gearbeitet.» Doch der Bauer liess sich nicht erweichen, er fluchte und schalt den lieben langen Tag. Da wurde der Sohn matt und krank und konnte vor Schwäche keinen Pflug mehr führen, ja nicht einmal mehr eine Kuh melken, er lag blass und mager auf der Ofenbank, und **hätte** ihm die Muhme nicht eine Geschichte nach der andern erzählt, er wäre gestorben.

Da merkte der Bauer, dass es so nicht weiterging. Weil er das Spiel jedoch nicht aus der Hand geben mochte, sann er sich einen listigen Plan aus und sagte: «Steh auf, du Faulpelz, du sollst ein weiser Mann werden, doch zuvor musst du mir eine gescheckte Kuh bringen, und die soll genau so aussehen wie die neunundneunzig, die in meinem Stall stehen, ich will endlich die Hundert voll haben.»

Da sprang der Sohn von der Ofenbank und war munter, denn die Freude machte ihm leichte Glieder. Er packte seinen Ranzen und zog nach der gescheckten Kuh aus. Und schon am dritten Tag fand er, was er suchte. An einer Wegkreuzung stand eine gescheckte Kuh und brüllte laut, denn sie war schon lange nicht mehr gemolken worden. Zitternd vor Freude molk er das Tier und holte ihm einen Armvoll grünes Gras. Und weil sich weit und breit niemand zeigte, dem sie gehörte, und niemand, den er fragte, sie haben wollte, trieb er die Kuh auf den väterlichen Hof. Da fluchte und brummte der Bauer wie noch nie, aber da war nichts zu ändern, er musste sein Wort halten.

Nun begab sich der Jüngling in die Stadt. Dort fand er einen weisen Meister und lernte Tag und Nacht mit Feuereifer, was in den dicken, gelehrten Büchern stand.

Eines Tages, als er in einem uralten Geschichtsbuch las, wurde er rot und blass und starrte wie entgeistert auf die Zeilen, denn da stand: «Wer an der Wegkreuzung, zehn Meilen vor der Hauptstadt eine gescheckte Kuh findet, soll sie in einen Stall führen, wo bereits neunundneunzig gleich gescheckte Kühe stehen. Und er soll ihr täglich bei Sonnenaufgang ein menschliches Essen bringen, denn die Kuh ist nichts anderes als eine verwandelte Königstochter und wird in drei Jahren ihre wahre Gestalt zurückerhalten.» Da schlug sich der Jüngling vor die Stirne und nahm Abschied von seinem Meister. Der war darüber tief betrübt, denn noch nie in seinem langen Leben hatte er einen so gelehrigen Schüler gehabt. Er schenkte ihm ein Zauberbuch und sprach: «Ich bin alt und hinfällig, wer weiss, ob wir uns je wiedersehen. Nimm zum Andenken dies Buch, es steckt Zauberkraft darin. Aber du darfst es erst dann öffnen, wenn du in höchster Not bist, sonst erlischt seine Kraft.» Der Jüngling dankte dem Meister und eilte dem väterlichen Hof zu. Da sah er, wie der Metzger mit blutiger Schürze und triefendem Messer vom Hause wegging. Und als er zum Stall kam, trugen eben drei Knechte und drei Mägde eine gestochene Kuh heraus, und der Bauer trat mit finsterm Antlitz zu ihm und sprach: «Gut, dass du von selber gekommen bist, noch heute hätte ich dich von deinen Büchern wegholen lassen, denn die gescheckte Kuh, die du mir gebracht hast, hat mir nur Schaden gestiftet. Sie hat nichts gefressen und keine Milch gegeben, und seit sie im Stall stand, sind die andern Tiere wild geworden und ermagert. Darum habe ich sie schlachten lassen, und du kannst das grösste Stück von ihrem Fleisch essen, es ist zäh und ganz mager!»

Der Jüngling erblasste, liess sich jedoch nichts anmerken und ging hinters Haus, wo kein Mensch war. Er nahm das Zauberbuch und tat es auf, denn nun steckte er ja in der höchsten Not. Das Buch öffnete sich genau in der Mitte, und dort stand in roter, glänzender Schrift: «Geh zu den Mägden, die die geschlachtete Kuh ausweiden, und murmle unablässig: neunundneunzig Kühe und eine gescheckte sind hundert, neunundneunzig Kühe und eine gescheckte sind hundert. Dann wird die geschlachtete Kuh davonlaufen, rascher als ein Hase. Schwing dich auf ihren Schwanz und lass dich bis zur Strassenkreuzung tragen, wo du sie gefunden hast. Dort ruf: halt. Die Kuh wird gleich tot umsinken. Zieh ihr die Haut ab, wickle Fleisch und Knochen darein und verbrenn das Bündel, streu die Asche über Hörner und Klauen, und sie verwandeln sich in ein Paar silberne Handschuhe, in ein Paar silberne Schuhe und in einen goldenen Kopfputz. Diese Dinge musst du gleich aufs Schloss bringen.»

Da ging der Jüngling vors Haus, an den Brunnen, wo die Mägde eben die tote Kuh ausweideten. Er murmelte unablässig: «Neunundneunzig Kühe und eine gescheckte sind hundert, neunundneunzig Kühe und eine gescheckte sind hundert.» Da regte sich die tote Kuh und rannte rascher als ein Hase davon, und der Jüngling schwang sich auf ihren Schwanz. Die Mägde schrien so laut, dass der Bauer und die Bäuerin herbeigestürzt kamen, aber die Mägde schrien und schwatzten so durcheinander, dass sie lange nicht verstanden, was geschehen war. Und als er alles verstanden hatte, war der Bauer so zornig, dass er die Mägde davonjagte.

Seit dieser Stunde war er ein geschlagener Mann. Die Kühe gaben keine Milch mehr und starben an einer giftigen Seuche. Die Pferde fielen, eins ums andere, Würmer kamen in die Vorräte, Hagel verwüstete die Felder, und vor Gram starb die Bäuerin. Als sie begraben war, verliess der Bauer den verödeten Hof und verkam als Bettler.

Die Kuh rannte indessen mit dem Jüngling wild durch Busch und Feld, er musste sich fest am Schwanz halten, um nicht herunterzustürzen. Endlich kamen sie an die Wegkreuzung, und er befahl: «Steh still!» und sprang ab. Gleich fiel die Kuh starr zu Boden. Da schnitt er ihr Klauen und Hörner ab und trennte ihr fein säuberlich die Haut vom Leib. Er wickelte Fleisch und Knochen in die Haut und verbrannte das Bündel. Dann streute er die Asche über Hörner und Klauen. Alsbald verwandelten sich die Hörner in einen goldenen Kopfputz, die Klauen aber in ein Paar silberne Handschuhe und ein Paar silberne Schuhe. Und jedes Stück war so köstlich, dass der Jüngling dachte: «Einen schöneren Putz kann die Kaiserin nicht haben.» Er tat alles sorgsam zu sich und wanderte aufs Schloss. Weil er den Weg dorthin nicht kannte, fragte er einen alten Mann danach, und der sagte: «Geht immer geradeaus, in drei Tagen seid Ihr dort.» Und das stimmte auch. Nach drei Tagen stand er an der Schlosspforte.

Auf dem Schloss wehte eine Fahne und aus den Fenstern tönte eine helle Musik, und alles war mit Blumen und Bändern geschmückt. Der Jüngling ahnte etwas, doch er liess sich nichts anmerken und fragte den Torwart: «Was bedeutet der Jubel?» «Ei», versetzte dieser, «wisst Ihr denn nicht, was jedes Kind dem andern erzählt! Vor drei Tagen ist die Königstochter zurückgekehrt, sie ist vor zehn Jahren durch einen Zauber entrückt worden, und niemand konnte herausbringen wohin. Nun will der König sie verheiraten, sie aber gibt nur dem die Hand, der ihr sagen kann, wo und in welcher Gestalt sie die zehn Jahre verbracht hat.» Da schlug dem Jüngling das Herz höher.

Am andern Morgen trat er mit den vielen, vielen Freiern in den grossen Saal, wo die Königstochter neben ihrem Vater sass. Und sie war so schön, dass sein Herz laut pochte und sein Leib zitterte. Und als alle Freier versammelt waren und es so still war, dass man ein Staubkörnchen hätte fallen hören können, erhob sich die Königstochter, und ihr weisses Seidengewand raschelte leise. Sie sprach: «Wer mir sagen kann, wo und in welcher Gestalt ich zehn Jahre fern von hier geweilt habe, trete vor, und er erhält meine Hand!»

Da verneigte sich ein stolzer König und sprach: «Ein wilder Drache hat dich auf eine wüste Insel getragen, ich aber habe den Drachen getötet und dich befreit.» «Wo hast du das Wahrzeichen?» fragte sie. Da musste er schamrot abziehen, denn er besass keines. Nun trat ein Fürstensohn vor und sprach: «Ich habe dich vom Eisgebirge geholt

142

und den bösen Riesen erwürgt, der dich dort gefangen hielt.» Aber die Lüge half ihm nicht, auch er besass kein Wahrzeichen und musste mit Schande abziehen. Und dem dritten Freier, einem Grafen, erging es um kein Haar besser. Er wollte gar die Königstochter aus einer Waldhöhle geholt haben und den reissenden Wolf, der sie bewacht hatte, erschlagen haben. Weil er kein Wahrzeichen besass, musste er den andern nachgehen. Und so ging es den lieben langen Tag, der König wurde schon ungeduldig. Da trat als letzter der Jüngling vor. Er neigte sich ehrerbietig und sprach: «O Herrin, Ihr musstet als gescheckte Kuh neben neunundneunzig andern gescheckten Kühen im Stall eines Bauern leben und seid schmählich geschlachtet worden.» «Ergreift den Lügner», schrie der König, «er hat mein Kind beleidigt und erniedrigt mit seinen Worten.» Doch die Königstochter sagte: «Er soll zuerst sein Wahrzeichen weisen.» Und da reichte er ihr den goldenen Kopfputz und die silbernen Schuhe und Handschuhe und erzählte, was sich alles zugetragen hatte.

Da küsste ihn die Königstochter, und der König war jetzt zufrieden und dankte ihm für die Erlösung seines Kindes. Ja, er setzte ihm auch die Krone aufs Haupt und machte ihn zu seinem Nachfolger. Und da ward die Hochzeit gefeiert, und die Königstochter trug dabei den goldenen Kopfputz, die silbernen Handschuhe und tanzte in den silbernen Schuhen.

Der knarrende Baum

In einem grünen Wald stand einst ein Baum, der war über tausend Jahre alt, und kein Mensch wagte es, ihn zu fällen, denn es hiess, wer das tue, komme jämmerlich um sein Leben.

Zuweilen in kalten Nächten hörte man es im Wald sausen und brausen, als ob ein Sturm tobte, und es ächzte und knarrte, als wenn sich zwei Stämme aneinander rieben. Das aber tat der verzauberte Baum, der verwarf seine Äste so und stöhnte wie in bitterem Schmerz.

An einem Wintertag, als überall Schnee lag, waren viele Holzfäller im Wald. Die zerspalteten mit ihren Äxten manchen Baum und beluden einen grossen Schlitten mit dem Holz. Und als es dunkel wurde, spannten sie die Pferde vor und gingen heimwärts, und jeder freute sich auf die Suppe und die warme Ofenbank, denn die Kälte schnitt ihnen mit eisigen Zähnen ins Gesicht.

Schon hatten sie den halben Weg im Rücken, da fehlte einem Holzfäller die Axt. Gleich kehrte er um und suchte sie, denn es rieselte bereits wieder Schnee vom Himmel. Der Mann fluchte über sein Missgeschick und stapfte verdrossen durch den Wald. Da erscholl dicht neben ihm das Seufzen und Ächzen des verzauberten Baumes. Gleich packte ihn eine rasende Angst, er liess die Axt Axt sein, rannte seinen Kameraden nach und kam bald heim.

Seine Frau stand am Herd und kochte eine gute, dicke Suppe. Als sie noch ein paar tüchtige Klötze ins Feuer schieben wollte, war kein Holz mehr in der Küchenecke. Sie rief ihr Kind herbei und sagte: «Geh rasch rasch und hacke Holz, der Vater ist gekommen und will seine Suppe essen und sich auf der Ofenbank wärmen. Mach hurtig, sonst wird er böse, du weisst, er wartet um sein Leben nicht gern.»

Das Kind sprang in den Schuppen und wollte die Axt vom Nagel langen, doch sie hing nicht dort. Da ging es in die Stube und sagte: «Lieber Vater, gib mir doch die Axt, damit ich Holz kleinmachen kann für deine dicke Suppe und dass die Ofenbank fein warm bleibt.» «Du faules Ding», sagte der Vater, «dazu hattest du den ganzen Tag Zeit. Jetzt mach auf der Stelle hundert Klötze klein, vorher darfst du mir nicht in die Stube, und die Axt such dir selber, du wirst sie verloren haben.» Das aber sagte er, weil er sich schämte zu gestehen, er habe die Axt im Wald vergessen.

Das Kind ging traurig in den Schuppen und suchte in jedem Winkelchen, ob sich die Axt darin verkrochen habe, fand sie aber nicht. In die Stube wagte es sich nicht zurück, denn es fürchtete die harten Schläge von Vater und Mutter. Darum ging es in die Nacht hinaus und beschloss, ohne Axt nicht heimzukommen.

Es schneite immerfort, und das Kind nahm das Schürzchen übers Haar und wickelte die Arme in seine Enden. So ging es in den Wald. Bei jedem Schritt sank es bis an die Knie in den Schnee, dazu fror es erbärmlich, und die Zähne klapperten so laut und heftig, als wollten sie ihm jeden Augenblick aus dem Mund fliegen.

Auf einmal war ihm, ein Mensch stöhne und jammere laut. Es horchte ein wenig, und dann sagte es: «Ach, das ist ja nur der alte verzauberte Baum, vor dem muss ich mich nicht fürchten» und ging weiter. Und als es einmal still stand, um zu verschnaufen, stand es genau unter dem verzauberten Baum und sah vor ihm die Axt im Schnee. Hocherfreut hob es sie auf, wischte die Schneide blank und wollte heimgehen. Aber da rief eine klagende Stimme: «O bleib doch hier, o komm, erlöse mich. Tausend Jahre schon sitz ich in diesem Baum gefangen, denn kein Mensch will ihn fällen; und doch erhält, wer's tut, grossen Lohn. Komm, o komm doch und hilf mir, du hast ja eine so schöne Axt.»

Da sagte das Kind: «Ja, wer bist du denn und warum steckst du in dem Baum da?» «Ich bin ein Königssohn», antwortete die Stimme, «eine böse Hexe hat mich in den Stamm gezaubert.» Und die Stimme dünkte das Kind jetzt gar fein und lieblich. Da nahm es die Axt und begann zu hauen und hieb und hieb, bis ihm die hellen Schweisstropfen übers Gesicht rannen und die Finger bluteten. Es streckte seine Arme und den Rücken, da rief der Königssohn: «Warum haust du nicht mehr, ist dir etwas zugestossen?» «Ach», klagte das Kind, «meine Hände bluten und die Axt ist ganz stumpf, ich kann nicht mehr.» «Hauche dreimal tüchtig auf die Fingerspitzen und wisch die Axt mit Schnee blank, dann geht es besser», riet der Königssohn. Das Kind tat so. Wirklich wurde die Axt scharf und die Hände taten nicht mehr weh.

Nach zwei Stunden war die Spalte im Baum so gross, dass das Kind den Königssohn sehen konnte, und es sah ihn stumm und staunend an, so schön war er. Der Königssohn reichte ihm die Hand, streichelte die blauen Finger des Kindes und sprach: «Hab noch ein Weilchen Mut, dann bin ich erlöst; doch trage ja Sorge, dass du fertig bist, ehe der Morgenstern mir ins Gesicht schaut, sonst ergeht es beiden schlimm.» Das Kind nickte und liess die Späne nur so fliegen. Aber was half's, unversehens war der Morgenstern da und zündete dem Königssohn ins Gesicht. Der schrie laut und verschwand und mit ihm der Baum. Wo der gestanden hatte, lag nur noch ein grosses Scheit. Und zwischen den Bäumen hervor kam eine alte hässliche Hexe gehumpelt, die langte mit ihrem Krückenstab danach. Da sass auf einmal ein schneeweisser Vogel mit einem roten Schnabel auf dem Scheit und sang: «Deck das Scheit zu, dass es niemand sieht, und verrat es keiner Menschenseele». Rasch machte das Kind mit der Schürze ein Bündelchen aus dem Scheit, denn schon schlich die Hexe herbei und fragte gleich: «Liebes Kind, hast du nicht ein braunes Holzscheit gesehen, gib es mir, sieh, da hast du dafür eine schöne Blume.» Doch das Kind schwieg. Die Hexe streckte den Krückstab gegen seine Füsse, um es lahm zu machen, denn sie hatte wohl erraten, dass das Scheit in dem Bündelchen stak. Aber der Vogel hatte achtgegeben, er kam und flatterte unablässig vor dem Gesicht der Hexe hin und her; da wurde sie ganz irr, hinkte durch die Büsche und verbarg sich in ihrer Höhle, denn es tanzten gelbe und blaue Lichter vor ihren Augen.

Das Kind sagte: «Lieber Vogel, hab schönen Dank, doch sage mir nun, wie ich den Königssohn erlösen kann, du weisst das gewiss.» Der Vogel antwortete: «Ach, das ist unmöglich, sieh, nun sitzt der Königssohn in dem Scheit, und kein Messer und keine Axt können es entzweischneiden, so hart ist es.» Da weinte das Kind und sagte: «So ist er verloren, und ich trage die Schuld.» Da sprach der Vogel weiter: «Nur ein glühender Dolch kann das Holz entzweitrennen. Der Dolch liegt unter dem nächsten Baum. Nimm ihn und geh durch den Schnee, bis du eine Köhlerhütte findest. Bitte dort um einen Platz am Feuer und steck den Dolch solang in die Glut, bis er raucht und Funken sprüht. Dann lege das Scheit auf deine nackten Knie und zerschneid es. Dabei darfst du aber kein einziges Wörtchen sprechen, und nicht der leiseste Laut soll über deine Lippen dringen. Und wenn dir der Köhler eine Zange gibt, nimm sie ja nicht, sonst verliert der Dolch seine Kraft.» Mit diesen Worten flog der Vogel davon und war rasch wie ein Blitz verschwunden. Das Kind aber lief rasch zum nächsten Baum, holte den kalten Dolch und wanderte durch Eis und Schnee, bis es eine Köhlerhütte fand. Es klopfte bescheiden an und bat um einen Platz am Feuer, und der Köhler war ein freundlicher Mann und sagte: «Komm, wärme dich, du armes Kind.»

Da setzte es sich dicht an die Flammen und hielt den Dolch tief in die Glut. Als der Köhler das sah, legte er eine Zange neben das Kind, doch es rührte sie nicht an.

Der Dolch wurde heiss, es rann dem Kind wie ein glühender Strom durch den Arm, und es biss die Zähne zusammen, so weh tat es. Aber es ging nicht ein Tönchen über seine Lippen.

Schon lief ihm der Schweiss wie ein Bach übers Gesicht und vor seinen Augen wurde es schwarz; da auf einmal stoben rote Funken aus dem Dolch und ein blauer Rauch tanzte seiner Klinge entlang. Gleich legte es das braune Scheit auf die nackten Knie, zog den Dolch aus dem Feuer und trennte das Scheit mit einem Schnitt entzwei, die Stücke fielen rechts und links zu Boden. Da waren des Kindes Hände verbrannt und dürr und eine rote Wunde klaffte über jedem Knie. Aber es spürte die heissen Schmerzen nicht, denn vor ihm stand der Königssohn frisch und schön und sah es liebevoll an. «Ich danke dir», sagte er, «du hast mich erlöst, und ich kann auf mein Schloss gehen.»

Da schaute das Kind traurig auf seine Hände und Knie und sprach: «Ach Gott, nun gehst du fort. Wie gerne folgte ich dir und wollte auf deinem Schloss als Magd dienen. Doch meine Hände taugen zu nichts mehr, ach wäre ich tot und begraben, was soll ich ohne dich in dem öden Wald.»

Da beugte sich der Königssohn über das Kind und strich über seine Knie und Hände. Alsbald wichen die Schmerzen und die Wunden heilten, das Kind aber sank in einen tiefen Schlaf. Und der Königssohn nahm es auf die Arme und trug's ins Schloss. Dort tat es verwundert die Augen auf und fragte: «Wo bin ich?» «Bei mir», sagte der Königssohn, «du sollst es immer bleiben, denn du wirst meine liebe Frau, und nur der Tod kann uns noch trennen.»

Das verzauberte Bett

Es war einmal eine arme Frau, die hatte drei wunderschöne Töchter. Aber keiner wollte die Mädchen heiraten, da die Mutter ihnen nicht einmal ein Bett als Hausgerät mitgeben konnte, es war keines im Haus, sie alle schliefen auf dem Heuboden.

An einem heissen Nachmittag gingen die drei schönen Schwestern in den Wald. Die eine suchte Beeren, die andere pflückte Kräuter und die dritte brach sich Blumen. Da tat sich auf einmal das Gebüsch auseinander und eine schöne Waldfee trat hervor. Sie trug ein Gewand aus lauter zackigen Blättern, die waren so weich und so fein wie die köstlichste Seide, und auf ihrem goldenen Haar sass ein roter Kranz, der hielt einen blütenweissen Schleier zusammen. Die Mädchen erschraken und wollten davonlaufen. Da rief die Waldfrau mit sanfter Stimme: «Habt keine Furcht ihr schönen Mädchen, ich tu euch nichts zuleide. Und wenn ihr mir die süssen Beeren, die grünen Kräuter und die bunten Blumen schenkt, darf jede einen Wunsch tun, und er wird sich erfüllen.» Da gab die erste Schwester der Waldfrau die süssen roten Beeren, die zweite streckte ihr die grünen wohlriechenden Kräuter hin, und die dritte reichte ihr den schönen bunten Blumenstrauss. Die Waldfrau legte Beeren, Kräuter und Blumen in ihren schimmerweissen Schleier, dann sprach sie zu der ersten Schwester: «Nun mein Kind, was wünschest du dir?» «Dass mich ein stattlicher Senn heiratet», antwortete das Mädchen. Die Waldfrau nickte und sprach zur andern Schwester: «Und du mein Kind, was wünschest du dir?» «Dass mich ein reicher Bauer heiratet», antwortete das Mädchen. Die Waldfrau nickte und fragte die dritte Schwester: «Mein Kind, sag mir deinen Wunsch.» «Ich möchte einen schönen Königssohn zum Mann», antwortete das Mädchen. Kaum hatte es ausgeredet, verschwand die Waldfrau im Gebüsch und war nicht mehr zu sehen. Da fuhren die beiden älteren Schwestern über die jüngste her und schimpften und schalten: «Was brauchst du auch einen so frechen, eitlen Wunsch zu tun. Nun ist die Waldfrau böse, und wir müssen deinetwegen leer ausgehen. Was konntest du nicht bescheidener wünschen, ein Schweinehirt wäre für dich der Rechte, aber kein Königssohn.» Doch die dritte Schwester lächelte nur und liess die Schwestern schimpfen, soviel sie mochten.

Indessen dunkelte der Abend rot in den Bäumen, und vom Dorf ertönten die Kirchenglocken, und die Mädchen machten sich auf den Heimweg. Als sie aus dem Wald traten, zog eben ein stattlicher Senn hinter seinen hundert Kühen vorüber, und weil ihm die älteste Schwester gar wohl gefiel, nahm er sie gleich mit in seine Alphütte und feierte Hochzeit mit ihr.

Die beiden andern Schwestern gingen weiter, doch als sie mitten im Feld waren, schwankte ihnen ein mit tausend Garten hochbeladener Erntewagen entgegen, und ein reicher junger Bauer führte das Pferdegespann. Die mittlere Schwester gefiel ihm so wohl, dass er sie gleich mit sich nahm, und da war sie eine reiche Bäuerin.

Die dritte Schwester ging allein weiter und erreichte bald das Dorf. Als sie zu der grossen Linde auf dem Kirchplatz kam, ritt eben ein schöner junger Reiter vorbei. Kaum gewahrte er das Mädchen, stieg er vom Pferd ab und nahm es bei der Hand. «Du bist so schön», sagte er, «dass ich fürderhin ohne dich nicht leben kann und mag. Komm mit mir auf mein Schloss und sei meine Frau.» Das Mädchen nickte freundlich, denn es hatte den König des Landes wohl erkannt. Er setzte es vor sich aufs Pferd und ritt mit ihm aufs Schloss.

Und so hatten sich die Wünsche der drei Schwestern erfüllt und die Waldfrau die Wahrheit gesprochen.

Der junge König feierte nun sein Hochzeitsfest, und alle jubelten der schönen Braut zu. Nur der alten Schwester des Königs frass der gelbe Wurm des Neides am Herzen, denn sie selber war hässlich und böse und falsch und kein Mensch mochte sie leiden. Gerne hätte sie die Liebe ihres Bruders in finstern Hass gegen die junge Frau verwandelt, aber dazu konnte sie nicht die geringste Gelegenheit erspähen.

Die hässliche Schwester besass jedoch ein Zauberbuch, darin las sie jede Nacht um die zwölfte Stunde. Sie brauchte dazu kein Licht, denn die Blätter des zauberischen Buches schimmerten in einem grünlichen Glanz und die geheimen Zeichen brannten in roter und goldener Flammenschrift. Und da las sie in einer stürmischen Nacht, wenn sie der verhassten Schwägerin während der Dauer dreier Monate den Schlaf raube, müsse sie wie eine Blume verwelken und sterben. Hocherfreut über den teuflischen Rat ging sie gleich an ihr schlimmes

Werk. Weil der König und die Königin für ein paar Tage auf die Jagd geritten waren, konnte sie ihr arges Geschäft unbelastet verrichten.

Um Mitternacht stieg sie in den Schlossgarten und holte beim Schein ihres Zauberbuchs, weil eben die rabenfinstere Neumondstunde herrschte, zehn fette Schnecken, nass von silbernem Schleim, und zwanzig magere, graue Tausendfüssler. Sie streifte fünf Nachtfaltern den braunen Staub von den Flügeln und sammelte sieben grosse Spinnetze, zuletzt fing sie hundert grüne Glühwürmchen. Sie verwahrte ihre Beute zwischen den Blättern des Buchs und stieg ins Schloss zurück.

In der andern Nacht kochte sie die Schnecken, Tausendfüssler, Glühwürmchen zusammen mit den Spinnweben und dem Staub der Nachtfalter in einem Tiegel aus Quecksilber und rührte solang darin, bis sie einen fetten, leuchtenden Brei erhielt, und den Brei verwahrte sie sorgsam in einer goldenen Büchse. Und in der dritten Nacht ging sie ins Schlafgemach der Königsleute und bestrich das Bettgestell der Königin und die weichen Tücher und Kissen mit der Zaubersalbe. Nach getanem Werk lachte sie dreimal höhnisch, dass es gellte, und ging dann durch die dunklen Gänge in ihr Gemach.

Nur ein einziger Mensch im Schloss hatte das abscheuliche Hexenlachen gehört: der uralte Torschliesser. Er litt an Schlaflosigkeit und ging allnächtlich ohne Licht durchs ganze Schloss und gab acht, dass kein Dieb eindrang. Doch obwohl er dem Lachen gleich nachschlich, fand er die böse Schwester nicht, aber vergessen konnte er es nicht, es hatte zu grauenvoll geklungen.

Am andern Abend kehrten der König und die Königin todmüde von der Jagd zurück. Als der König schon tief und ruhig im Schlaf atmete, lag die Königin immer noch wach und konnte kein Auge zutun. In ihrem Bett raschelte und krabbelte es, als liefen tausend Spinnen und Käfer durch welkes Laub, und auf ihrem Gesicht fühlte sie die Flügel und die Beine von Faltern und Mücken. Dazu leuchteten ihre Kissen und Decken in einem unheimlichen grünen Schein, es war, als trieben tausend Irrlichter ihr Wesen darin. Zuletzt weckte sie den König, aber der sah und hörte nichts und sprach: «Liebe Frau, dir hat gewiss geträumt, leg dich auf die andere Seite, dann kommt der Schlaf sicher.» Aber der Rat half nichts, die Königin blieb wach.

Und seit dieser Nacht fand sie keinen Schlaf mehr, denn jedesmal, wenn sie sich zu Bett legte, begann es darin zu rascheln, zu leuchten, und die unheimlichen unsichtbaren Tiere liefen über ihr Gesicht. Der König aber konnte ihr nicht helfen, er gewahrte nicht die geringste Spur von dem Spuk und glaubte, die Königin habe üble Träume.

Weil die Königin nicht mehr schlief, wurde sie blass und magerte zusehends ab. Da sorgte sich der König sehr und liess berühmte Ärzte kommen. Aber ob diese auch schlafbringende Tränke und stärkende Weine mischten, es half doch alles nichts, kein Mittel schlug der Königin an, sie war und blieb todmüde, und der Schlaf senkte sich dennoch für keine Minute über ihre Augen.

Die böse Schwester sah das alles mit grosser Teufelsfreude und sorgte dafür, dass die Königin auch tagsüber keine Ruhe fand, ja sie vertauschte heimlich die heilsamen Tränke mit schädlichen.

Und nach drei Monaten war die Königin totenblass und mager wie ein Gerippe; und eines Morgens erhob sie sich nicht mehr, sondern lag tot und starr in ihrem Bett. Da ward sie von dem König sehr beweint und betrauert und in einen goldenen Sarg gelegt. Und er litt es nicht, dass man den Sarg in die tiefe dunkle Gruft senkte, er musste in der Kirche neben dem Altar stehen. Und der König sass stundenlang neben ihm und betrachtete seine tote Frau.

Es war aber recht seltsam, der Leichnam blieb frisch wie am ersten Tag, und das Angesicht wurde immer schöner.

Da merkte die falsche Schwester, dass der König seine Frau gar nicht vergessen konnte und immer noch an ihr hing, wie in ihren frohen und gesunden Tagen. Darum beschloss sie, den Sarg auszurauben und die Königin in den grossen Fluss neben dem Schloss zu werfen, damit sie endlich Ruhe vor der Nebenbuhlerin habe.

Um Mitternacht schlich sie mit ihrem Zauberbuch in die Kirche. Doch kaum betrat ihr Fuss den heiligen Raum, erlosch die Flammenschrift, denn vor dem ewigen Licht am Altar konnte das Hexenfeuer nicht bestehen. Und weil das Buch die Schwester wie Feuer brannte, liess sie es fallen und tappte im Finstern gegen den Sarg.

Doch da war er leer. «Gewiss hat der König seine Frau zu sich in sein Gemach geholt», murmelte die böse Schwester, «da hab ich leichtes Spiel, denn der Schmerz hat alle Kraft aus ihm herausgesogen, da kann er sich nicht wehren, wenn ich ihm die Königin nehme und forttrage.» Nun bückte sie sich nach ihrem Zauberbuch und wollte die Kirche verlassen, aber da verbrannte sie ihre zehn Finger am Buch und sank mit lautem Schmerzensgeschrei auf den harten Steinboden.

Die Königin jedoch war nicht tot. Weil sie unter dem Schutz der guten Waldfrau stand, hatte ihr der böse Zauber das Leben nicht rauben können, und es war darum ein grosses Glück, dass der König den Sarg nicht geschlossen und unter die Erde gesenkt hatte.

Jede Nacht erwachte die Königin und schwebte in ihrem weissen Gewand durchs Schloss und besuchte den König. Aber der schlief immer so tief, dass er nichts von ihrer Gegenwart merkte, rufen jedoch konnte sie ihn nicht, denn auf ihrer Zunge lag ein schwerer Bann.

Nun aber hatte der alte schlaflose Türhüter die weisse Gestalt schon einigemale hinter der Schlafkammer des Königs verschwinden sehen; und als es zum zehntenmal geschah, dachte er: «Ich muss das dem König melden.»

In der Nacht nun, als sich die falsche Schwester in höllischen Schmerzen auf dem Kirchenboden wand, hörte der Türhüter sie schreien und sah auch die weisse Gestalt wieder im königlichen Gemach verschwinden. Da fasste er sich ein Herz und pochte an die Tür. Und der König erwachte und sah seine Frau weiss und still auf dem Bettrand sitzen. Er schloss sie in die Arme und küsste sie auf den Mund, gleich fiel der böse Zauber ganz von ihr ab, und sie konnte reden.

Der alte Türhüter führte nun den König und die Königin in die Kirche. Da fanden sie die falsche Schwester in brennenden Schmerzen liegen; die Glut raste wild durch alle ihre Glieder. Als die Hexe die Königin frisch und gesund sah, stiess sie einen lauten Fluch aus und schrie: «So ist meine Kunst an dieser zuschanden geworden, aber sterben soll sie dennoch.» Und sie wollte das Zauberbuch auf die Königin werfen. Aber der König schaute die Schwester mit einem fürchterlichen Blick an; und da musste sie alle ihre Schandtaten gestehen.

Kaum waren die letzten Worte über ihre Lippen gedrungen, ver-zehrte der Höllenbrand ihr Herz. Da verscharrte man sie hinter der Kirchhofmauer, und auf ihrem Grabhügel wucherten Giftkräuter und stechende Dornen. Und als man das Bett der Königin verbrannte, da krochen Spinnen, schwarze Schleimschnecken und graue Tausend-füssler heraus, und grüne Glühwürmchen und braune Nachtfalter umschwebten die Flammen.

Fortab lebten der König und die Königin in grossem Glück, und eines Nachts nahm der Tod beide mit sich in sein schweigendes Reich.

Der schwarze Vogel

Ein reicher Mann war in Not geraten. Er hatte sein Vermögen verloren, er wusste nicht wie, und stak nun in einer solchen Armut, als habe er überhaupt nie etwas besessen. Weil er aber in seinen guten Tagen geizig und böse gewesen war und auch dem ärmsten Kind kein Stücklein Brot gegeben hatte, gönnten ihm die Leute sein Unglück, und das Bettelbrot, das er sich mühselig zusammensuchte, war reichlich mit Spott und Hohn gewürzt, er brauchte sich kein Salz darauf zu erbitten.

Eines Tages quälte ihn der Hunger gar sehr. Da sah er ein Kind, das ein weisses Täubchen fütterte. Der alte Mann hätte gerne die Brocken gehabt, die der Vogel aufpickte, und darum nahm er den Stock und schlug neidisch nach ihm, dass es erschrocken davonflatterte. Das Kind aber sagte: «Du böser Mann, lass mein Täubchen in Ruhe.» Da hob der Mann den Stock höher und schrie: «Wärst du doch so schwarz, wie die Taube weiss ist, und sässest als Rabe in einem Baum, denn du verdienst ein Tier zu sein, weil du das Brot den Menschen nicht gönnst.» Es war aber eben eine Zauberstunde, und der Fluch des Mannes erfüllte sich. Das Kind fiel zu Boden und flog als schwarzer Rabe davon. Als der Mann das sah, machte er sich eilig aus dem Staub, denn er hatte grosse Angst, man habe ihn belauscht und er werde unbarmherzig als Hexerich verbrannt. Und wie er so eilig davonhumpelte, kam er elendiglich unter die Räder eines Wagens und starb.

Das Kind aber flog als schwarzer Vogel hoch durch die Luft. Weil es kein böses Herz hatte, waren seine Füsse und sein Schnabel nicht schwarz, sondern leuchteten wie lauteres Gold.

Der Vogel flog aufs Meer hinaus, und als die Nacht kam, liess er sich auf einem hohen grauen Berg nieder. Es sprosste kein Hälmchen auf den nackten Felsen, und nirgends war ein menschliches Wesen zu erblicken. Und als der Tag kam, wagte es der Vogel nicht, weiterzufliegen, denn er hatte schrecklichen Hunger, und das Meer war so weit und gross, dass er Angst hatte, in die bitteren Wellen zu fallen und zu ertrinken. Darum blieb er auf dem Berg.

Er fand am Strand die Überreste eines gestrandeten Schiffs und nährte sich kümmerlich davon, und den brennenden Durst stillte er mit den Regentropfen, die in eine kleine Felsenvertiefung fielen, sonst wäre er umgekommen, denn das bittere Salzwasser hätte seine Kehle verbrannt.

So sass er lange, lange Zeit auf dem Berg. Über ihm war der Himmel mit der Sonne und dem Mond und den Sternen, und aus der Tiefe rauschte und brauste das unermessliche Meer.

Da ging eines Tages ein reichbeladenes Schiff auf dem Meer unter, mit Mann und Maus. Nur ein kleiner Junge entging dem feuchten Tod, er schwamm auf einer Planke sicher durch die wilden Wellen und erreichte nach langen bangen Stunden den Berg, auf dem der Vogel mit den goldenen Füssen sass.

Der Junge stieg den Berg hinan und suchte in den Felsen etwas zu essen, denn ihn hungerte sehr. Doch er fand nichts. Der Berg war wie aus einem glatten Stein gehauen, und Regen und Wind trugen jedes Stäubchen fort. Schon wollte er umkehren, da entdeckte er den Vogel. Der sass wie immer ruhig auf dem Berggipfel und dachte an nichts Böses. Der Junge aber dachte: «Ich will den Vogel fangen und braten, genug Holz dazu hat es am Strand. Den goldenen Schnabel und die Füsse behalte ich, das ist ein guter Fang. Und sobald ein Schiff kommt, fahr ich heim, verkaufe den goldenen Schnabel und die Füsse und bin ein gemachter Mann.

Der Vogel freute sich, als er den Jungen sah, und liess sich ohne Angst in die Hand nehmen. Und der Junge stieg mit der Beute an den Strand. Dort aber flatterte der Vogel behende davon, doch er tat es so langsam, das ihm der Junge ohne Mühe folgen konnte. Doch jedesmal wenn er ihn haschen wollte, war der Vogel wieder weg. «Hätt ich ihm doch gleich den Kragen umgedreht», brummte der Junge ärgerlich, «was helfen mir nun die goldenen Füsse.» Da blieb der Vogel auf einem Stück Holz sitzen, tat den Schnabel auf und sprach: «Sei recht schön bedankt, dass du zu mir gekommen bist. Du musst dich aber nicht vor mir fürchten, ich bin ein Mensch wie du, doch durch einen bösen Fluch in die traurige Vogelgestalt verwandelt. Schau dich jetzt ein wenig um, und du wirst gewiss nicht verhungern.» Der Junge tat so; da fand er auch die Reste des gestrandeten Schiffs und stillte seinen Hunger. Dann führte ihn der Vogel zu dem Felsbecken mit Regen-

Beatrice Afflerbach

wasser, dass er seinen Durst löschen konnte. Da schämte sich der Junge und sprach: «O verzeih, du bist so gut, und ich habe dir nach dem Leben getrachtet.» Doch der Vogel pochte ihm freundlich mit dem Schnabel auf die Hand und sprach: «Tut nichts, tut nichts, du konntest ja nicht wissen, wer ich bin.»

Nun lebten der Vogel und der Junge eine Zeit miteinander. Da wurde der Vorrat immer schmaler, und nie kam ein Schiff an dem öden Berg vorbei und nahm sie mit. Auch wenn der Vogel weit weit aufs Meer hinausflog, sah er keines.

Da zimmerte der Junge aus den Holzstücken ein kleines Boot und belud es mit Perlen, die er gefischt hatte. Und der Vogel setzte sich auf die Schulter des Jungen, und so fuhren sie miteinander in die bittern Wellen des Meeres.

Als der Junge vom Rudern müde war, sang ihn der Vogel in den Schlaf. Dann zog er eine goldene Schnur aus dem Gefieder, wickelte das eine Ende um die Bootsspitze und das andere um seine Füsse. Darauf hob er sich mit starken Flügelschlägen in die Luft.

Ei, da jagte das Schifflein pfeilschnell übers Wasser. Und in der Ferne tauchte etwas auf, das stand dunkel hinter den Wogenkämmen und bewegte sich nicht. Und als das Schifflein näher darauf zukam, war es eine Landspitze, und der Vogel freute sich von Herzen und rührte die Flügel noch stärker.

Da, unversehens, brach ein grosser Sturm los. Er wütete laut und bespritzte das Schifflein mit hohen Wellen, und dazu regnete es in Strömen. Da wurden die Schwingen des Vogels nass und schwer, er konnte sie nicht mehr rühren und versank im Meer.

Das greuliche Unwetter weckte den Jungen. Er schrie auch laut nach dem Vogel, doch das half ihm wenig, der Sturm brüllte ja viel lauter, und hören konnte ihn der Vogel doch nicht. Da sah der Junge die goldene Schnur an der Schiffsspitze, packte sie und zog an ihr. Und wie er so zog, wurde sie schwerer und schwerer, und er zog den schwarzen Vogel aus dem Wasser. O, wie kläglich sah der aus! Der Junge strich ihm das Wasser aus dem Gefieder, trocknete es und hauchte ihn an. Doch vergeblich, der Vogel blieb starr und kalt und tot. Da weinte der Junge bitterlich, und weinte so sehr, dass die heissen Tränen den Vogel wieder ganz nass machten. Eine Träne aber fiel dem Vogel genau aufs Herz. Da kehrte das Leben zu ihm zurück, er hob den Kopf und pochte dem Jungen mit dem goldenen Schnabel auf die Hand. Und da freuten sie sich herzlich. Dann setzte sich der Vogel dem Jungen auf die Knie und erzählte ihm eine lange, schöne Geschichte. Doch der Sturm wütete fort, das Schifflein füllte sich mit Wasser und begann zu sinken. Da sagte der Junge: «Lieber Vogel, flieg davon, flieg ans Land und rette dich.» «Aber der Vogel blieb bei ihm und sah ihn freundlich an.

Eben als das Schifflein ganz voll Wasser war, kam eine weisse Taube geflogen und hinter ihr drein ein grosser, grosser Vogelschwarm. Und die vielen Vögel setzten sich auf den Rand des Schiffleins, wehrten die gierigen Wellen mit ihren Flügeln ab und steuerten es sicher ans Land.

Kaum hatte der Junge festen Boden unter den Füssen, fiel die Verzauberung von dem schwarzen Vogel, er wurde eine schöne Jungfrau mit einer goldenen Krone und goldenen Schuhen. Die weisse Taube aber sagte zu ihr: «Du kennst mich wohl, meinetwegen warst du ja ein schwarzer Vogel. Ich habe dich lange gesucht, denn da der böse Mann tot ist, gilt der Fluch nicht mehr, aber weil du auf dem Meer und nicht auf dem festen Land weiltest, musstest du die traurige Gestalt noch behalten. Jetzt aber ist alles, alles gut. Steigt nur wieder ins Boot und fürchtet euch nicht, es wird euch sicher nach Hause bringen.»

Und die Jungfrau und der Junge betraten das Boot getrost. Kaum sassen sie auf der schmalen Ruderbank, verwandelte es sich in ein grossmächtiges silbernes Schiff mit geblähten Segeln und königlichen Wappen und Wimpeln. Und das Schiff fuhr von selber übers Meer zu dem kahlen grauen Berg zurück. Oben auf seinem Scheitel glänzte jetzt ein schönes Schloss, und am Strand empfing ein königliches Gefolge den Jungen und die Jungfrau. Das Schloss aber war ihr Eigentum. Es war aus dem Meer gestiegen, weil die Jungfrau so lange als schwarzer Vogel auf dem traurigen kahlen Berg gesessen hatte.

Da stiegen die beiden empor und feierten ihre Hochzeit.

Lange herrschten sie in Glück und Frieden, und als sie alt und grau waren, schwoll eines Tages das Meer empor, weit über den Berg hinaus, und begrub das Schloss und den König und die Königin in seinem Wellenschoss.

Der Meerkönig

Es war einmal ein Meer, so weit und so blau wie sonst nichts auf der Welt. Und wenn die vielen tausend Wellen und Wellenkinder golden blitzten, fuhr sich der Meerkönig durch den Bart und sagte voller Freude: «Es ist doch niemand auf der ganzen Welt, der mehr Gewalt und Reichtum hat als ich.» Und dann fielen aus seinem Bart schimmernde Perlen und rote Korallen, und die Meerweibchen schwammen flugs herbei, haschten und jagten nach den Kostbarkeiten und schmückten sich ihr grünes Haar.

Einmal begab sich der Meerkönig an die äusserste Grenze seines Reichs. Dort stieg eine graue Felsenwand aus dem Wasser, sie ging hoch, hoch in die Luft. Weil der Meerkönig mit seinem Fischschwanz und seinem glatten Leib nicht gut klettern konnte und doch gar neugierig war nach dem, was da oben lag, sagte er zu einem Mondstrahl, der sich eben auf dem Wasser schaukelte: «Geh, schau, was oben auf dem Felsen liegt.» Alsbald glitt der Mondstrahl an der Wand empor und tanzte über das Land oben.

Der Mondstrahl konnte rascher fliegen als der Wind. Er eilte über die gelben Kornfelder, beleuchtete den Schnee im Gebirge und durchquerte die Gassen und Strassen der Dörfer und Städte. Er huschte auch über die süssen Seen und streifte das Laub der Wälder. Als er alles, alles gesehen und sich wohl gemerkt hatte, kehrte er zum Meerkönig zurück. Der hatte ihn schon lange ungeduldig erwartet und schickte sich eben an, die Wand zu erklettern, obwohl er dabei immerfort ausglitt. Doch da sagte der Mondstrahl: «Ich bin da, bleib nur ruhig. Oben auf dem Fels liegt ein schönes Land, es hat weite Kornfelder, rauschende Wälder, hohe Schneegebirge und süsse klare Seen und viele, viele Städte und Dörfer . . .» «Schweig», rief der Meerkönig, «wenn du nichts Besseres gesehen hast, ich hasse die Menschen, die den Acker bebauen und doch nie genug haben, dass sie mit Schiffen in mein Reich hinausfahren, meine Fische und Korallen fangen und tun, als seien sie klüger als ich. Aber ich bin stärker und zerbreche ihre Schiffe und lasse die Leichen im Sand verfaulen.» Da erwiderte der Mondstrahl: «Eines habe ich gesehen, das ist schöner als alle Schätze deines Meeres zusammengerechnet und überglänzt das Lächeln deiner Wellen.» Und obwohl der Meerkönig höhnisch lachte, dass der Bart nur so rauschte, erzählte der Mondstrahl weiter: «Auf meiner Fahrt kam ich zu einem grossen goldenen Schloss, und aus einem seiner Fenster schimmerte ein rotes Licht, und eine Stimme drang daraus, die war süsser als der Gesang deiner Meerweibchen. Und als ich durchs Fenster blickte, sah ich eine Frau, die sang so schön, aber noch schöner war ihr Angesicht.» Und da wollte der Meerkönig gleich gehen und die schöne Frau zu sich holen. Aber da half ihm alles Wünschen und Wollen nicht, die Felswand war zu hoch, und sein Leib war zu glatt.

«Gib dir keine Mühe», sagte der Mondstrahl, «was hülfe es dir auch, wenn du ins Schloss kämst, der König gäbe dir seine Frau nimmermehr, er würde dich ins finsterste Gefängnis werfen. Aber wenn du mir einen perlenfarbenen Schmuck schenkst, will ich dir verraten, wie die Königin in deine Macht geraten kann.» Brummend griff der Meerkönig ins Wasser und holte ein Band, das aus Perlenflittern gewoben war. Der Mondstrahl wand es um den Saum seines Gewandes, dann sagte er: «Du musst den König töten, denn die Königin liebt ihn über alles, und nichts kann sie von seiner Seite reissen. Verlocke du nun den König mit einem Traum, dass er aufs Meer hinausfährt, dann kannst du ihn ertränken und im Sand verscharren.» Kaum hatte der Mondstrahl das gesagt, verschwand er, denn eben kam die Sonne heraufgestiegen; und da tauchte auch der Meerkönig ins Wasser, denn er mochte die Sonne nicht leiden.

Die Sonne jedoch hatte die letzten Worte des Mondstrahls wohl vernommen und sagte: «Nein, der Bösewicht darf ihr kein Leid antun.» Und flugs schickte sie einen goldenen Strahl zur Königin. Die sass eben im Garten und ordnete einen Blumenstrauss. Der Sonnenstrahl setzte sich in eine Rose und flüsterte: «Königin, dir und dem König droht ein grosses Unheil. Der Meerkönig begehrt dich zur Frau, darum will er den König aufs Meer locken und ertränken. Hütet euch wohl vor dem Traum, den er euch schickt.» Die Königin erblasste und dachte den ganzen Tag nach, wie sie wohl den König retten könne. Zuletzt sagte sie zu sich. «Ich will wachen und den Traum fangen und vor dem König verstecken.»

Und sie verriet ihm kein Sterbenswörtchen von allem, denn der

König hatte ein tapferes Herz, und er wäre gleich aufs Meer gefahren, um dem Meerkönig den Kampf anzusagen.

In der Nacht, als der König friedlich schlummerte, kam auch schon ein Traum durchs Fenster geflogen. Die Königin fing ihn und sah gleich, dass der Meerkönig ihn geschickt hatte, denn der Traum war aus Korallen und Perlen gewirkt. Und sie verbarg die Kleinodien in ihrer Truhe.

Aber die Kostbarkeiten häuften sich rasch an, der Meerkönig sandte nämlich Nacht für Nacht einen schönen Traum ins königliche Schlafgemach, denn er musste und wollte den König töten und die Königin besitzen. Doch die Königin tat kein Auge mehr zu und bewachte den Schlaf des Königs gar wohl, dass sich kein Traum bei ihm einschleichen konnte.

Mit den vielen, vielen Perlen und Korallen, dem Bernstein und dem Meerschaum jedoch hatte sie ihre liebe Not, sie musste bald alles in einer geheimen Kammer verbergen, und auch die füllte sich gar rasch an.

Eines Tages aber entschlummerte sie in der Kammer, und der König trat herein und sah erstaunt die vielen, vielen herrlichen Dinge. Er weckte die Königin und fragte, wo das alles herrühre. Da wurde sie totenblass und schwieg. Und als der König heftig in sie drang, schüttelte sie nur leise mit dem Kopf. Und da stieg ein böser, böser Verdacht in seinem Herzen auf, und er rief: «Gesteh mir, von wem der Schatz herrührt, damit ich den Verführer töten kann, du aber verlass augenblicklich mein Schloss, denn du bist eine falsche Ehebrecherin.» Die bösen Worte fuhren der Königin wie Dolche in die Brust, aber sie schwieg beharrlich und verliess das Schloss.

Sie ging dem Meer zu und sagte: «Ich will mich ins Wasser stürzen und sterben. Dann wird der Meerkönig mich finden und sich zufriedengeben und meinem Mann kein Leid antun. Ich aber bin tot und habe die Treue nicht gebrochen.» Und so ging sie. Doch ehe sie das Meer erreicht hatte, wurde sie vom Schlaf überwältigt, und sie sank am Strand um. Das sah die Sonne. Die spann in Eile einen dichten Nebelschleier um die Königin, damit der Meerkönig sie ja nicht finde und niemand ihr ein Leid antue.

In der Nacht kam auch der Meerkönig ans Ufer und horchte und spähte nach dem König, denn er hatte bald alle Korallen und Perlen zu Träumen gewirkt. Der Nebel aber lag so dicht, dass er nichts sah und sich missmutig ins Meer zurückzog.

Indessen sass der König in der geheimen Kammer und wühlte gierig in den schimmernden Perlen und den roten Korallen, und je schöner die Schätze funkelten, desto mehr begehrte er. Weil er nicht wusste, woher sie rührten, liess er weise Männer kommen, doch keiner konnte ihm die Wahrheit sagen. Endlich endlich kam ein uralter Gelehrter, der sprach: «O König, was in der Kammer liegt, ist das Gut des Meerkönigs. Gib es ihm zurück, sonst wird er das Land überschwemmen und alles ersticken, denn er hasst die Menschen.» Der Rat gefiel dem König aber gar nicht, und er tat etwas ganz anderes. Er liess viele starke Netze stricken und tausend grosse Schiffe bauen, denn er wollte aufs Meer hinausfahren und alles, was der Meerkönig besass, rauben.

Als der König mit seinen Schiffen und Netzen ans Meer kam, lag dort ein erschrecklicher dicker Nebel, dass es niemand wagte, vom Land zu stechen.

Und der König fand die Königin am Strand. Da lag sie und schlief und ihre Füsse bluteten, und der Saum ihres Gewandes war zerrissen. Da fielen dem König die Worte des alten Mannes schwer aufs Herz und er dachte: «Sollte er doch recht haben, und ist mir meine Frau treu geblieben, und wollte sie mich gar vor der Gefahr behüten?» Aber die Gier nach den Kostbarkeiten war grösser, und er sagte zu sich: «Gewiss kennt meine Frau den Meerkönig, sie muss mir sagen, wo er haust.» So weckte er die Königin und sprach zu ihr: «Wo ist dein Buhle, der Meerkönig? Ich will ihn fangen und strafen und dich mit ihm.» Da jammerte und weinte die Königin und flehte: «Tu dem Meerkönig nichts, hör mich an.» Und sie erzählte ihm alles getreulich. Da antwortete der König: «Und wenn du auch die Wahrheit sprichst, den Meerkönig will ich dennoch fangen und alle seine Schätze in meinem Schloss bergen.» Da sagte die Frau: «Und das kann ich nicht leiden, lieber sterbe ich, als dass mir der Meerkönig die Ehre nimmt und dich tötet.» Sprach's und sprang ins Meer und ertrank.

Da verzog sich der Nebel und die Sonne schien hell. Und der König stand und weinte, denn jetzt gereute ihn seine Härte. Aber was half's, die Königin war und blieb tot.

Und da kam auch schon der Meerkönig ans Ufer und hielt die tote Königin im Arm. Er wollte sie im Sand verscharren, denn jetzt, wo sie tot war, gefiel sie ihm nicht mehr, und er mochte sie nicht in seinem schönen Wasser haben. Der König aber trat zu ihm und sprach: «O gib mir meine Frau.» Da erwiderte der Meerkönig: «Nein, ich will sie im Sand verscharren, sie ist mein.» «Fordere was du willst», flehte der König, «doch gib sie mir.» Da lachte der Meerkönig: «Du sollst sie haben, wenn du mir meine Schätze hieher bringst!» Und der König tat so. Die Königin aber begrub er im Garten und weinte und trauerte und konnte seines Lebens nicht mehr froh werden. Da hatten Gram und Reue Erbarmen und nagten seinen Lebensfaden rasch durch.

Der Meerkönig aber sass auf dem Meeresgrund, zählte vergnügt seine Schätze, an denen nicht eine Perle fehlte, und lachte die dummen Menschen aus.

Der Nebelkönig und der Ziegenhirt

Oben in den Bergen lebte einmal ein armer Hirt, der nannte nur die Schuhe an seinen Füssen und das dünne Wämslein auf seinem Leib sein eigen. Dennoch war er zufrieden und hütete den Sommer über die Ziegen eines reichen Dorfes.

Eines Abends, als er eben seine Herden ins Dorf trieb, kam ein prächtig gekleideter Mann und rief: «Ich bin ein Bote des Königs. Und der König hat mich zu euch geschickt und lässt euch sagen: Wer seiner Tochter ein Hemd aus Nebel bringt, erhält grossen Lohn, er sei, wer er wolle. Die Königstochter hat sich nämlich an ihrem zehnten Geburtstag an einer Kerze gebrannt, da hat sie laut geschrien und auf das böse Feuer gescholten; und alsbald ist ihr die Flamme in den Leib gefahren und brennt dort weiter und verzehrt die Königstochter; und wenn sie innert Jahresfrist das Nebelhemd nicht erhält, muss sie unter entsetzlichen Qualen zu einem Häufchen schwarzer Asche verbrennen.» Und kaum hatte der Bote ausgeredet, schwang er sich auf sein Pferd und ritt weiter, denn er musste die Nachricht noch in sieben andere Dörfer bringen.

Die Leute schüttelten die Köpfe und sagten: «Die Königstochter muss sterben, da kann der König lange Boten aussenden. Wie nur soll ein sterblicher Mensch ein Hemd aus Nebel beschaffen, der Nebel versteckt sich ja überall, fliegt rascher als der Wind und ist leichter als Spinnweb.» So sprachen sie lange miteinander. Nur der arme Hirt schwieg still, doch war ihm, es werde ein glühendes Messer in seiner Brust umgedreht, als alle sagten, es gäbe keine Rettung, die Königstochter müsse zu schwarzer Asche verbrennen.

Als der Hirt am andern Morgen seine Herde auf die Weide trieb, musste er unablässig an die arme Königstochter denken und hatte nicht auf seine Tiere acht. Darum fehlten ihm am Abend drei Ziegen, und er fand sie nicht wieder. Doch auch am nächsten Tag hütete er die Herde nicht besser, sondern dachte unablässig an die Königstochter: und da fehlten ihm am Abend wieder drei Ziegen. Trotzdem liess er am dritten Morgen die Tiere laufen, wie sie wollten, sass traurig im Gras und zerbrach sich den Kopf, wie er wohl ein Hemd aus Nebel beschaffen könne. Und weil ihm am Abend wieder drei Ziegen fehlten, ergrimmten die Leute und jagten den säumigen Hirten mit Schimpf und Schande davon.

Der Hirt stieg in die Berge hinauf, hoch und immer höher, bis nichts mehr zu sehen war als steile Felsenzacken und der Himmel. Es war tiefe Nacht, und die Sterne leuchteten gross und golden. Der Hirt konnte nicht schlafen, denn die Felsen waren eiskalt, dazu dachte er immerfort an die Königstochter, der eine Flamme im Leib brannte und das Leben in ihr verzehrte. Und da seufzte er tief; erschrak jedoch gleich gewaltig, denn sein Seufzen widerhallte, als sei es ein lautes Donnergetöse. Und als der Lärm verstummte, kam aus den Felsen heraus ein kleiner Mann, der war von Kopf zu Fuss in langes, nebelgraues Haar gehüllt. Der kleine Mann hauchte den Hirten an, dass es ihn feucht überlief und er sich nicht mehr rühren konnte, so eiskalt wurde sein Blut. Und dann sagte der Mann mit feiner, heller Stimme: «Du hast mich im Schlaf gestört, darum musst du jetzt sterben, was hast du auch um diese Zeit in den Felsen oben zu treiben.» «Ach», antwortete der Hirt, «ich wollte dich nicht stören, aber ich muss gar so sehr seufzen, weil ich nicht weiss, woher ein Hemd aus Nebel nehmen, und hab ich keines, muss die arme Königstochter innert Jahresfrist verbrennen.» Da kicherte der kleine Mann in sein Haar und sprach: «Ei, ei, du brauchst ein Nebelhemd; nun sag mir doch ganz genau, welche Bewandtnis es damit hat.» Da erzählte der Hirt Wort für Wort getreu, was der königliche Bote ausgerufen hatte, und dass er seiner Seele Seligkeit für ein Nebelhemd gäbe.

Während er so erzählte, zupfte der kleine Mann unablässig an seinem Haar, und es breitete sich um den Hirten ein feiner Nebel aus, durch den er den kleinen Mann kaum mehr erkennen konnte. Der wickelte ein Haar um den linken Arm des Hirten und sprach: «Komm mit!» Und er führte ihn mitten in den Berg hinein, durch die Felsen hindurch, als seien sie Luft. Mit einem Schlag wurde es in dem finstern Felsbauch hell, und der Hirt stand in einem grossen, gewölbten Saal. Da war alles aus purem Silber: Stühle und Bänke, Wände und Decken, der Fussboden, die Leuchter und das Giessfass. Der kleine Mann aber trug ein gar wunderbar silbernes Gewand und war viel grösser als der Hirt. Er führte den Staunenden in den hintersten

Winkel des Saals; und da standen die neun verlorenen Ziegen. Aber nun war ihr Fell silbern und auch ihre Hufe und Hörnchen. Und die Tiere hörten auf, von dem silbernen Heu in der Raufe zu fressen, hoben die Köpfe und meckerten, denn sie hatten den Hirten erkannt. Der Mann im Silbergewand aber sprach: «Ich bin der Nebel und kann dir deinen Wunsch erfüllen. Nun hör aber gut zu: willst du die Königstochter wirklich erlösen, willst du nicht lieber mit den neun Ziegen da ins Dorf zurückkehren? Dann bist du ein gemachter Mann, und es wird dir dein Leben an nichts fehlen. Wohl kann ich dir ein Nebelhemd geben, aber ob du das Schloss innert Jahresfrist findest, weiss ich nicht, und vermagst du's nicht, wird das Hemd lebendig, umhüllt dich, bringt dich zu mir, und du wirst in einen Silberklumpen verwandelt.» Der Hirt zögerte nicht einen Augenblick und sprach: «Gebt mir das Nebelhemd, was soll mir das schönste Leben, wenn die Königstochter verbrennt.» Da riss der Nebel drei Haare aus seinem Bart, legte sie kreuzweise übereinander, und gleich verwandelten sie sich in ein silbergraues Hemd. Der Hirt steckte es sorglich zu sich. Doch als er dem Nebel danken wollte, war dieser verschwunden; rabendunkle Nacht umgab den Hirten, und er sank erschöpft zu Boden.

Als er erwachte, lag er draussen in den Felsen, genau dort, wo er den Nebel getroffen hatte, und die Sonne ging strahlend auf. Da sprang der Hirt auf die Füsse und wanderte und wanderte, so rasch er konnte. Und hätte das Nebelhemd nicht feucht in seiner Tasche gelegen, es wäre ihm alles als Traum vorgekommen.

Es war ein weiter, weiter Weg an den Königshof, und immer, wenn aus einem Tag Abend wurde, fühlte der Hirt sein Herz schwerer in der Brust.

Endlich endlich, genau an dem Tag, dessen Mitternacht das Jahr erfüllen sollte, erreichte er das Königsschloss. Als er durch die goldene Pforte trat, wehte ihm ein scharfer Brandgeruch entgegen, und es herrschte eine Hitze, dass er zu ersticken meinte. Und überall standen Diener und Mägde und sprengten aus grossen Fässern und Trögen Wasser an die Wände, aber es zischte nur und zerging zu weissem Dampf.

Im prächtigsten Gemach stand eine silberne Wanne, darin lag ein wunderschönes kleines Kind, und zehn Mägde gossen Wasser über seine Glieder, die rauchten wie glühendes Eisen. Da wusste der Hirt gleich, dass das die Königstochter war und das Feuer sie so aufgezehrt hatte. Flink schlug er das Nebelhemd um sie, und alsbald fuhr eine rote Flamme aus ihrem Herzen und erlosch. Die Königstochter aber wurde gross und schön und dankte dem Hirten mit Tränen für die wunderbare Errettung.

Der König aber bot ihm grossen Lohn, doch er schlug alles aus, denn er verlangte nur nach der Königstochter. Weil er aber gar arm war, wagte er nicht, den hochmütigen König um ihre Hand zu bitten. Traurig stieg er in die Felsen und sprach vor sich hin: «Ich will den Nebel bitten, dass er mich zu sich in seinen silbernen Saal nimmt.» Und als die rabenfinstere Nacht die Felsen deckte, rief er laut nach dem Nebel. Der kam auch gleich zornentbrannt und wollte den Hirten töten, weil er ihn im Schlaf gestört hatte. Doch als er ihn erkannte, wurde er freundlich und führte ihn in das silberne Gewölbe. Dort standen die neun silbernen Ziegen immer noch, hörten auf von dem glänzenden Heu zu fressen, drehten die Köpfe nach dem Hirten und meckerten leise.

Er musste nun dem Nebel alles haarklein erzählen, und während er's tat, zerrte und wand der Nebel unablässig an seinem Silberhaar; dann sprach er: «Die Ziegen kennen dich noch, nimm sie und geh ins Dorf, dann bist du ein gemachter Mann.» Doch der Hirt seufzte und antwortete: «Was soll mir ein Leben ohne die Königstochter.» Da sagte der Nebel: «Dir kann geholfen werden. Nimm die neun Ziegen und bring sie dem König. Der wird dir schweres Gold dafür geben wollen, schlag es aus und sag: ‚Nur wenn ich neun Nächte mit der Königstochter tanzen darf, sind die Tiere euer Eigentum.' Und sobald die neunte Nacht zu Ende ist, tanz mit der Königstochter die Treppe hinab in den Hof und schwing dich mit ihr auf die grösste Silberziege, dann wird alles gut.» Der Hirt tat so: er trieb die silbernen Ziegen an den Königshof, und als der König ihm schweres Gold für die Tiere bot, schlug er's aus und wollte neun Nächte mit der Königstochter tanzen. Nun hätte der König die Ziegen gar gern in seinem Hof gehabt, doch verdross es ihn, dass sein Kind mit einem gemeinen Hirten tanzen sollte. So ging er zur alten Königin und fragte sie um Rat, denn sie war viel klüger als er. «Ei», sagte die, «der grobe Hirte soll unsre Tochter nicht mit der kleinsten Fingerspitze berühren, aber die Ziegen musst du haben, die gefallen mir auch gar wohl. Wir wollen eine Kammerjungfer, die gleich gross ist wie unser Kind, in seine Kleider stecken, er wird sich schon zufrieden geben und nicht merken, wen er in den Armen hält.» Gesagt, getan! Die Ziegen liefen im Hof herum, und der Hirt tanzte mit der vermeintlichen Königstochter. Und am neunten Morgen tanzte er mit ihr die Treppe hinunter und schwang sich auf die grösste Ziege. Da rannte sie im gestreckten Galopp dem Gebirge zu, und hinter ihr drein kamen die acht andern Tiere. Doch da schrie die verkleidete Kammerzofe um Hilfe, und weil ihre Stimme gar grob war, warf die Ziege sie ab.

Die Tiere liefen in die silberne Höhle, und der Hirt klagte dem Nebel sein Leid. Da sprach dieser: «Was nur willst du dich so sehr um die Königstochter plagen, nimm die neun Ziegen und geh in dein Dorf, und du bist ein reicher Mann.» Aber davon wollte der Hirt nichts wissen, ja er sagte: «Ich stürze mich eher über einen Felsen, als dass ich von der Königstochter lasse.» Da lächelte der Nebel freundlich und sprach: «So soll deine Treue belohnt werden. Reite auf der grössten Ziege mit den andern acht aufs Schloss zurück und lass die Tiere hinter der Mauer auf der grünen Wiese weiden. Du aber versteck dich hinter dem grossen Baum an der Mauer. Dann werden der König, die Königin und alle Knechte und Mägde kommen und die Ziegen fangen wollen. Es wird ihnen aber nicht gelingen. Zuletzt wird auch die Königstochter mit ihren zehn Kammerfrauen aus dem Schloss herauskommen. Zwar sind sie alle genau gleich angetan und tragen dichte Schleier, aber du kannst die Königstochter wohl erkennen, denn weil sie das Nebelhemd trägt, ist der Saum ihres Gewandes feucht und dunkel, achte darauf, und das Glück wird nicht mehr von dir weichen.»

Da ritt der Hirt auf der grössten Silberziege davon, und die andern acht silbernen Tiere rannten hinter ihm her. Hinter dem Schloss liess er sie auf der grünen Wiese frei weiden, selber aber versteckte er sich hinter dem Baum an der Schlossmauer.

Der König vernahm voll Freude das Gemecker und eilte, um die silbernen Tiere einzufangen, aber er erwischte keines. Da rief er die Königin herbei und die Mägde und die Diener, bis niemand mehr im Schloss war ausser der Königstochter und ihren zehn Jungfrauen. Und der Hirt drückte sich die Hände auf den Mund und erstickte beinahe, so sehr musste er lachen; es sah auch gar zu lustig aus, wie der König und die Königin und der ganze Hofstaat hinter den silbernen Ziegen her waren und nicht eine erwischten.

Nun drang das Rufen, Schreien, Schimpfen und Meckern ins Gemach der Königstochter, und sie sah aus dem Fenster die lustige Jagd. Da stieg sie mit ihren Gefährtinnen auf die Wiese und stand im Schatten des grossen Baumes. Und der Hirt erkannte sie alsbald am feuchten Saum ihres Gewandes, sonst freilich hätte er sie nicht von den andern zehn Jungfrauen unterscheiden können, so sehr glichen sie sich und so tief waren ihre Gesichter verschleiert. Da kam auch schon die grösste Silberziege zum Hirten; der sprang hinter dem Baum hervor, ergriff flugs die Königstochter und schwang sich auf das treue Tier. Und wie der Sturmwind stob die silberne Herde dem Gebirge zu. Und ehe der König und die Königin den Mund öffnen konnten, waren Hirt, Königstochter und Ziegen in der Ferne verschwunden.

Oben im Gebirge kam der Nebel aus den Felsen und führte den glücklichen Hirten und die Königstochter in den Silbersaal. Dort stand alles zu einem prächtigen Hochzeitsfest bereit, und die Feier dauerte drei Tage und drei Nächte. Und als der vierte Morgen dämmerte, riss sich der Nebel drei Haare aus, wand sie dem Hirten um den Kopf und sprach: «Ich bin alt und müde und will in den Felsen schlafen, sei du fortab König über die Berge.» Kaum hatte er diese Worte gesprochen, war er schon verschwunden, niemand sah ihn je wieder. Der Hirt aber trug drei leuchtende Silberreifen im Haar. Da lebte er glücklich mit der Königstochter in dem silbernen Gewölbe, und die neun Ziegen waren seine treusten Gefährten und Helfer.

Die goldene Nadel

Es war einmal eine Frau, der war der Mann gestorben. Sie trug aber keine Trauer um ihn, ja sie freute sich gar, dass er auf dem Kirchhof und nicht mehr in der Kammer lag. Und dass sie den Mann mit ihrem zänkischen Wesen und mit ihrer schlechten Kost unter den Boden gebracht hatte, darüber empfand sie nicht die leiseste Reue.

Die Frau war jedoch nicht allein in ihrem kleinen Haus, der Mann hatte ihr ein Kind zurückgelassen, ein schönes, feines Mädchen. Und obwohl es ihr leibliches Kind war, hasste sie es und wünschte, es läge neben dem Vater. Doch mochte sie es stossen, schlagen und es hungern lassen, das Kind verdarb nicht, es wurde täglich schöner. Da sagten die Leute zueinander: «Was hat die böse Frau für ein schönes Kind! Wir können gar nicht begreifen, wie sie zu ihm gekommen ist.» Natürlich verdrossen diese Reden das böse Weib gewaltig, und das Kind musste es entgelten.

Das Mädchen war am liebsten draussen im Garten bei den Blumen oder streifte durch Feld und Wald. Und wenn die Sonne schien, dann lachte und sang es, regnete es aber, dann war es ihm bange und es musste weinen.

Die schlimme Mutter merkte das, und eines Tages, als die Sonne gar schön am Himmel stand, sagte sie: «Heute bleibst du fein daheim, es gibt viel zu tun, ich brauche ein neues Kleid, und du musst es mir nähen.» Und da sass das Mädchen den lieben langen Tag in der dumpfen Stube und nähte. Es stach sich die feinen Finger blutig, und sein Kopf tat ihm arg weh, denn der Stoff war rauh und roch scharf, weil er in der Truhe bei den Kräutern gelegen hatte.

Und als das Mädchen am andern Tag in die Sonne wollte, sperrte die Frau ihm die Tür vor der Nase zu und sagte: «Nichts da, nun wird gearbeitet! Meinst du denn, du faules Ding, ich füttere dich umsonst. Du sollst jetzt Näherin werden und wirst die Kunst bei mir erlernen.» Da weinte das Mädchen und bat: «Ach schick mich lieber als Magd auf einen Bauernhof, ich kann und mag nicht Näherin werden, denn ich muss sterben, wenn ich nicht alle Tage die Sonne sehen und in der frischen Luft sein kann. Die dumpfe Stube ist mein Tod.» Doch die böse Mutter erwiderte: «Das sind Ausreden, du bist nur hochmütig und verachtest das Handwerk.» Und ihr böses Herz lachte, denn nun wusste sie, wie sie das Mädchen verderben konnte. Da sass das arme Kind mit gebeugtem Rücken in der dumpfen Stube, zerstach sich die Finger und wurde zusehends blasser und magerer, und da frohlockte die Frau in ihrem Herzen: «Nun stirbt es bald.»

Doch als der Winter kam, lebte das Mädchen immer noch. Es trat nämlich jeden Morgen, jeden Mittag und jeden Abend, wenn die Frau in der Küche rumorte und sich etwas Leckeres briet, vor die Haustür und winkte der Sonne, und hätte es dies nicht getan, der Tod wäre schon lange zu ihm gekommen.

Eines Morgens, eben als das Mädchen wieder vor dem Haus stand und der Sonne winkte, fuhr die Frau in die Stube und schrie: «Hol Holz und Wasser, du faules Ding.» Weil sie keine Antwort erhielt, suchte sie das Mädchen wutentbrannt, und da sah sie es draussen in der Sonne. Alsbald schlug sie die Tür zu und murmelte: «Die Dirne kommt mir nicht wieder ins Haus, sie soll mir erfrieren.» Und als das Mädchen anklopfte, tat sie oben das Schieberchen auf, steckte den Kopf heraus und rief höhnisch: «Wenn es dir im Schnee so sehr gefällt, kannst du fortab draussen bleiben. Und ich lass dich nicht eher ein, bis du mir ein Kleid aus Schnee bringst.» «Ach Gott», sprach das Mädchen, «hab doch Erbarmen, so muss ich ja jämmerlich erfrieren, was beginn ich nur.» «Das musst du selber wissen», antwortete die Frau, tat das Schieberchen zu und lachte, dass die Spinnweben aus den Ecken flogen.

Da wanderte das Mädchen übers Feld in den Wald, und überall lag tiefer Schnee. Es setzte sich unter einen Baum und wartete auf den Tod. Doch die Sonne hatte Erbarmen, sie schickte ein paar Strahlen zu dem Mädchen, die flüsterten ihm ins Ohr: «Grab im Schnee und näh ein Kleid.» Verwundert tat es so und fand drei Handlängen unter der weissen kalten Decke eine goldene Nadel. Da nahm es Schnee, knetete ihn und machte ein paar Stücke, so gross, wie man sie für ein Kleid braucht. Und dann versuchte es, die Schneelappen mit der goldenen Nadel zusammenzuheften. Und, o Freude, wo die goldene Spitze in den Schnee stach, verwandelte er sich in ein weiches weisses Seidentuch, und es dauerte nicht lange, lag ein köstliches Gewand, so schön, als sei es für eine Königin bestimmt, über den Knien des Mädchens. Das hatte die Sonne ihm zuliebe getan, denn sie hatte es schon lange ins Herz geschlossen.

Weil es immer kälter wurde und der Frost die Steine entzweibiss und die Rinden der Bäume sprengte, dass es nur so knackte, tat das Mädchen das Gewand an, denn es trug nur ein dünnes Fetzenröckchen auf dem Leib. Und das Gewand gab ihm so warm, als sitze es neben einem gut geheizten Ofen.

Eben als es heimgehen wollte, trabte ein schöner Reiter auf einem schwarzen Ross daher. Kaum erblickte er das Mädchen, stieg er ab, neigte sich tief in die Knie und sprach: «Du bist gewiss die Waldfee, ich segne die Stunde, in der ich dir begegnen durfte, denn mir wartet nun ein grosses Glück.» Da wurde das Mädchen so rot, dass die Glut seiner Wangen einen rosigen Schein auf das Gewand warf, und es sprach mit bebender Stimme: «Ach nein, ich bin nur ein armes Mädchen», und es erzählte seine Geschichte. Da nahm er es fest in seine Arme, küsste es und sprach: «Du bist ein Glückskind, komm mit mir und sei meine Frau.» Und das Mädchen nickte, denn vor Freude brachte es kein Wort über die Lippen.

Und so ritt es mit dem schönen Reiter davon. Er brachte es auf sein Schloss, und war niemand anders als der König des Landes.

Weil das Mädchen ein gutes Herz hatte, vergass es alles Herzeleid, das ihm die böse Mutter angetan hatte, und liess sie aufs Schloss holen. Die arge Frau kam und verstellte sich, tat sanft und freundlich, obwohl in ihrem Herzen ein Höllenzorn kochte, denn sie gönnte dem Mädchen das Glück nicht und sprach zu sich: «Ich sollte Königin sein, denn hätte ich die Dirne nicht in den Winter geschickt und das weisse Schneekleid verlangt, das Wunder wäre nimmermehr geschehen.»

Weil sie eine feine Nase hatte und diese überall hineinsteckte, merkte sie bald, dass die Sonne die goldene Nadel gewirkt und mit grosser Zauberkraft begabt hatte. Da liess sie in aller Heimlichkeit eine genau gleiche Nadel anfertigen und tauchte die Spitze in ein Gift, das war so stark und scharf, dass jeder starb, wenn er sich daran nur die Haut ritzte.

Am Vorabend des Hochzeitstages schlich sich die schlimme Frau zu der Braut und sprach: «Ich bitte dich, tu doch das weisse Gewand an, damit ich sehe, wie es dir steht und ob nichts daran zu ändern ist.» Harmlos schlüpfte das Mädchen in sein Gewand, reichte der Frau die goldene Nadel und bat: «Hefte mir das Gewand damit zu.» Darauf hatte die schlimme Alte nur gepasst, sie vertauschte die Nadel blitzschnell mit der vergifteten und stach die Braut mit der Spitze ins Herz. Alsbald sank die Aermste totenblass zu Boden. Da lachte das schlimme Weib, riss ihr das Gewand vom Leib, hüllte den Leichnam in ein schwarzes Tuch, schleppte ihn in die Kirche, hob eine Steinplatte auf und warf ihre Last in die Gruft. Weil schon alles im Schloss schlief, merkte niemand etwas von der schändlichen Tat.

Am andern Morgen putzte sich die Frau mit dem weissen Gewand, heftete es mit der goldenen Nadel zusammen und verschleierte sich tief.

Sie trat an der Seite des ahnungslosen Königs vor den Altar. Aber da drang ein Sonnenstrahl durchs blaue Kirchenfenster, spielte mit der goldenen Nadel und löste sie sacht aus dem Gewand. Da glitt die Nadel zu Boden und verschwand in der Gruft, in der die gemordete Braut lag. Die Nadel fiel genau aufs Herz der Toten und machte die Kraft des Giftes zunichte. Alsbald kehrten Leben und Gesundheit in die Braut zurück. Sie erschauerte, als sie sah, an welch schrecklichen Ort sie geraten war, erhob laut ihre Stimme und pochte gegen die steinerne Platte. Und die falsche Mutter erschrak bis ins Mark, denn sie merkte wohl, wer da unten rief und pochte.

Der König liess alsbald den Stein aufheben, und da stieg das schöne Mädchen aus der Gruft und sank in seine Arme. Da musste die böse Frau den Schleier lüften, und jedermann sah den hässlichen Betrug. Nun wollte sie entfliehen, verwickelte sich aber in das weisse Gewand und stolperte. Alles Leugnen half nichts, sie musste ihre Schandtat zugeben. Und vor Wut stürzte sie sich in die offene Gruft, brach sich den Hals und war tot. Da deckte man den Stein darüber, der Priester tat einen frommen Spruch, und dann segnete er die Ehe des Königs mit dem schönen Mädchen.

Und seit dem Tage glänzte die Sonne goldener denn je über dem Schloss, und Land und Leute genossen ihren Segen.

Der Kohldieb

Es war einmal ein kleines Haus, darin wohnten sieben Leute, Vater, Mutter und fünf Kinder.

Da kam ein schrecklicher Winter; es war kalt, alles erfror, und die Leute hatten nichts mehr zu beissen und zu brocken, und das Holz ging schon vor Neujahr aus. Da jammerten sie sehr, denn die roten Backen der Kinder waren schneebleich und die Kleider schlotterten ihnen nur so am Leibe. Zuletzt kam es dem Vater in den Sinn, dass im Garten, tief unter dem Schnee, noch Kohl stand, und er wollte ihn ausgraben, und alle freuten sich schon auf eine gute Kohlsuppe. Aber da brachte er die Haustür nicht auf, denn es lag viel eisharter Schnee davor. Darum sprach er zu dem Kind, das am dünnsten war: «Steig durchs Fenster und grab den Kohl aus dem Schnee.» Das Kind gehorchte, stieg aus dem Fenster, nahm den Spaten und begann zu graben. Das war eine harte Mühe. Es stampfte mit dem Holzschuh auf die Klinge, doch die verschwand nur langsam im Schnee, denn das Kind war klein und schwach. Und bald rannen ihm die Schweisstropfen übers Gesicht, als sei es Sommer, so hart arbeitete es.

Am Abend hatte das Kind ein grosses Stück braune Erde vom Schnee befreit; und es standen sechs pralle Kohlköpfe darauf. Hocherfreut wollte es sie abbrechen, aber das ging nicht, die Strünke waren gar zu hart. So stieg es ins Haus und holte ein Messer. Aber o Schreck, als es zurückkam, da waren die sechs Kohlhäupter weg, nur die Strünke ragten fein säuberlich abgenagt in die kalte Luft, und neben ihnen sah das Kind Pfotenspuren. Drinnen sagte es: «Ich bin noch nicht fertig mit der Arbeit.» Und es grub am andern Tag wieder von früh bis spät; und am Abend hatte es drei grosse Kohlhäupter vom Schnee befreit. Aber wieder konnte es sie nicht abbrechen und holte darum ein Messer. Doch, o Schreck, als es zurückkam, ragten nur noch die abgenagten Strünke in die Luft, und das Kind sah ein braunes Tier über den Schnee davonlaufen. Da ging es in die Stube und sagte: «Morgen werde ich euch gewiss Kohl bringen, der Schnee ist eben gar hart und tief.» Und am dritten Tag steckte es vorsorglich ein Messer zu sich, ehe es zu graben begann. Doch so sehr es sich mühte, am Abend hatte es nur ein kleines Kohlköpfchen ausgegraben. Rasch nahm es das Messer und bückte sich, um es abzuhauen. Doch da rieb sich etwas

Warmes Weiches an seinem Knie, und ein braunes Tier sass vor ihm und schaute es aus blauen, glänzenden Augen an. Es glich einem Hasen aufs Haar, nur die Augen waren genau so wie die eines Menschen. Das Tier legte sein Pfötchen auf das Messer und sagte: «Liebes Kind, du hast da so ein schönes Kohlhäuptlein, gib es mir doch. Sieh, ich bin den ganzen Tag im Wald herumgesprungen, um nicht zu erfrieren, und habe nicht ein einziges dürres Blatt gefunden, so hoch liegt der Schnee, darum gelüstet es mich gar sehr nach diesem Krautstöcklein.» Das Kind wusste nicht wie ihm geschah, streichelte das weiche Fell des fremden Tiers und nickte freundlich. Da hockte es nieder und verzehrte ein Kohlblatt nach dem andern und nagte den Strunk fein säuberlich ab. Dann rieb es seinen Kopf an den blaugefrorenen Händen des Kindes und sagte: «Schönen Dank, und wenn du mich lieb hast, so folge mir. Doch lass dich ja nicht verleiten, am Weg in einem Haus zu essen und zu trinken, schlaf auch in keinem weichen Bett und wärm dich ja nicht an einem Feuer, sonst verfehlst du mich und wir werden unglücklich.» Und alsbald sauste das Tier auf seinen vier Pfoten davon. Als es nur noch wie ein silbernes Pünktchen auf dem Schnee aussah, begann das Kind hinter ihm dreinzulaufen, so rasch, als brennten seine Sohlen, denn ihm war, es müsse das Tier um jeden Preis der Welt einholen.

Das Kind lief und lief immer den Spuren der Pfötchen nach und kam dabei in den Wald. Da schnob der Wind durch sein dünnes Röcklein und Hände und Füsse wurden blau vor Frost. Das Kind aber lief und lief die ganze bitterkalte Nacht. Doch nirgends war das Tier zu sehen, wären nicht die Spuren gewesen, es hätte geglaubt, der Erdboden habe es verschlungen.

Als der Morgen dämmerte, sah das Kind auf einem Baumstamm einen grünen Jäger, der hatte das Gewehr auf den Knien und spähte scharf zwischen die Bäume. Es erschrak und lief rascher, denn es dachte: «Gewiss will der Jäger das braune Tier schiessen, ich will es vor ihm warnen.» Der Jäger aber pfiff dreimal laut durch die Finger, und da warfen die Bäume ihren Schnee ab, und das Kind musste gar mühselig hindurchwaten.

Es kam unversehens zu einem kleinen Haus, darin brannte ein

grossmächtiges Feuer, und eine alte bucklige Frau, der ein grosser Zahn aus dem Mund ragte, tat ein Fenster auf und rief: «Komm, du armes Kind, komm und wärme dich.» Da konnte es nicht widerstehen, trat ein und sass ein Weilchen am Feuer. Dann bedankte es sich schön bei der Alten, die immerfort vergnügt mit dem Kopf wackelte. Doch als es weiterging, sickerte rotes Blut aus Händen und Füssen, und es tat schrecklich weh.

Am Abend kam das Kind zu einem andern Häuschen. Eine alte Frau mit roten Augen und dürren Händen winkte ihm und rief: «Komm, du armes Kind, dein Bett steht bereit, wie bist du doch müde und erfroren.» Da konnte es nicht widerstehen, ging hinein und schlief die ganze Nacht in einem weichen weissen Bett. Am andern Morgen dankte es der Frau, die immerfort vergnügt blinzelte, ging weiter und suchte das Tier. Aber es kam kaum von der Stelle, denn es hatte keine Schuhe mehr, die Alte hatte sie heimlich ins Feuer geworfen.

Am Mittag stand das Kind vor einem dritten Haus. Aus dessen Kamin wirbelte ein Rauch, und der Duft von Gesottenem und Gebratenem stieg ihm verlockend in die Nase. Und ehe es weiter war, tat sich ein Fenster auf, und eine alte Frau mit schneeweissem Haar winkte ihm und rief: «Komm, du armes Kind, du bist ja ganz verhungert.» Da sass das Kind und ass und trank. Dann erhob es sich und dankte der Frau, die immerfort fröhlich vor sich hinlachte, recht artig.

Aber kaum stand es im Schnee, sah es den grünen Jäger und eilte ihm nach. Und da sass auch schon das braune Tier neben einem Baum und sah das Kind freundlich aus seinen blauen Augen an. Was half's, dass es ihm winkte und deutete, es solle entfliehen, schon spannte der grüne Jäger den Hahn, und als das Kind mit dem Messer nach ihm stechen wollte, knallte der Schuss, und das Tier sank tot in den Schnee. Der Jäger zog ihm das Fell ab, tat es in die Tasche und ging davon. Das abgebalgte Tier aber liess er liegen.

Das Kind hob den blutenden Leib weinend auf und klagte laut, und die Tränen flossen ihm so heiss und so reichlich, dass der Schnee wegschmolz und die braune Erde sich zeigte. Da sagte das Kind: «Ich will das Tier begraben und bei ihm bleiben, und wenn der Frühling kommt, Blumen auf sein Grab pflanzen. Ach, warum hab ich mich am Feuer gewärmt, warum habe ich geschlafen, und warum nur habe ich gegessen und getrunken, nun ist das Tier tot, und ich bin schuld daran. Ach, dass es nun so nackt und blutig in die Erde kommen muss!» So klagte das Kind. Und weil es das Tier nicht so nackt und bloss begraben wollte, schnitt es sich sein langes Haar ab, wickelte das Tier darein und tat es in die Grube.

Und den ganzen langen kalten Winter sass es neben dem Grab und weinte und klagte. Da erbarmten sich seiner die wilden Vögel. Sie kamen herbei und brachten ihm Nüsse, und die flinken Eichhörnchen wollten auch helfen und knackten die harten Schalen auf; da musste das Kind nicht verhungern. Und als der Frühling kam, pflanzte es schöne Blumen auf das Grab und pflegte sie eifrig.

Eines Tages, eben als das Kind neben dem Grab schlief, kam der grüne Jäger aus dem Wald und lachte hämisch, denn er hasste das Kind. Er legte das Gewehr an die Wange und zielte. Aber da knallte ein Schuss, er sank um und war sofort mausetot, und ein fremder Jäger trat zwischen den Bäumen hervor.

Der Schuss hatte das Kind geweckt. Kaum sah es den grünen Jäger neben dem Grab, erschrak es gewaltig. Aber der fremde Jäger nahm es bei der Hand und sprach: «Der böse Mann ist tot. Doch sag, kennst du mich nicht? Ich bin in das braune Tier mit den blauen Augen verzaubert gewesen. Das haben die drei alten Hexen getan, die dich in ihre Häuser gelockt haben, damit ihr Bruder, der grüne Jäger, mich erschiessen konnte. Weil du aber dein Haar um meinen toten Leib und ihn in die Erde getan hast, bin ich erlöst worden, und der Wald ist wieder mein. Sag, willst du bei mir bleiben?» «Von Herzen gern», erwiderte das Kind, und sie küssten einander. Dann gingen sie zu den Eltern und Geschwistern, und die freuten sich sehr, denn sie hatten schon geglaubt, das Kind sei im Schnee erfroren. Und dann zogen der Jäger und das Kind in den Wald, wo er ein schönes Haus hatte, und sie lebten lange und vergnügt miteinander.

Die böse Wasserfrau

Es war einmal ein junger Fischer, der hauste am Ufer eines grossen, schönen Sees.

Der Fischer fuhr tagtäglich weit über das silberne Wasser und warf seine Angel und seine Netze aus. Dabei besah er sich gerne die langen grünen Tangbärte, die auf dem Seegrund wuchsen. Und wenn der Tang geruhsam hin und her schwankte und mit seinen feinen Zweigen und Blättern fächelte, war dem Fischer unbeschreiblich wohl ums Herz. Und dann brachte er auch jedesmal sein Boot bis an den Rand voll der schönsten Fische ans Land. Und so wuchs sein Wohlstand an.

Eines Abends nun, als er wieder mit reicher Beute ans Ufer stiess, sass dort ein Mädchen. Es hielt einen weissen Kamm in der Hand und kämmte sich sein Haar, das wie eine goldene Wolke in der Luft flatterte. Der Fischer zog die Ruder ein und betrachtete das Mädchen. Und weil es ihn nicht bemerkte, kämmte es sich ruhig weiter, flocht das Haar in zwei dicke Zöpfe und wand sie sich um den Kopf, da war es, als trage das Mädchen eine goldene Krone. Nun fasste eine grosse Liebe des Fischers Herz. Er ging zum Mädchen und fragte: «Willst du meine Frau werden?» Und es sagte gerne Ja, denn der Fischer gefiel ihm. Da heirateten sie, und der Fischer merkte gar bald, dass seine Frau nicht nur schön, sondern auch von Herzen gut und liebreich war. So lebten sie in Glück und Frieden, und der Fischer vergass den Tang ganz und gar.

Eines Tages, als der Fischer die Angel auswarf, vermisste er seinen silbernen Lockfisch. Da suchte er ihn eifrig und kehrte und wendete alle Netze und Angelruten, die im Boot lagen. Und auf einmal schnellte der Lockfisch unter einem Netz hervor und fiel ins Wasser. Der Fischer sah ihn auf dem Seegrund leuchten, und weil das Wasser dort nicht tief war, sprang er dem Lockfisch flugs nach, haschte ihn und tat ihn ins Boot. Aber als er selber ins Boot steigen wollte, konnte er sich nicht mehr von der Stelle rühren, und er fühlte, dass seine Beine von etwas Weichem, Feuchtem umschlungen waren. Er packte es fest mit beiden Händen, denn er glaubte, es sei eine böse Seeschlange. Es quoll aber nichts anderes als der lange grüne Tang, den er sonst so gerne betrachtet hatte, zwischen seinen Fingern hindurch, so glatt und schmiegsam, als sei er ein lebendiges Wesen. Der Fischer wollte die grünen zähen Fäden zerreissen, liess aber die Arme wie vom Blitz getroffen sinken, denn dicht neben ihm erscholl ein Schrei; es tönte, als weine ein Kind in heftigem Schmerz. Wie er so ins Wasser starrte und es ihm unheimlich zu Mute wurde, löste sich der Tang von seinen Beinen, hob sich sachte empor und tauchte aus dem Wasser. Und da war der Tang nichts anderes als das triefende, lange Haar einer Wasserfrau.

Die Wasserfrau richtete ihren Leib, er glänzte über und über von silbernen Schuppen, neben dem Fischer auf und sprach: «Was hab ich dir denn getan, dass du mich so sehr am Haar raufst und mir wehtust? Sieh, nun könnte ich dich mit mir nehmen, weit ins Meer hinaus, und auf einem öden Felsenriff verschmachten lassen, denn ihr Landbewohner vertragt das salzige Wasser ja nicht. Aber ich schenke dir das Leben, denn du hast es nicht böswillig getan. Doch nun sag mir, wo du hausest, dass ich dich in der Nacht besuchen kann, und wenn du mir deine Liebe gewährst, will ich dich reich beschenken.» Dazu sagte der Fischer kein Wort, nahm das Ruder, ruderte eilig ans Ufer und ging heim.

Die Wasserfrau aber tauchte tief in den See. Sie tauchte zu der kühlen Quelle, die dort sprang, und wusch sich darin ihr Haar und kämmte es mit einem silbernen Perlenkamm, das tat sie zwei ganze lange Tage. Da erst tat ihr der Kopf nicht mehr weh, so heftig hatte der Fischer an ihrem Haar gerissen. Dann legte sie sich einen listigen Plan zurecht.

Schon gar lange hatte die Wasserfrau darauf gelauert, des Fischers habhaft zu werden, und ihr Tanghaar war dazu ein Lockmittel gewesen. Nun aber wollte sie sich bitter rächen, dass er ihre Liebe so schnöde verschmähte. Sobald der Fischer wieder auf dem See fischte, band sie heimlich ein langes, langes Tanghaar am Boot fest, das andere Ende aber befestigte sie auf dem Seegrund. Und in der Nacht schwamm sie dem grünen Wegweiser nach. Ihre silbernen Schuppen gleissten hell im Mond, dass sie wie ein glänzender Fisch aussah.

Der grüne Tangfaden führte sie zum Fischerhaus, und sie spähte durch das erleuchtete Fenster. Drinnen sass der Fischer mit seiner

Frau beim Abendbrot. Sobald die Wasserfrau die Fischersfrau erblickte, glitt ein hämisches Lachen über ihr Gesicht, und sie bleckte ihre spitzen grünen Zähne. «Ei», dachte sie, «nun ist alles gewonnen, und wäre die Frau da noch tausendmal schöner, so bin ich doch hunderttausendmal klüger, die wird mir nicht entgehen, und der Fischer ist mein.» Nun schlich sie sich ums Haus und wischte in den Keller, wo sie sich in einem grossen Wassertrog verbarg.

Tief in der Nacht, als der Fischer und seine Frau schliefen, rief die Wasserfrau dem Fischer. Sie verstellte die Stimme, so dass nur er es hören konnte. Da stieg er sachte aus dem Bett und ging in den Keller und fand dort die Wasserfrau, und ihre silbernen Schuppen strahlten so hell, dass der ganze Keller taghell war, als brennten viele, viele Kerzen. Der Fischer ergriff alsbald ein grosses Netz und wollte es über die Wasserfrau werfen, aber sie hielt ihn an der Hand fest und sagte traurig: «Ach, was verfolgst du mich, wo ich's doch so gut mit dir meine. Sieh, was ich Schönes für deine liebe Frau mitgebracht habe, sie verdient es wohl, und ich verstehe, dass du ihr treu bleibst, ist sie doch schön und gut wie nichts auf der Welt.» Damit zog sie aus einer silbernen Schuppe ein Perlenband und einen korallenen Becher. Der Fischer aber befahl: «Mach, dass du aus meinem Hause kommst!» Da verkroch sich die Wasserfrau in einer Mauerspalte, sass darin wie eine Spinne und liess sich mit keiner Gewalt fassen und vertreiben. Da nahm der Fischer das Perlenband und den Korallenbecher mit einem Netz vom Boden, ging in die Küche, fachte ein mächtiges Feuer an und warf die Geschenke hinein. Und er tat gut daran, denn alsbald entstand ein solcher Qualm und Gestank, dass er darin beinahe erstickte. Und als sich der Rauch verzogen hatte, fand er die Gräte eines Haifisches und die Scherben eines giftigen Krebses in der Asche. Er warf alles in den See und legte sich dann neben seine Frau. Die schlummerte harmlos und ahnte nichts Böses.

Weil nun die Wasserfrau unten im Keller sass, sagte der Fischer zu seiner Frau: «Liebe Frau, ich bitte dich, geh nie allein in den Keller, der Wassertrog ist übergelaufen, und du könntest leicht auf dem schlüpfrigen Boden ausgleiten, ein Bein brechen und ertrinken.» Und die Frau versprach's.

Nun aber hatte sie für ihren lieben Mann in aller Heimlichkeit ein schönes Netz gewirkt, und um es fein geschmeidig zu machen, wollte sie es in den Wassertrog legen, vergass die warnenden Worte und ging in den Keller. Alsbald schoss die Wasserfrau aus ihrem Winkel, raubte der Frau Gestalt und Schönheit und umwickelte sie mit ihrem langen grünen Tanghaar und liess die Aermste mit höhnischen Worten liegen. Dann ging sie in die Stube hinauf, und der Fischer merkte nichts von dem abscheulichen Betrug. Nur manchmal dünkte es ihn, seine Frau habe ihn weniger lieb, und wenn er sie küsste, war ihr Mund kalt. Das kam daher, dass in den Adern der Wasserfrau kühles Wasser rann.

Nach einiger Zeit merkte die falsche Wasserfrau zu ihrem Entsetzen, dass ihr die Haare ausfielen, eins ums andere, sie musste daher einen schönen Schleier umbinden, denn ohne Haar sah sie abscheulich aus, auch tat es ihr entsetzlich weh. Gerne hätte sie ihren silbernen Perlenkamm geholt und sich damit gekämmt, denn in seinen Zähnen stak eine geheime Kraft, aber der Kamm lag vergessen im Keller, und dorthin wagte sich die Wasserfrau nimmermehr, sie fürchtete nämlich den Anblick der betrogenen Frau wie einen schneidenden Schwertfisch. Die Wasserfrau wusste aber nicht, dass ihr der Kamm diesmal gar nichts nützen konnte, denn die Schmerzen rührten woanders her. Die arme Frau im Keller hatte nämlich eine Hand aus dem entsetzlichen Tanggefängnis freibekommen und alsbald begonnen, die grünen Fäden loszuwinden. Und sie spann und spann und hoffte, sich doch einmal ganz aus den bösen Haaren zu befreien. Und je eifriger sie spann, umso mehr Haare fielen ihrer Feindin vom Kopf. Da lag die Betrügerin bald mit brennenden Schmerzen in der Kammer, und ihr Kopf war fiebrig und kahl.

Die Wasserfrau hätte gerne laut geschrien, doch das durfte sie nicht, der Fischer hätte sie sonst an der Stimme erkannt. Zuletzt dachte sie aber nur noch an ihren Zauberkamm, vergass sonst alles und bat den Fischer: «Such meinen Kamm.» Er tat das gerne, denn er dachte: «Gewiss steckt die böse Wasserfrau hinter der Krankheit meiner lieben Frau, ich muss das Ungeheuer doch aus dem Haus jagen, koste es, was es wolle.»

So stieg er in den Keller. Dort drehte seine Frau eben am letzten

Tangendchen und sank ihm in die Arme. Er trug sie in die Stube und pflegte sie. Da erholte sie sich von aller Not und Angst und erzählte ihm, was die Wasserfrau ihr angetan hatte. Kaum war sie fertig, ertönte ein lauter Schrei aus der Kammer, es war, als weine ein kleines Kind in grossem Schmerz. Doch als die Fischersleute hinübergingen, sahen sie die Wasserfrau schon nicht mehr, sie fanden nur Scherben, denn sie war durchs Fenster in den See gesprungen.

Voll Schmerz und Wut tauchte sie zur kühlen Quelle und musste dort ihren Kopf hundert lange Jahre waschen und baden, denn mit dem Tanghaar hatte sie alle ihre Macht und Schönheit verloren. Und wäre sie früher emporgetaucht, hätten alle Fische sie umschwänzelt und ausgelacht. Da konnte sie den Fischersleuten nicht mehr schaden, und die beiden lebten glücklich und zufrieden bis an ihr seliges Ende.

Der silberne Schleier

Es war einmal ein König und eine Königin, die hatten sich von Herzen lieb und lebten in Glück und Eintracht. Aber der Leib der Königin blieb verschlossen, und mit der Zeit begann das Volk zu murren, denn es wollte, dass der König einen Erben habe. Ja, zuletzt sagten die Räte zum König: «Deine Frau ist eine Hexe, du musst sie verbrennen und ein anderes Weib nehmen; das Land braucht einen Nachfolger, sonst entsteht nach deinem Tod ein böser Krieg um die Krone.» Der König aber wies das Ansinnen entsetzt zurück. Da kamen die Räte wieder und sagten: «Wenn du es nicht tust, stossen wir dich vom Thron, und du kannst mit deiner Frau über die Grenze wandern und betteln.»

Der König fiel in ein heftiges Fieber, denn er wusste sich nicht mehr zu helfen, und das Fieber zehrte so sehr an ihm, dass er bald wie ein Totengeripppe im Bett lag; und alle ärztliche Kunst war verloren.

Die Königin aber sass und hielt die Hand des Königs; aber auch sie konnte ihm nicht helfen, denn sie wusste nicht, warum er so matt und krank dalag.

Da verliess sie das Schloss und sagte: «Ich will gehen, weiter als Sonne, Mond und Sterne leuchten, und ein Heilmittel suchen, denn bei den Menschen gibt es keine Rettung.» Sie trug einen schwarzen Mantel und darunter wohl verborgen ihren silbernen Schleier, denn sie glaubte, er werde ihr in grosser Not gute Dienste tun.

Und wie sie so wanderte, kam sie in einen finstern Wald. Da standen die Bäume so dicht nebeneinander, dass ihre schmale Gestalt kaum zwischen ihnen hindurchschlüpfen konnte. Unversehens trat ein wilder Riese vor die Königin, der hatte einen grauen, struppigen Bart, und seine Augen glühten wie zwei brennende Kohlen. Er schrie: «Was tust du hier in meinem Wald! Nun musst du sterben, denn es darf kein Mensch ohne meinen Willen hier sein.» Und er nahm eine silberne Schnur aus seinem Bart, band der Königin die Hände zusammen und wand ihr das Ende um den Leib. Da musste sie dem Ungeheuer folgen, und ihre Klagen erweichten sein Herz nicht.

Vor der gewaltigen Gestalt des Riesen wichen die Bäume zur Seite, und er ging wie auf einer breiten Strasse durch den Wald. Hinter ihm aber traten sie gleich wieder zusammen, zerrissen der Königin das

Gewand und scheuerten ihr mit der rauhen Rinde Hände und Schultern blutig. Und ein krummer Ast riss ihr den schwarzen Mantel auf, und der silberne Schleier blieb an ihm hängen. Da blieb sie stehen und streckte die Hände nach dem Kleinod aus. Aber ehe sie's erreichen und verstecken konnte, wandte sich der Riese und schrie: «Willst du wohl kommen.» Doch da erblickte er den silbernen Schleier, sank vor der Königin in die Knie und bat und flehte mit sanfter Stimme: «Komm in meine Höhle, dass ich dich bewirten und beschenken kann, und wenn ich dir einen Dienst tun kann, so befiehl, was du willst.» «Gut», sagte die Königin, «führ mich in dein Haus und bereite mir eine gute Beherbergung; und zum Zeichen, dass du mich nicht belügst, löse mir die Fesseln und befiehl den Bäumen, dass sie mir Platz machen.» Sie merkte nämlich, dass in dem silbernen Schleier eine Macht stak, die ihr den Riesen untertan machte.

Das Ungeheuer rief ein schallendes Wort in den Wald, da rückten die Bäume auseinander, und die Königin schritt über Moos und Steine wie über den feinsten Teppich, und es streifte kein Läublein ihr Haar mehr.

So kamen sie in die Höhle des Riesen. Dort glänzte alles nur so von Gold und von Silber, und an den Felswänden leuchteten Karfunkelsteine heller als die Kerzen auf der königlichen Tafel. Tausend Zwerge, die Diener des Riesen, brachten ein köstliches Mahl und machten eine herrliche Musik. Als die Königin gegessen und getrunken hatte, sagte der Riese: «Warum bist du so allein in den grossen Wald gegangen, weisst du denn nicht, dass es wilde Tiere und giftige Dornen darin gibt. Jetzt freilich brauchst du dich nicht mehr zu fürchten, denn ich schütze dich.» Da sagte die Königin: «Ach, mein Mann liegt an einer schweren Fieberkrankheit, und ich suche ein heilendes Mittel, aber auf der Erde gibt es gewiss keines.» Da pfiff der Riese dreimal zwischen die Finger der linken Hand, alsbald kam ein Zwerg, der hatte ein langes, braunes Gewändlein, und sein Kopf glänzte wie ein Karfunkelstein, denn er hatte schon lange keine Haare mehr. Der Riese fragte: «Kennst du ein Kräutlein gegen die böse Fieberkrankheit des Königs?» Der Zwerg kratzte sich dreimal heftig hinter dem Ohr, dann sagte er: «Unter der tausendjährigen Schatteneiche wächst ein Pflänzlein, das ist sommers und winters grün und hat noch nie geblüht. Es wird aber eine blaue Blume entfalten, sobald Sonne, Mond und Sterne ihren Schein miteinander auf das Pflänzlein werfen. Und wer die blaue Blume dann bricht, kann jegliche Krankheit heilen, stünde auch der Tod bereits zu Häupten des Kranken. Aber wie soll das sein, Sonne, Mond und Sterne leuchten nie miteinander vom Himmel, und täten sie's auch, ihr Licht könnte nicht durch die dichte Krone der Schatteneiche dringen.» Da weinte und jammerte die Königin: «Ach, so muss mein lieber Mann sterben, ich kann ja nicht in den Himmel steigen und das Pflänzlein zum Blühen bringen.» Da sprach der Riese: «Hör, ich weiss einen Rat. Morgen trag ich dich auf den höchsten Berg der Welt, dann kannst du in den Himmel steigen und in deinem Schleier Sonne, Mond und Sterne fangen. Dann kehre auf den Berg zurück, und ich bring dich zur Schatteneiche.» Da legte sich die Königin getrost zu Bett und schlief.

Am andern Morgen kamen die Zwerge, brachten ihr ein köstliches Frühmahl und bedienten sie geschickter als die beste Kammerzofe. Dann trug der Riese die Königin auf den höchsten Berg. Ein Mensch hätte dazu zehn Jahre gebraucht, so weit am Rand der Welt lag er; der Riese aber stand schon nach drei Stunden oben.

Nun breitete die Königin den silbernen Schleier weit aus; und weil der Wind ihn für eine weisse Wolke hielt, ergriff er ihn und trug ihn in den Himmel und mit ihm die Königin, dass sie bald den Blicken des Riesen entschwand. Als das Ungeheuer sie nicht mehr sah, rieb es sich schmunzelnd die Hände und sprach: «Wenn die Königin mit Sonne, Mond und Sternen zurückkommt, mach ich sie zu meiner Frau und bin dann Herr über Himmel und Erde.» So dachte der Riese, weil er den silbernen Schleier nicht mehr sah und wieder frei war. Und so sass er auf dem Berggipfel und wartete.

Indessen flog die Königin über den Himmel. Die Sonne sah das und schickte verwundert ein paar Strahlen aus, damit sie nachschauten, was das bedeute. Die Strahlen aber blieben in dem Schleier stekken wie goldene Fische in einem silbernen Netz; und je mehr Brüder und Schwestern die Sonne ihnen nachschickte, umso heftiger zappelten sie durcheinander. Zuletzt rollte die Sonne rot und zornig herbei, denn ohne Strahlen konnte sie nicht mehr schimmern. Sie langte in den Schleier nach den Strahlen und zankte, aber da verwickelte sie sich selber darin und war gefangen.

Weil nun der Tag erloschen war, kamen die Sterne aus der blauen Himmelstiefe. Neugierig liefen sie zur Königin und purzelten in den Schleier wie silberne und goldene Taler. Und dann erwachte der Mond und sah sich verwundert nach den Sternenkindern um. Weil er blöde Augen hatte, tappte er blindlings in den Schleier und sass darin wie ein grosser, dummer Vogel. Und da lagen Sonne, Mond und Sterne beisammen. Sie klagten und schrien durcheinander, denn die Sonne brannte den Mond, der Mond jedoch hauchte sie mit seinem Eisatem an. Und die Sterne barsten vor Frost und Hitze beinahe auseinander und stachen darum die Sonne und den Mond rachedurstig mit ihren spitzen Zacken.

Da sprach die Königin zu den tobenden Gestirnen: «Ach zürnt nicht, ich will euch gewiss die Freiheit wieder schenken, doch zuvor sollt ihr mir helfen, meinen lieben Mann gesund zu machen.» Und sie erzählte den Gestirnen mit bitteren Tränen ihre Geschichte; und die Gestirne lauschten und waren mäuschenstill. Da sagte die Sonne: «Wir helfen dir gerne, denn du hast ein gutes Herz. Hör nun: hüte dich vor dem Riesen, der meint es nicht ehrlich, geh ja nicht zu ihm zurück, sondern spring von hier auf die Erde hinunter, es kann dir nichts geschehen, weil wir bei dir sind.» Da sprang die Königin mutig vom Himmtel auf die Erde und fiel ins weiche Gras und tat sich nicht weh.

Auf der Erde war es stockfinster, doch Sonne, Mond und Sterne erhellten der Königin den Weg wunderbar, dass sie die Schatteneiche schon nach tausend Schritten fand und unter ihr das grüne Pflänzlein. Sie legte den silbernen Schleier neben das Pflänzlein und tat ihn auf. Alsbald kamen Sonne, Mond und Sterne heraus und glänzten so gewaltig, dass die Königin geblendet ins Gras taumelte. Als sie die Augen wieder auftat, da waren die Gestirne verschwunden und in den Himmel geflogen, neben dem silbernen Schleier aber blühte eine wundersame, blaue Blume. Hocherfreut brach die Königin die Blume, verwahrte sie im Schleier und eilte aufs Schloss zurück.

Sie fand den Weg leicht, denn die Sonne zeigte ihn ihr mit goldenen Lichtern.

Der König lag schlohweiss in seinem Bett und rührte sich nicht. Doch kaum berührte die blaue Blume seinen Mund, tat er die Augen auf und erhob sich frisch und gesund. Da umarmten und küssten sie sich; und fortab redete keiner mehr ein Wort gegen die Königin.

Der Riese aber lag tot am Fuss des Berges, denn als die Gestirne in den Himmel zurückkamen, hatte ihn ein Schwindel gepackt, und er war in die Tiefe gestürzt.

Der goldene und der silberne Ritter

Ein König hatte eine wunderschöne Tochter, aber er konnte ihrer nicht froh werden, denn sie wies jeden Freier mit stolzen Worten ab. Darum fürchtete er, das Land werde nach seinem Tod in fremde Hände geraten, auch war er schon alt und hatte einen langen grauen Bart. Die Königstochter wusste wohl, was sie tat. Sie sah es nämlich jedem Freier an, ob er sie liebte oder nur nach dem schönen Königsreich gierte. Ach, und da war nicht einer, der nicht von Machtgelüst besessen war, und so blieb sie allein.

Eines Abends stand sie am Fenster und schaute der Sonne nach, die eben hinter dem Wald zur Ruhe ging. Da erklang es hell im Schlosshof. Sie blickte hinunter, und ihr Herz tat einen Freudensprung, so wohl wurde es ihr, denn da trabte ein Ritter in goldener Rüstung durchs Tor, und sein Antlitz leuchtete wie der Morgen. Wie die Königstochter so stand und schaute, schauerte es unversehens kalt über ihren Leib, und eine tiefe Angst schnürte ihr den Hals zusammen, denn durchs Tor kam ein Ritter, der war in eine silberne Rüstung gehüllt, und sein Angesicht war finster wie die schwärzeste Nacht.

Nach einem Weilchen pochte ein Diener an die Tür und sagte: «Jungfrau, Euer Vater der König bittet Euch, Ihr sollt Euer schönstes Gewand antun und in den Thronsaal kommen.» Da nahm sie ein Gewand aus schlohweisser Seide und flocht sich ein funkelndes Band aus Edelsteinen ins Haar.

Im Thronsaal sass der König in seinem langen Purpurmantel auf dem perlenschimmernden Thron, neben ihm aber, zur Rechten und zur Linken, standen der goldene und der silberne Ritter. Der König liess seine Tochter auf einen elfenbeinernen Sessel sitzen und sprach: «Liebes Kind, die beiden Ritter werben um dich, und ich möchte wissen, welchem du deine Hand reichen willst.» Die Königstochter blickte den goldenen Ritter an, und gleich füllte die lichte Freude ihr Herz wieder, von dem silbernen aber wandte sie die Augen voll Angst und Grauen weg. Dann erhob sie sich, trat zum goldenen Ritter und sprach: «Dich erwähle ich.» Alsbald verliess der silberne den Saal, doch er warf dabei einen so grimmigen Blick auf die Königstochter, dass ihr war, ihr Herz werde ein Eisklumpen.

Da ergriff der goldene Ritter ihre Hand, und der dämmrige Saal schimmerte taghell. Der Ritter sprach: «So wollen wir noch heute die Hochzeit feiern, und morgen bring ich dich auf mein Schloss, es liegt weit weit von hier.»

Und als das Fest vorüber war, setzte der Ritter die Königstochter auf sein Pferd, und sie ritten und ritten, der Schlaf senkte ihr darüber die Augen.

Als sie erwachte, tat sie einen hellen Freudenschrei, denn vor ihr schimmerte das blaue Meer, und am Strand stand ein weisses Schloss mit goldenen Türmen. Der Ritter sprach: «Hier sollst du wohnen» und führte sie hinein. Und als er ihr alles im Schloss gezeigt hatte, gingen sie an den Meeresstrand. Da sah die Königstochter silberne und goldene Fische, rote Korallenblumen, graue Muscheln mit Schimmerperlen und hörte aus der Tiefe den Gesang der grünen Nixen. Der Ritter sagte: «Du kannst ans Meer gehen, so oft es dich gelüstet, doch ich bitte dich, fang nie einen Fisch, hole nie Korallen und Perlen, sonst ergeht es dir übel und wir müssen voneinander scheiden.» Und die Königstochter gelobte es ihm in die Hand.

Eine Zeit lebten sie glücklich in dem weissen Schloss, wo das Tageslicht nie erlosch. Aber tagtäglich, wenn der Nachmittag kam, verschwand der goldene Ritter und kam erst am Abend wieder. Die Königstochter wusste nicht, wohin er ging, und wagte es nicht, ihn danach zu fragen. Sie stieg dann an den Meeresstrand, schaute dem Spiel der goldenen und silbernen Fische zu, betrachtete die grauen Muscheln mit den Schimmerperlen und die roten fächelnden Korallen, und sie lauschte dem Gesang der grünen Nixen. Und gar oft gelüstete es sie sehr, ein Netz ins Wasser zu tauchen und eines der schönen Meerwesen zu fangen, aber sie blieb ihrem Versprechen treu.

Eines Tages, als ihr Herz vor Verlangen nach einer schönen Perle brannte, kam ein brauner, zerlumpter Bettler. «Ach», klagte er, «ach hätte ich nur einen Fisch, dann wär ich reich. Drüben in der Stadt bekommt man viel Geld dafür.» «Komm ins Schloss», sagte die Königstochter, «da sollst du haben, was du willst, und als reicher Mann fortgehen.» «Ach», jammerte der Bettler, «damit ist mir nicht geholfen, ich darf nur einen Fisch annehmen, sonst muss ich sterben, das hab ich mit einem heiligen Eid beschworen. Wohl hab ich ein Netz, aber ich kann's nicht ins Wasser werfen mit meinen steifen, alten Händen. Nimm du's und fisch mir mein Glück.» Und er holte unter seinen Lumpen ein silbernes Netz hervor. Ganz verwirrt und geblendet von dem herrlichen Schein nahm sie das Netz und tauchte es ins Wasser. Alsbald war das Netz schwer, ein eiskalter Blitz zuckte über ihren Leib, und sie verlor die Besinnung.

Als sie wieder zu sich kam, fror sie erbärmlich und sass auf einer Nebelbank hoch oben am Himmel, und um sie her krochen dicke graue Wolkentiere, vom Meer und dem weissen Schloss jedoch konnte sie kein Schimmerfünkchen erspähen. Da brach sie in heisse Tränen aus. Und wie sie so weinte, trat der todfinstere silberne Ritter vor sie hin, lachte schallend und sprach: «So bist du doch noch in meine Gewalt geraten, wir wollen die Hochzeit gleich feiern.» Doch sie rief: «Rühre mich nicht an, sonst stürz ich mich auf die Erde.» Der silberne Ritter ergrimmte, nahm das Silberhorn, das an seiner Seite hing, und stiess dreimal hinein. Gleich zogen die greulichen Wolkentiere herbei, drängten sich an die Königstochter und bliesen ihr ihren eisigen Atem ins Gesicht, dass sie vor Frost zitterte und bebte. Der Ritter aber nahm ein Bündel Schnüre aus Silberseide, wand jedem Wolkentier ein Band um den Hals und knüpfte die Enden am Handgelenk der Königstochter fest. Da musste sie am Himmel oben die Wolkentiere hüten und achthaben, dass sie nicht mit ihr davonflogen, und der Ritter sagte: «Sobald du mein Weib wirst, bau ich dir ein graues Wolkenschloss und löse die Bänder.»

So sass sie traurig auf der Nebelbank, und zu ihrem grossen Leid merkte sie, dass es unten auf der Erde immer dunkler wurde und schon bald fast so dunkel war wie bei ihr am Himmel. Da seufzte und klagte sie immerfort: «Ach, hätt ich dem goldenen Ritter gehorcht, ach käme er und befreite mich, aber gewiss ist er tot oder leidet ebenso grosse Pein wie ich.»

Eines Tages zerrte ein grossmächtiges Wolkentier mit aller Gewalt an seinem Band, und das Band schnitt der Königstochter in den Arm, dass es blutete, und das Blut färbte das Wolkentier über und über rot. Da schmiegte es sich sanft an ihre Knie und sagte: «Hab tausend Dank, du hast mein Gewand gar prächtig gemacht. Sprich, hast du einen Wunsch, vielleicht kann ich ihn dir erfüllen.» «Ach», seufzte sie, «wüsste ich doch, wo der goldene Ritter weilt.» Da kroch das Wolkentier noch näher und flüsterte leise, leise: «Der silberne Ritter hat ihn gefangen, denn er hasst und fürchtet ihn mehr als den Tod. Der goldene Ritter pflegte in einer grossen goldenen Kugel im Meer zu schlafen, und du selber hast ihn mit einem silbernen Netz gefischt, ich hab es wohl gesehen von meiner Himmelsweide. Und der silberne Ritter hat die goldene Kugel in einen Eisberg geworfen, damit sie dort erlöscht. Und wenn das geschehen ist, bleibt es auf der Erde immerfort Nacht, und der silberne Ritter herrscht über die ganze Welt, auch du musst ihm dann gehorchen.» «Gibt es denn keine Rettung für den goldenen Ritter, sag's, ich will alles, alles für ihn tun», fragte die Königstochter. Aber das Wolkentier schüttelte nur seinen wollenen Kopf, dann sagte es: «Ich fliege jetzt fort, denn dein Blut hat mich stark und schön gemacht, und ich kann das Seidenband zerreissen, ich mag dem bösen Ritter nicht mehr dienen.» Da sagte ihm die Königstochter traurig Lebewohl, und das Tier zerriss das Band und flog davon. Alsbald gab es einen heftigen Ruck, die Königstochter fühlte einen schneidenden Schmerz und fiel von der Nebelbank.

Als sie wieder zu sich kam, sass sie auf dem Gipfel eines Eisberges. Über ihr am Himmel weideten die Wolkentiere alle, alle frei. Der silberne Ritter watete zwischen ihnen und wollte sie fangen, konnte aber keines greifen. Da merkte sie, dass das rote Wolkentier alle Seidenbänder zerrissen hatte, und sah an ihrem Handgelenk eine tiefe Wunde. Die Wunde blutete heftig, und das Blut rann auf den Schnee und sickerte in den Eisberg. Da begann es in der Tiefe des Berges zu leuchten und zu glühen, und mit pochendem Herzen sah die Königstochter, dass die goldene Kugel eben in diesem Berg eingesperrt war. Bebend griff sie nach dem Kleinod und hob es empor. Da klaffte die Kugel auseinander, und der goldene Ritter stieg daraus. Er schloss sie in seine Arme, und sie herzten und küssten sich.

«Du hast mich aus der Gewalt des bösen Ritters erlöst», sagte er, «wäre dein Blut nicht zu mir geronnen, noch heute hätte mich der Eistod ereilt. Doch sprich, wie nur bist du an diesen entsetzlichen Ort gekommen?» Da erzählte sie ihm von dem zerlumpten Bettler mit dem silbernen Netz und wie sie ihren Ungehorsam gar schwer habe büssen müssen. Und wie sie so redeten, kam das grosse rote Wolkentier, nahm sie auf den Rücken und brachte sie auf das weisse Schloss am blauen Meer. Da wurde die dunkle Erde wieder hell und warm, und fortab lebte der goldene Ritter mit der Königstochter in ungestörtem Glück. Es weiss kein Mensch, ob sie es nicht noch heute tun, denn noch niemand auf der Welt hat den Weg zu ihrem Schloss gefunden.

Der silberne Ritter aber jagt noch immer am Himmel oben hinter seinen Wolkentieren her, kann jedoch keines erwischen.

Der Königssohn im Fisch

Es war einmal ein Königssohn, dem prophezeite eine weise Frau bei seiner Geburt: «Solange jeder Mensch im Schloss und im ganzen Reich glücklich ist, wird keine Krankheit und kein Krieg über das Land hereinbrechen und dem Königssohn selber wird es an nichts fehlen, sonst aber ergeht es ihm in seinem siebzehnten Jahr schlimm.» Da liess der alte König ein Gebot ausgehen und lud jeden, der arm und unglücklich war, aufs Schloss, liess ihn seine Not klagen und verkehrte sein Leid in Freude.

Da strömte es von nah und fern herbei und nahm beinahe kein Ende, dass der König erschrak und zu sich sprach: «Wie gut ist es doch, dass ich das viele Elend ändern kann und mein Sohn ein glückliches Land erhält.» Da wurden die Hungrigen gespeist, die Nackten bekleidet, die Armen erhielten Gold, und die Reichen bekamen zu ihrem Ueberfluss das Doppelte, und die Aerzte heilten die Kranken, und wer da traurig war, dem gab man einen frohen Gesellen, dass er wieder lachte. So hatten die Schatzmeister und Diener die Hände voll zu tun.

In des Königs Küche stand aber eine Magd, die war recht traurig, und niemand konnte ihr helfen. Sie war eines reichen Kaisers Kind, jedoch heimlich aus ihrem Schloss entwichen, weil der Vater sie mit einem alten bösen Fürsten verheiraten wollte. Da stand sie im Rauch am Feuer und kochte die Suppe für des Königs Tafel und ging nicht in den Saal, weil sie sich sagte: «Gegen mein Unglück ist kein Kraut gewachsen.»

Und weil die Magd traurig blieb, erfüllte sich die Weissagung, als der Königssohn genau siebzehn Jahre alt war.

Er ritt an diesem Tag in den Wald auf die Jagd. Weil es recht heiss war, ging er an den stiebenden Wildbach, doch kaum hatte er die Hände ins Wasser getaucht, wurde er auch schon in die weisse tosende Flut gezogen.

Als er die Augen auftat, erschrak er sehr, denn ein Wasserfräulein mit rotem Haar und grünen Augen neigte seinen glatten nackten Leib über ihn. Und das Wasserfräulein sprach: «So bist du doch noch mein geworden, denn es sind nicht alle Menschen in deines Vaters Reich glücklich. Darum musst du jetzt mein Mann werden. Wir wollen unsere Hochzeit gleich feiern, und dann lassen wir alle Flüsse und Seen überlaufen und verwandeln dein Königreich in einen grossmächtigen See, und dann sind wir stärker als der Meerkönig.» Da flehte der Königssohn: «Ach, tu das nicht.» Aber was half's, dass er viele schöne Worte machte, das Wasserfräulein schüttelte nur sein rotes Haar, dass Perlen und Bernstein herausfielen.

Endlich, als der Königssohn immer weiterflehte, sagte es: «Weil du so sehr bittest, will ich gnädig sein. Sieh, hier ist eine Fischhaut. Schlüpf hinein, dann kannst du schwimmen, wohin du willst, und kein Wasserwesen tut dir ein Leid, weil du ihnen allen gleich siehst. Aber ans Land springen sollst du mir nicht, sonst musst du jämmerlich ersticken. Du darfst nun drei Monate frei herumschwimmen und den Menschen suchen, der unglücklich ist. Findest du ihn und kannst du ihn glücklich machen, bist du frei. Sonst komme ich und hole dich, denn ich weiss immer, wo du bist, und dann wird die Hochzeit gefeiert und das Land deines Vaters in einen See verwandelt.»

Da schlüpfte der Königssohn in die Fischhaut und schwamm davon, aber er war tief betrübt und dachte: «Wie nur soll ich den unglücklichen Menschen finden, ich darf ja nicht ans Land gehen.»

Nun führte der Wildbach aus dem königlichen Wald durch Wiesen und Felder in den grossen Schlossgarten, und ein Teil des Wassers wurde in einer grossen runden Röhre in die Küche geleitet, denn es war wunderbar kühl und klar.

Die Fischhaut, in der der arme Königssohn stak, war aus tausend Perlenflittern gewirkt und schimmerte herrlich. Und als er durch den väterlichen Garten schwamm, gewahrte ihn ein Diener. Der schrie gleich nach Netzen und Angeln, denn er wollte den schönen Fisch dem König bringen. Da wusste sich der Königssohn nicht zu helfen und schlüpfte in seiner Verzweiflung in die grosse runde Röhre.

Er schwamm bis an ihr Ende, da war es gar finster, und er sass an der Küchenwand, hinter dem Becken, in dem Geschirr gespült wurde. «Ach», dachte er, «ach, was beginn ich nur? Vorn lauert der Diener mit Netzen und Angeln, und hier muss ich gewiss verhungern.» Wie er so sass, hörte er auf einmal dicht hinter der Wand menschliche

Stimmen. Da schlug er mit dem Schwanz an die Wand, dass es nur so klatschte, damit sie ihn hörten.

Der Koch und die Mägde erschraken gewaltig, schrien laut und liefen davon, denn sie glaubten, es sitze ein böser Geist hinter dem Spülstein. Nur die junge traurige Magd blieb am Becken und spülte weiter. Sie vernahm das Klatschen des Fisches wohl, doch es dünkte sie, es erklinge eine feine Musik, und sie dachte: «Vielleicht ist es ein Geist, der mir wohl will und meine Traurigkeit verscheuchen kann.» So pochte sie an die Wand und sprach: «Wer singt da so schön? Komm doch und zeige dich.» Da antwortete der Königssohn mit grosser Freude: «Wer ruft nach mir, wer bist du?» «Des Königs niederste Spülmagd», sagte sie, «die in ihrem Leben nur Gram und Kummer ihr eigen nennt.» «Gibt es sonst noch einen Menschen, der so traurig ist wie du?», fragte der Königssohn mit pochendem Herzen. «Niemanden, alle leben in eitel Lust und Freude.» «Willst du gern wieder froh sein?», fragte der Königssohn weiter. «O von Herzen», antwortete die Magd, «was muss ich tun?» «Komm nachts um die zwölfte Stunde, wenn alles schläft, mit einem scharfen Messer an den Schlossteich», sprach er, «doch verrate es niemandem.»

Da wetzte das Mädchen ein Messer blank und scharf und ging um Mitternacht an den königlichen Teich. Da glänzte im Mondschein ein wunderbarer Fisch; es war, er trage statt Schuppen lauter silberne Perlen. Der Fisch steckte seine Schnauze aus dem Wasser und wisperte: «Nun schneide mir die Haut vom Leib.» Da zögerte das Mädchen, denn es fand den Fisch gar zu herrlich. Weil er aber mit heissen Worten bat und drängte, ergriff es ihn und trennte ihm die Haut vom Leib. Kaum hielt es den schimmernden Balg in der Hand, stand der Königssohn vor ihm.

Aber schon trat die königliche Wache herbei, die erkannte den Königssohn nicht und wollte dem Mädchen die Fischhaut wegnehmen. Es verbarg sie rasch unter der Schürze. Weil nun der Königssohn den Balg nicht mehr sah, vergass er alles alles, das Wasserfräulein, den Wildbach und das Spülmädchen. Er liess es stehen, ging ins Schloss und sagte dort, er habe sich auf der Jagd im Walde verirrt.

Beatrice Alfterbach

Das Mädchen aber schlich in die Küche und verbarg die köstliche Fischhaut wohl. Und seit dem Tag war es glücklich, denn es liebte den Königssohn und freute sich, dass es ihm Leben und Freiheit geschenkt hatte. Und da vermochte das rothaarige Wasserfräulein nichts mehr über ihn, konnte das Königreich nicht überschwemmen und musste fein im weissen Wildbach bleiben.

Nach einem halben Jahr wollte sich der Königssohn mit einer reichen schönen Königstochter verheiraten. Die Kunde drang auch in die Küche, und der Koch sagte: «Jedermann darf in den grossen Saal gehen und dem Königssohn und seiner Braut etwas auf die Hochzeit schenken.» Da sprach das Mädchen zu sich: «So will ich dem Königssohn die schöne Fischhaut schenken, gewiss freut er sich daran.» Und obwohl der Koch und die andern Mägde lachten und spotteten, wusch es sich Gesicht und Hände fein rein, flocht das Haar und stieg die grosse Treppe empor. Doch da waren viele, viele geputzte Leute, die trugen kostbare Geschenke und wollten den Königssohn und seine Braut sehen. Und sie liessen das Mädchen nicht in den Saal, sondern sprachen: «Pack dich, in solch schmutzigen Lumpen kommt man nicht ins Königsschloss.» Da stand das Mädchen an der Tür, spähte sehnsüchtig in den Saal, und zuletzt schlief es vor Kummer und Müdigkeit ein. Es erwachte am andern Tag, als die Glocken läuteten und der Königssohn eben mit seiner Braut aus dem Saal trat.

Da fasste es sich ein Herz, nahm die Fischhaut und hob sie hoch empor, dass sie dem Königssohn hell entgegen schimmerte. Alsbald griff er danach, und es war ihm, es gehe ein schwarzer Schleier von seinen Augen weg, und er wusste wieder, dass er in der Fischhaut gesteckt und wie das böse Wasserfräulein ihn gefangen hatte. Nur das arme Spülmädchen erkannte er nicht und fragte es: «Sprich, woher hast du meine Fischhaut?» Da sagte es mit bebender Stimme: «Ich hörte dich hinter dem Spülstein und habe dir die Haut mit einem scharfen Messer vom Leib getrennt.» Jetzt aber rief der Königssohn: «Ach, wie konnte ich dich nur vergessen, ja, du bist die wahre Braut.»

Da gab sich das Mädchen zu erkennen, und die Königstochter tat Schleier und Kranz ab, schmückte damit das Mädchen und sprach: «Ja, du bist die wahre Braut, nicht weil du des Kaisers Tochter heissest, sondern weil du den Königssohn erlöst hast.» Sprach's und ging davon.

Da läuteten die Glocken hell, und sie schritten zum Altar. Und sie lebten lang und glücklich. Die köstliche Fischhaut aber kam als bestes Kleinod in die Schatzkammer.

Der geschickte Schreiner

Es war einmal ein Mann, der stand tagaus, tagein in seiner Werkstatt und hobelte und sägte, leimte und klopfte, und unter seinen Händen entstanden Tische, Stühle, Betten, Bänke, Kasten, Truhen und Schränke und noch tausend andere Geräte, die die Menschen in ihren Kammern und Stuben brauchten. Der Mann war also ein Schreiner. Und weil er so fleissig war und sein Licht immer spät nach dem zehnten Stundenruf erlosch und er sich schon vor Tag aus den Federn machte, sagten die Leute: «Der bringt's zu etwas, er lässt sich auch manchen Schweisstropfen kosten.» Und so war es auch, der Schreiner war bald ein reicher Mann.

Hinter dem Schreinerhaus in einem engen Gässchen wohnte eine arme Witwe mit ihrem einzigen Jungen. Der Junge war faul und zu nichts nütze, und je grösser er wurde, desto härter musste die arme Frau arbeiten, denn das Herz tat ihr weh, wenn der Junge sagte: «Mich hungert», und im Küchenkasten kein Laib Brot war. Aber zuletzt reichte der karge Lohn, den sie am Waschzuber verdiente, nicht mehr.

Da ging die Wäscherin zum Schreiner und bat ihn mit zitternder Stimme, er möge ihren Jungen in die Lehre nehmen. Der Schreiner besann sich nicht lange und sagte: «Bringt mir den Jungen, ich will einen geschickten Schreiner aus ihm machen.» Und bei sich dachte er: «Der soll mir tüchtig helfen, aber wie man ein Bett oder einen Stuhl macht, zeig ich ihm nimmermehr, ich wäre schön dumm, mir von einem andern das Wasser abgraben zu lassen.»

Noch am gleichen Abend kam der Junge. Der Schreiner drückte ihm einen Besen in die Hand und befahl: «Wisch die Werkstatt fein sauber und versorg die Hobelspäne in dem Sack da.» Und nachher musste der Junge einen grossen Topf Leim sieden und die Pinsel auswaschen. Als er endlich fertig war, schaute der Mond schon durch die Fenster, und er sank müde auf sein Lager aus Hobelspänen.

Mit dem ersten Hahnenschrei kam der Meister, und der Junge musste ihm Holz herbeitragen und es zersägen.

Und so ging es den lieben langen Tag, er kam zu keiner Ruhe und sank um Mitternacht wieder todmüde auf sein hartes Bett.

Nach einer Woche sagte der Junge: «Wann zeigt ihr mir endlich, wie man einen Stuhl und einen Tisch macht. Um den Boden zu kehren und den Leim zu kochen, hätte ich auch daheim bleiben können.» Der Schreiner verbiss seinen Zorn und antwortete: «Das kommt noch. Du musst erst stärker werden, um die Bretter richtig zu fügen, braucht es kräftige Arme.» Der Junge merkte die Ausrede wohl, denn bei der magern Kost, die ihm der Meister gönnte, konnte er sein Lebtag nicht zu Kräften kommen. «Warte», dachte er, «ich bin schlauer als du!» Und eines Morgens, als er wieder stinkenden Leim kochen und die Bretter herbeitragen sollte, gehorchte er nicht, nahm einen Hobel, machte die Bretter fein glatt und fügte sie zu einem schönen Schrank zusammen. Dem Meister verging Hören und Sehen, so rasch ging alles. Und der Schrank war vollkommener als jeder, den der Schreiner gemacht hatte. Darüber stieg ihm die Galle beinahe ins Blut. Aber er war ein feiner Fuchs. Er verkaufte das Werk des Jungen einfach als eigene Arbeit und sackte den Erlös ein.

Und fortab liess er den Jungen arbeiten, selber tat er nichts mehr, sondern genoss sein Leben in Ruhe. Das konnte er wohl, denn die Arbeit des Jungen brachte ihm mehr ein, als er verzehren konnte.

Diesem aber verleidete es bald, immer dieselben Geräte zu schreinern, und er begann aus den besten Holzstücken Figuren zu schneiden: Hunde und Katzen, Kühe und Schafe, Vögel und Schmetterlinge. Als der Meister das merkte, fluchte und schalt er und steckte alles in den Ofen. Da schnürte der Junge sein Bündel und lief davon.

Weil der Junge nicht mehr in der Werkstatt stand, musste jetzt der Meister den Hobel wieder selber führen, aber das fiel ihm schwer, und die Arbeit wollte ihm gar nicht mehr schmecken. Und weil seine Geräte lange nicht so schön waren wie die des Jungen, kam kein Käufer mehr. Das nahm er sich so zu Herzen, dass er den lieben langen Tag Branntwein trank. Da hatte er sich bald um Hab und Gut gebracht, und die Leute sagten: «Es ist doch schade um ihn, wie ist er doch sonst so fleissig und allen ein Vorbild gewesen! Wer hätte so etwas gedacht!»

Indessen wanderte der Junge durch die Welt, wurde überall bekannt und musste für Fürsten und Könige schöne Bilder aus Holz schneiden.

Eines Tages geriet er in einen wilden Wald und irrte eine Woche lang darin herum, ohne einen Menschen zu sehen. Da war es ihm langweilig, er suchte sich einen dicken Ast und schnitzte einen Luchs. Als er eben am besten daran war, hustete es hinter ihm, und ein blauer Lichtstrahl traf seine Hände. Und in dem Schein trat ein winziges glasgrünes Männlein zu ihm. Es trug einen goldenen Ring um den Leib, in dem stak ein blauer Stein, und der gab das sanfte Licht.

«Komm mit mir», sagte das Männlein, «wie gut, dass ich dich gefunden habe, ich kann deine geschickten Hände gar wohl brauchen und werde dich fürstlich belohnen, wenn du tust, was ich dir auftrage.» Und als das Männlein den Jungen mit seinem spitzen Finger berührte, musste er ihm folgen, ob er nun wollte oder nicht.

Das Männlein ging lange, lange durch den Wald. Wohl erhellte das blaue Licht den Boden vor ihren Füssen, aber vor und hinter ihnen war es so finster, dass der Junge gar nicht sehen konnte, wohin ihn das Männlein führte. Da strahlte auf einmal ein goldenes Tor mitten im Dunkeln. Das Männlein berührte es mit dem blauen Stein, und da sprang das Tor auf, und sie traten in eine weite Säulenhalle. Aber der Junge konnte sich kaum umsehen, denn das Männlein ging schweigend und sehr rasch weiter, über weiche, rote Teppiche, durch hohe Gemächer mit seidenen Tapeten. Und einmal dünkte es den Jungen, er sehe in einem silbernen Sessel ein wunderschönes, schlafendes Mädchen. Doch als er stehenbleiben und es beschauen wollte, zog ihn das Männlein heftig am Gewand, und er musste weitergehen.

Endlich blieb das Männlein stehen und zündete mit dem blauen Stein eine Kerze an. Da war der Junge in einer weissgetünchten Kammer, und vor ihm lag ein Block aus dem allerschönsten Holz, und alles erdenkliche Schnitzgerät war dabei. «Hör», sagte das Männlein, «du sollst mir aus dem Holz da eine Kuh schnitzen, so wie sie leibt und lebt, mit Hörnern, Klauen und Schwanz. In einer Woche komm ich wieder, und du erhältst hunderttausend Goldstücke, wenn die Kuh gut geraten ist, sonst aber kommst du nimmermehr lebendigen Leibs hier fort.» Und damit schloss es den Jungen ein. Neben diesem aber stand wie von unsichtbaren Händen aufgetragen ein köstliches Mahl, und ein weiches Seidenbett stand bereit. Der Junge ass und trank und legte sich ins Bett. Dort träumte er die ganze Nacht von dem schönen Mädchen, das er gesehen hatte.

Als er erwachte, sah er den Holzblock, und es zuckte ihm in den Fingern nach dem Schnitzmesser. Und er begann, das Bild des schönen Mädchens aus dem Holz zu schneiden, und vergass darüber das Männlein und was es gesagt hatte. So verstrich die Woche im Flug. Als er fertig war und das Messer weglegte, da erinnerte er sich, dass ihm das Männlein befohlen hatte, bei seinem Leben eine Kuh zu schnitzen. Doch der Junge dachte: «Besser, ich habe ein schönes Mädchen geschnitten als eine blöde Kuh, wenn ich schon sterben soll.»

Da sprang die Tür auf, und das Männlein kam herein. Seine Augen funkelten giftig, und es zog das schöne Mädchen an einer eisernen Kette hinter sich her. Doch kaum erblickte das Männlein das schöne Bild, zersprang es in tausend grüne Glassplitter. Das Mädchen aber trat zum Jungen, gab ihm die Hand und sprach: «Ich danke dir, du hast mich aus schmählicher Gefangenschaft erlöst und vor grösserer Schande bewahrt. Hättest du eine Kuh geschnitzt, ich wäre alsbald in solch ein blödes Tier verwandelt worden und mit Leib und Leben dem bösen Männlein ausgeliefert gewesen. Nun aber bin ich wieder Herrin über mein Land.»

Bei diesen Worten erhellte sich das Schloss, und der finstere Wald wurde ein reiches, schönes Land. Die Königin wurde mit Jubel von ihren Leuten begrüsst, und noch lauter jubelte man dem Jungen, ihrem Erretter, zu.

Da feierten sie ihr Hochzeitsfest und regierten in Glück und Frieden.

Der Berg mit den wilden Tieren

Es war einmal eine Königstochter, von der hiess es, sie sei so schön wie sonst nichts auf der weiten Welt. Da wurden die Menschen begierig, sie von Angesicht zu sehen, und einige trugen sich gar mit dem kühnen Gedanken, um ihre Hand anzuhalten. Aber denen erging es schlecht, die Königstochter erwählte keinen, sondern sandte jeden in den bittern Tod. Und das kam so: die Königstochter sagte zu jedem Freier: «Bevor ich Eure Frau werde, muss ich Euer Herz kennen und wissen, ob es treu und mutig ist. Seht Ihr den hohen Berg vor meinem Fenster? Dort hinauf müsst Ihr gehen und mir bringen, was sich dort oben bewegt. Es sieht wie ein schwarzer Punkt aus, ist jedoch in Wirklichkeit ein grosser, schwarzer Hund mit grünen Augen und weissen Zähnen. Ihr müsst dem Tier die goldene Kette, die ich Euch gebe, um den Hals legen, und wenn Ihr mich wahrhaftig liebt, wird es Euch dann die Hand lecken und zu mir folgen. Hinter jedem Felsen lauert ein graues Ungeheuer und dürstet nach Menschenblut. Wenn Ihr nur auf den Weg schaut und den Blick weder nach rechts noch nach links wendet, kann Euch nichts geschehen. Schaut Ihr Euch aber um, zerreissen Euch die schrecklichen Tiere.» Und wenn sie das gesagt hatte, löste sie ihre goldene Kette vom Hals und reichte sie dem Freier. Doch nicht einer von den vielen erreichte je den Gipfel. Sobald sie in die wilden Felsen des Berges kamen, spähten sie furchtsam nach links und nach rechts, wo sich die grauen Ungeheuer wohl verborgen hielten. Und die kamen dann gleich hervorgestürzt, zerrissen sie und tranken ihr Blut. Die goldene Kette aber musste dann die kluge Elster der Königstochter suchen und aufs Schloss zurückbringen.

Weil nun gar so viele junge Leute den Tod fanden, hiess es mit der Zeit in der Welt draussen: «Wohl ist das Angesicht der Königstochter schön wie der Himmel, aber ihr Herz ist schwarz und böse wie die Hölle, und wilde Mordgier haust darin.» Und so ging niemand mehr und warb um sie.

Nun lebte am andern Ende der Welt auf einer verfallenen Burg ein armer, alter Graf mit seinem jungen Sohn. Sie wussten nichts von der Königstochter und dem Berg mit den wilden Tieren, denn es kam nie ein Mensch in ihre Wildnis. Der alte Graf wurde krank und fühlte den Tod kommen. Darum rief er seinen Sohn zu sich und sprach:

«Wenn drei Tage vorbei sind, sollst du mich in mein Grab legen, ich habe es unter dem grossen Eichenbaum hinter der Burg ausgehoben. Und wenn ich mit Erde bedeckt bin, nimm dein Ross und reite davon, weit in die Welt, und suche dir dort das Glück, das du dein Lebenlang nicht mehr von der Seite lassen möchtest. Bleibe ja nicht hier auf dieser traurigen Burg.» Und kaum hatte er ausgeredet, brachen ihm die Augen. Der Sohn drückte sie sanft zu und hielt drei Tage die Totenwache. Dann legte er den Vater ins Grab, deckte Erde über ihn und steckte einen grünen Zweig auf den frischen Hügel. Dann holte er sein Ross, wappnete sich und ritt in die Welt hinaus.

Er hielt die Augen offen, damit das Glück, das immer an seiner Seite bleiben sollte, ihm ja nicht entgehe.

Nun trug es sich zu, dass er an den Fuss eines hohen wilden Berges kam. Da dachte er: «Wer weiss, vielleicht haust mein Glück auf dem Gipfel oben, er glänzt ja schöner als das Dach des kaiserlichen Schlosses.» Weil der Weg sehr schmal zwischen den steilen Felsen hindurchleitete, band er sein Ross an einem Baum fest und warf ihm Futter für eine Woche vor, dann setzte er einen Fuss vor den andern. Nach tausend Schritten stiess er auf einen grossen Haufen Menschenknochen und Totenschädel, und ein kaltes Grausen stieg ihm über den Rücken. Zuoberst auf dem wüsten Haufen sass eine schwarzweisse Elster und hackte eifrig am Hals eines Toten. Das dünkte den Grafen so abscheulich, dass er das Tier verscheuchte. Es flatterte ängstlich ein wenig empor und zerrte dabei an einer goldenen Kette, die um den Hals des Toten geschlungen war. Der Graf riss der Elster die Kette weg. Da setzte sie sich auf seine Schulter und liess drei merkwürdige Schreie ertönen. Dann packte sie die Kette an einem Ende und schlug wild mit den Flügeln. Da dachte der Graf: «Der Vogel ist gewiss sehr klug, ich will ihm folgen, wer weiss, vielleicht führt er mich zu meinem Glück.» Und so hielt er das andere Ende der goldenen Kette fest in der Hand und folgte der Elster, die ihm langsam vorausflog und immerfort die Kette im Schnabel behielt.

Die Elster flog geradewegs dem Schloss zu. Dort stand die Königstochter am Fenster und besah sich das seltsame Gespann verwundert. Die Leute aber liefen im Hof zusammen und flüsterten und deuteten, und einer sagte: «Das ist ein gutes Zeichen, gewiss bringt die Elster den rechten Freier her.»

Die Elster flog zu ihrer Herrin und liess die goldene Kette fallen. Der Graf jedoch neigte sich in die Knie, reichte der Königstochter das Kleinod und sprach: «So hab ich endlich das Glück gefunden, nach dem mein Sinn steht, ich kann und will dich nimmermehr von meiner Seite lassen, und die goldene Kette ist das Zeichen, dass wir zusammengehören.»

Da führte sie ihn schweigend ans Fenster, deutete mit ihrer weissen Hand gegen den Gipfel des Berges und sprach: «Du besitzest noch nicht, was du schon zu haben glaubst. Erst dort oben wird es sich erweisen, ob du meiner Hand wert bist. Du musst mir den schwarzen Hund vom Gipfel herabbringen und ihm die goldene Kette um den Hals legen.» Da antwortete er: «Warum nur sendest du mich auf den Berg zurück, ich habe den Totenhaufen wohl gesehen, und ich kann nicht glauben, dass du mich bei den Leichen wissen willst.» Da sagte sie: «Die andern haben die Probe nicht bestanden, weil ihre Herzen feig waren. Doch wenn du nicht nach rechts und links schaust, können dir die nachtgrauen Ungeheuer hinter den Felsen nichts anhaben, und der Hund wird die Kette dulden und dir wie ein zahmes Schaf folgen, wenn du mich wirklich liebst.» «So gib mir die Kette und lass mich gehen», sagte er, und sie reichte ihm das Kleinod. Doch es fiel zu Boden und zersprang klirrend. Er hob es auf, fügte die Teile zusammen und ging dem Berg zu.

Die Königstochter fand jedoch am Abend einen goldenen Kettenring in ihrem Gemach und erschrak bis tief ins Herz und sprach: «Was tu ich nur? Nun ist die Kette nicht vollkommen, und der Hund verschlingt den Grafen gewiss. Und ich bin schuld an seinem Unglück. Ach, was musste ich ihn auf den Totenberg schicken!»

In ihrer Herzensnot eilte sie dem Grafen nach und stieg in die wilden Felsen, die Elster aber sass auf ihrer Schulter, denn sie trennte sich nie lange von ihrer Herrin. Doch so rasch sie auch ging und die Schuhe und Gewänder an den rauhen Felsen zerriss, sie holte den Grafen nicht ein.

Der erklomm indessen den Gipfel des Berges. Und weil er weder nach rechts noch nach links sah, wagten sich die nachtgrauen Ungeheuer nicht an ihn heran, der kühne Schein seiner Augen trieb sie in ihre Verstecke zurück.

Nach drei Tagen stand er auf dem Gipfel. Der schwarze Hund lag und schlief friedlich, und sein Atem ging als weisser Dunst von ihm weg, denn es war entsetzlich kalt; alle Felsen lagen tief unter Eis und Schnee vergraben. Dem Grafen klapperten die Zähne laut gegeneinander. Das hörte der schwarze Hund. Er erwachte, sprang auf, schüttelte seine zottige Mähne, und seine grünen Augen funkelten wild. Doch der Graf erschrak nicht, sondern holte die goldene Kette hervor. Da schmiegte sich der Hund an seine Knie und leckte ihm die Hände mit der langen roten Zunge. Aber als der Graf dem Tier die Kette um den Hals hängte, fehlte ein Glied, und er konnte sie nicht schliessen. Gleich knurrte der Hund wild und böse und wollte ihn zerreissen. In diesem Augenblick kam die Elster geflogen und brachte das fehlende Glied. Die Königstochter hatte nämlich in ihrer Not zur Elster gesagt: «Liebe Elster, flieg dem Grafen nach und bring ihm den Kettenring, sonst geht er in den sichern Tod.» Und nun schloss sich die goldene Kette vollkommen um den Hals des Hundes, und er folgte dem Grafen auf dem Fuss.

Die Königstochter sass neben dem Totenhügel und weinte bitterlich, denn sie hatte schon alle Hoffnung aufgegeben. Als sie den Grafen mit dem schwarzen Hund und der Elster vor sich stehen sah, küsste sie ihn auf den Mund und sagte: «Noch heute soll die Hochzeit sein.» Und da hatte der Graf das Glück gefunden, das ihm sein Lebenlang zur Seite blieb.

Der schwarze Hund und die schwarzweisse Elster aber waren ihre treusten Diener.

Das Märchen vom Abend- und Morgenstern

Ein König hatte drei Töchter, die waren so schön, dass er sie von Herzen liebte und ihnen gab, was sie sich nur immer wünschten.

Eines Tages, als die drei Königstöchter herangewachsen waren, kamen drei junge Fürstensöhne, der eine ritt ein rotes, der andere ein schwarzes und der dritte ein graues Pferd. Jeder hatte ein mächtiges Reich, das eine lag gegen Mittag, das andere gegen Nacht, das dritte gegen Abend.

Der Fürstensohn aus Mittag sass auf dem roten Pferd und ritt durch das südliche Tor, er erblickte die älteste Königstochter und sprach gleich: «Diese und keine andere soll meine Braut sein.» Der Fürstensohn aus Mitternacht sass auf dem schwarzen Pferd und kam durch das nördliche Tor, er erblickte die jüngste Königstochter und sagte gleich: «Das ist meine Braut.» Der Fürstensohn auf dem grauen Pferd herrschte über das Land im Abend, er zog durch die westliche Pforte und erblickte die mittlere Königstochter, und weil er sie gleich heftig liebte, sagte er zu sich: «Lieber sterbe ich, als dass sie nicht meine Frau wird.»

So kam es, dass sich die drei Fürstensöhne im grossen Saal trafen, alle drei zur genau derselben Stunde. Der König sass auf seinem goldenen Thron und sah gar herrlich drein. Die Fürstensöhne verneigten sich und trugen ihr Begehren vor. Da war des Königs Herz froh, und er liess seine Töchter rufen. Als die älteste den Fürsten aus Mittag erblickte, war ihr ums Herz, sie wusste nicht wie, und sie sagte gerne «Ja». Und die jüngste konnte ihre Augen nicht von dem Fürsten aus Mitternacht abwenden und reichte ihm gern die Hand. Das mittlere Königskind ging gleich auf den Fürsten aus Abend zu, er schloss es in die Arme, und da waren auch sie verlobt.

Nun wurde ein grosses Fest gefeiert, es dauerte drei Tage und drei Nächte. Und dann wollten die Fürstensöhne mit den Königstöchtern auf ihre Schlösser reiten. Aber der König sprach: «Reitet allein und schmückt eure Schlösser schön, dann kommt wieder und holt eure Bräute. Bis dahin will ich ihnen ein Heiratsgut rüsten, dessen sie sich nicht zu schämen brauchen, als wären sie die Kinder des Kaisers.» Da gaben sie sich zufrieden, nur das mittlere Königskind weinte sehr, und ihr Verlobter sprach: «Und gingst du in Lumpen, ich nähme dich doch.»

Ehe die Fürsten wegritten, schenkte jeder seiner Braut einen Schmuck. Der Fürst aus Mittag gab seiner Braut einen Armreif, der aus einem lebendigen Sonnenstrahl gedreht war. Der Fürst aus Mitternacht steckte seiner Braut einen Ring an die Hand, in dem ein silberner Mondfunken stak. Und der Fürst aus Abend hing der mittleren Königstochter ein opalenes Geschmeide um den Hals, das aus dem Glanz der Dämmerung gewoben war. Und die Königstöchter weinten bitterlich und sagten: «Ach, wäre doch die Trennung schon vorüber.» Und die mittlere wollte sich gar nicht zufrieden geben, küsste das Geschmeide immerfort und netzte es mit ihren Tränen. Die beiden andern Schwestern hatten sich jedoch bald getröstet, der Brautschatz gab ihnen viel zu tun.

Der König aber sagte: «Liebe Kinder, ich möchte jeder zur Hochzeit noch eine ganz besondere Gabe reichen. Damit ich's recht treffe, sollt ihr mir nun sagen, wie lieb ihr mich habt, und danach will ich den Wert des Geschenks bemessen. Also sprecht, wie sehr liebt ihr mich?» Da neigte sich die älteste und sprach: «Im Mittag unseres Reichs erstreckt sich ein grossmächtiger Wald. Ich kenne nun nichts Schöneres, als dort zu jagen, und so vergleiche ich meine Liebe zu Euch mit dem herrlichen Wald.» «Gut», antwortete der König, «du sollst auch den Wald als Geschenk erhalten und darin jagen, so oft es dich gelüstet.» Nun neigte sich die jüngste und sprach: «Im Norden unseres Reichs liegt ein tiefer schimmernder See. Ich kenne nichts Herrlicheres, als dort zu rudern und fischen, und darum sage ich: ich liebe Euch so sehr wie den See.» «Nimm ihn, er ist dein», antwortete der König, dem die Worte gar gefielen. Nun sollte die mittlere Königstochter sprechen, doch sie blieb stumm. Endlich gab sie dem Drängen nach und sprach: «Das Liebste ist mir mein Verlobter, ohne ihn kann ich nicht leben. Aber auch ohne Luft kann ich nicht leben, und weil ich Euch das Leben verdanke, so sage ich, ich liebe Euch wie die Luft.» Da sprang der König zornig auf und schrie, indem er den Mantel wegwarf: «Ei, so sollst du auch nichts andres erhalten als Luft, ja, ich wollte, der Wind wäre dein Bräutigam.» Alsbald sprang die goldene Tür mit einem wilden Ruck auf, eisige Luft erfüllte den Saal, und die mittlere Königstochter wurde vor den Augen der Schwestern und des Vaters davongetragen.

Es war aber niemand anders als der wilde Ostwind, der das tat. Sein Herr, der König über Morgen, hatte es ihm befohlen, denn er neidete seinen Brüdern, den drei Fürsten, ihr Glück. Und der Ostwind gehorchte ganz gern, denn sein Sinn war rauh und räuberisch.

Er trug die arme Königstochter weit über den Himmel, höher als die Wolken, hinter die Sonne und hinter den Mond, bis er zum Morgenstern kam. Und der Morgenstern war nichts anderes als die zackige Burg, wo der Fürst über Osten hauste. Der Fürst hatte alles zu einem prächtigen Hochzeitsfest gerüstet, und es fasste ihn ein fürchterlicher Zorn, als sich die Königstochter beharrlich weigerte, seine Braut zu werden, denn nun musste er alle Gäste heimschicken und hatte ihren Spott zu hören. Um die Königstochter gefügig zu machen, sperrte er sie in die äusserste Kammer der Burg. Dort funkelten und blitzten die Wände so, dass es kein Mensch darin aushielt, und wenn er nicht die Augen schloss, erblindete er unfehlbar. Und der böse Fürst sprach: «Da bleibst du, bis du meine Frau werden willst», ging weg und verschloss die Türe wohl.

Es verstrich eine Zeit, aber die Königstochter gab dem Fürsten kein Zeichen. Sie war gesund und litt keinen Schaden, und das tat der Schmuck an ihrem Hals. Das Geschmeide aus Abendschein verbreitete ein mildes Licht und strömte eine sanfte Wärme aus, da konnte weder das böse Gefunkel der Wände noch die grosse Eiskälte ihr etwas anhaben.

Indessen rüsteten die drei Fürstensöhne auf ihren Schlössern alles zum Hochzeitsfest, es war eine grosse Pracht. Dann zogen sie zum alten König, um die Töchter heimzuführen. Das südliche und das nördliche Tor war mit Kränzen und Tüchern umwunden, aber das westliche sah traurig drein, es hing eine schwarze Fahne dort. Und der König sprach zum Fürsten aus Abend: «Ach, wie muss ich dich beklagen, deine Braut ist an einer bösen Krankheit gestorben und liegt in der Gruft begraben.» So redete der König, denn er war feig und fürchtete den gerechten Zorn des Fürsten. Nun wollte dieser das Grab sehen, und der König führte ihn auch an die Ahnengruft, auf deren Platte man frische Blumen getan hatte. «Oeffne die Gruft», sagte der Fürst, «ich will meine Braut im Totenhemd sehen.» «Ach», erwiderte der König, «wir haben den Schlüssel im Strom versenkt, denn ihr Anblick ist so entsetzlich, dass es besser ist, wenn niemand sie schaut.»

Da erbrach der Fürst die Gruft mit Gewalt und sah, dass sie leer war. Da zog er sein Schwert und rief: «König, ich erschlage dich und werfe dich in die leere Gruft da, wenn du mir nicht gleich gestehst, wohin du meine Braut gebracht hast.» Der König erblasste, sank in die Knie, und weil er sein Leben liebte, gestand er alles haarklein. «O König, was hast du getan», rief der Fürst aus Westen, «nun ist meine liebe Braut in die Gewalt des Fürsten über Osten geraten, das ist mein Bruder und mein ärgster Feind. Ach, wüsste ich, wo er sie verborgen hält, mein Leben wollte ich wagen, sie zurückzuwinnen.» Und er liess den König stehen und ging in sein Reich zurück. Er sandte Boten über Boten aus, doch keiner kam mit einer guten Nachricht zurück.

In seiner Not ging er zum Abendstern und fand ihn weinend und trauernd unter dem blauen Himmelsdach. «Du tust gut, dass du weinst und klagst», sagte der Fürst, «ist doch meine liebe Braut verschwunden, und ich weiss nicht, wohin der Ostwind sie getragen hat und wo mein Bruder sie verborgen hält. Trockne nun deine Tränen und begib dich in das östliche Reich, wenn du deinen Schimmerglanz mit dem Nebelschleier verhüllst, wird dich niemand erkennen und verfolgen. Du wirst meine Braut wohl erkennen, trägt sie doch ein opalenes Geschmeide aus Abendglanz am Hals.» «Ja», erwiderte der Abendstern, «darum traure ich auch so sehr. Ach, mir fehlt der rote Abendschein, und ich will nicht ruhen und rasten, bis du deine Braut hast und ich den Abendglanz wieder sehen kann.» Damit verhüllte der Abendstern seine zackige Krone mit Nebelfetzen und begab sich ins Land des östlichen Fürsten. Und es war gut, dass er die graue Mütze trug, hätte ihn der böse Fürst erkannt, gleich wären alle, alle seine Sterne gekommen und hätten den Fremdling ins Meer gestürzt. So aber flog er wie ein windgetriebenes Wölkchen über den Himmel.

Als er zur Burg des Morgensterns kam, brach eben die Nacht herein, und der Morgenstern löschte die Lichter im Schloss und rief die dienstbaren Geister herbei. Die kamen flink in Sammetschuhen und mit Sammethandschuhen und rieben die Lichter blank, damit sie am Morgen der Sonne voranleuchteten. Und wenn ein Geist fertig war, warf er ein schwarzes Tuch über das Licht, denn es durfte der Nacht nicht in die Augen scheinen, sonst wurde sie böse und schickte dem Morgenstern schlimme Träume.

Der Abendstern schlich sich um die Burg und blickte durch jedes Lichtfensterchen, denn er hoffte, hinter einem die Königstochter zu finden. Das war nun eine grosse Mühe, denn der Morgenstern hatte über hunderttausend Fenster. Doch weil die Geister so fleissig waren, wurde die grosse Burg bald dunkel. Da sah der Abendstern auf einmal, dass die äusserste Zacke in sanftem rotem Licht erstrahlte. Da schlug ihm das Herz höher, und er flog dorthin, denn er erriet, dass der Schein vom Geschmeide der Königstochter herrührte. Und so war es auch.

Der Abendstern sah die Braut seines Herrn in dem eiskalten, funkelnden Kämmerchen sitzen und weinen und seufzen, und er sah, wie der Schein des Opalschmucks sie umhüllte und wärmte. Leise, leise pochte er an die Scheibe, doch erst als er den Namen seines Herrn nannte, blickte sie auf und öffnete das Fenster. Da lüftete er seine Nebelmütze und erzählte ihr alles. Doch ehe der Abendstern die Königstochter auf den Rücken nehmen und davonfliegen konnte, trat der böse Fürst ein, der hatte das Pochen vernommen und wollte sehen, was es da gab.

Der Abendstern aber war klug. Er blendete den Fürsten mit seinem Licht und warf ihm blitzschnell die Nebelkappe über. Nun setzte sich die Königstochter auf die oberste Zacke ihres Befreiers, der Fürst aber wurde an den Schwanz gebunden, und so fuhren sie über den Himmel. Das war gar wunderbar, denn der Abendstern schimmerte hell, das opalene Geschmeide funkelte herrlich, der böse Fürst aber knurrte und murrte wie ein wilder Hund. Da sagten die Menschen auf der Erde unten: «Seht, seht doch das grosse Leuchten, und hört auch den fernen Donner, das ist ein mächtiges Gewitter und für uns ein gutes Zeichen, gewiss gibt es einen warmen, fruchtbaren Sommer.»

Am Hof des westlichen Fürsten herrschte eitel Jubel und Freude, denn nun endlich konnte man das Hochzeitsfest feiern. Der Abendstern sass auf dem Ehrenplatz neben der Braut und leuchtete herrlicher denn je. Der Fürst über Abend, der nun auch den Morgen beherrschte, hatte ihm nämlich zum Dank den Glanz des Morgensterns geschenkt. Und seither ist der Abendstern der schönste Stern und steht der Sonne am nächsten. Er darf ihr mit dem Morgenrot voranleuchten und ihr mit dem Abendglanz Gutenacht sagen.

Der böse Fürst aber stürzte sich voll Zorn und Grimm in die Nacht, dabei geriet er auf den Nordstern und musste dort jämmerlich erfrieren.

Die Kohle

Es war einmal eine wüste alte Hexe, die wollte den Königssohn heiraten und Land und Leute verderben. Aber der König sagte: «Pack dich, mein Sohn ist zu gut für dich.» Da kreischte sie: «Wenn ich ihn nicht bekomme, so muss er unter grossen Qualen sterben.» Doch der Königssohn erwiderte: «Besser tot sein, als mit dir zusammenleben.» Gleich stiess die Hexe ein fürchterliches Zauberwort aus, und alsbald stand das Schloss in hellen Flammen, und auch das ganze schöne Land brannte lichterloh, und nach einem Tag war alles nur noch ein rauchender Aschenhaufen.

Der Königssohn aber lebte noch. Er stak in einer nachtschwarzen Kohle und lag in einem Ofen, mitten in den heissen roten Flammen, und sollte innert drei Jahren langsam verzehrt werden.

Nun hatte der Ofen eine Ritze, und durch die Ritze sah der Königssohn ein Mädchen, das fegte die Stube und weinte dabei bitterlich und seufzte: «Ach, so ertrag ich das Leben nicht weiter. Ach, niemand gibt mir ein gutes Wort. Schon früh habe ich wieder Schläge bekommen, und kann doch nichts dafür, dass die Katze alle Milch ausgetrunken hat.» Weil es steife blaue Finger hatte, ging es an den Ofen und wärmte sich. Da löschten seine heissen Tränen das Feuer, und es musste es neu anfachen. Und da fand es auch die Kohle, in der der Königssohn stak, und verwunderte sich über das grosse glänzende Stück. Und während einer ganzen Woche sah es die Kohle mit wachsendem Erstaunen, denn sie nahm nicht ab und verbrannte nicht. Da griff es eines Tages beherzt mitten in die Glut, nahm die Kohle, und obwohl sie schön rot glühte, tat sie ihm nicht weh und wurde auch gleich schwarz und hart.

Das Mädchen verwahrte den Fund in seinem kleinen Kleiderbündel, und als es spät in der Nacht endlich Ruhe hatte, nahm es die Kohle in die Schürze, schlich sich über die Strasse und pochte an die windschiefe Tür eines wackligen Hauses. Das Mädchen hatte nämlich gehört, dort wohne eine Frau, die sei so weise, dass sie sogar mehr wisse als der Lehrer, und der konnte doch lesen und schreiben und legte sich jede Nacht das dicke Buch mit den schwarzen Zahlen unters Kopfkissen. Und diese Frau wollte das Mädchen fragen, was es mit der Kohle für eine Bewandtnis habe.

Die Frau sass eben am Spinnrad, und ihre grauschwarze Katze funkelte das Mädchen aus ihren grünen Augen so böse an und fauchte so laut, dass es ängstlich an der Türe stehenblieb und die Klinke in der Hand behielt. Da merkte die Frau, dass Besuch gekommen war, stellte das Spinnrad beiseite, streichelte die Katze und rief dem Mädchen zu: «Komm nur herein.» Und weil die Katze die Pfote hob und sie leckte, trat das Mädchen näher und erzählte, warum es hergekommen war. «Ja», sagte die Frau, «du hast schon recht, mit der Kohle ist etwas ganz Besonderes los, sie bringt dir wohl noch ein grosses Glück. Aber um herauszubekommen, was wirklich hinter allem steckt, muss ich mir das Ding einmal besehen.» Da nahm das Mädchen die Kohle und gab sie der Frau. Die zündete eine blaue Kerze, aus der ein grüner Docht hing, am Fell der Katze an. Dann drehte und wendete sie die Kohle vor der roten Flamme und beguckte sie von allen Seiten. Dem Mädchen wurde dabei recht seltsam zumute. Die rote, tanzende Flamme tat seinen Augen weh, und dazu umnebelte ein veilchenfarbiger, dichter Dunst seinen Sinn. Zuletzt sank es taumelnd in den hohen Armstuhl neben dem Spinnrad und blieb darin in tiefer Betäubung liegen. Als die Alte das sah, lachte sie hämisch, denn im Schein der blauen Zauberkerze hatte sie in der Kohle den Königssohn erkannt. Er sass winzig klein in dem schwarzen Gehäuse.

Hurtig holte die Frau einen braunen, irdenen Blumentopf, füllte ihn zur Hälfte mit gelbem Sand, nahm eine gewöhnliche Kohle aus dem Ofen und legte sie darauf. Die rechte Kohle jedoch verbarg sie im dichten Fell der grauschwarzen Katze.

Als sie mit ihrem betrügerischen Tun fertig war, schlug die Wanduhr, und das Mädchen tat die Augen auf. Da sprach die Alte: «Hier ist die Kohle, und dazu hast du diesen Blumentopf. Lass die Kohle fein auf dem gelben Sand und decke sie mit brauner Erde zu. Die Erde aber musst du in der nächsten Neumondnacht am Fluss holen, wo er am wildesten rauscht und sein Ufer am steilsten ist. Vergiss auch nicht, täglich heisses Wasser auf die Kohle zu giessen, dann wirst du in drei Wochen sehen, was geschieht.» Das Mädchen nahm den Blumentopf behutsam in seine Hände, gab der alten Frau zum Dank ein grosses silbernes Geldstück, das es sich gar sauer verdient hat-

Beatrice Afferbach

te, und trug den Topf heim. Es hörte nicht, wie die Alte gellend hinter ihm her lachte.

Die aber nahm die rechte Kohle, tat sie in einen silbernen Blumentopf und füllte den Topf mit Kirchenhoferde; die holte sie in der nächsten Vollmondnacht vom Gottesacker. Den Topf stellte sie dann aufs Fensterbrett und wartete, denn nur so konnte sich der Zauber lösen. Aus dem Geldstück des Mädchens aber kaufte sie ein grosses Stück Fleisch und teilte es mit der grauschwarzen Katze.

Das arglose Mädchen befolgte indessen den Rat der alten Frau. In der nächsten dunklen Neumondnacht holte es Erde vom Fluss, dort, wo sein Ufer am steilsten war und die Wellen am wildesten rauschten. Weil es aber kein heisses Wasser hatte, die Meisterin schlug es, als es ein Schüsselchen voll in seine Kammer tragen wollte, begoss es die Kohle tagtäglich mit seinen heissen Tränen.

Nach sieben Tagen sprosste ein grüner Trieb aus dem gelben Sand und entfaltete sich zu drei fetten grünen Blättern, doch nach weiteren sieben Tagen waren die Blätter dürr und welk und vergingen zu schwarzem Staub. Da ging das Mädchen traurig zu der alten Frau und klagte ihr alles. «Du dummes Ding», schrie diese, «nun ist der schöne Königssohn, der in der Kohle gesteckt hat, tot und verbrannt. Und du trägst die Schuld daran, was brauchst du auch salzige Tränen auf ihn zu weinen.» Und dann hetzte sie die Katze auf das Mädchen, die fauchte wild und hieb mit ihren scharfen Krallen nach ihm, dass es schluchzend davonlief.

Die Alte aber wusste wohl, warum sie das Mädchen davonjagte, an diesem Abend sollte nämlich der Königssohn die Kohle sprengen, denn es war jetzt der dritte Tag, dass eine schöne rote Blume im silbernen Topf leuchtete.

Eben als das Mädchen die schiefe Tür hinter sich zuzog, erhob sich ein mächtiger Windstoss und wehte den silbernen Topf vom Fensterbrett. «O», dachte das Mädchen, «fiele er doch auf meinen Kopf und schlüge mich tot, dann hätte alles Elend ein Ende.» Weil es aber in dem Topf die schöne Blume sah, dachte es: «Nein, die Blume darf nicht verderben, sie ist gar zu herrlich», und es breitete flugs sein Schürzchen aus und fing den Topf darin auf. Es trug ihn in sein

Kämmerchen und sprach: «Ich will die Blume morgen zurückbringen, heute ist die Alte gar zu böse, und die Katze würde mich beissen.»

Wie es die Blume beschaute und über die feinen roten Blätter strich, seufzte es und sagte leise: «Ach, dürfte ich sie behalten, sie ist gar zu schön. Ja ich glaube, ich müsste nie mehr traurig sein, könnte ich sie alle Tage beschauen.» Da rauschten und bewegten sich die Blumenblätter und verwandelten sich in einen schönen Königssohn. Er lächelte freundlich, küsste das Mädchen und erzählte ihm seine Geschichte. Da merkte es, wie abscheulich die Alte es belogen und betrogen hatte.

Noch in derselben Nacht wanderten der Königssohn und das Mädchen davon, über die Grenze. Und siehe, da lag das Königreich wieder blühend und grün, denn mit der Erlösung des Königssohn war es aus dem Brand neu erstanden. Und sie feierten ihre Hochzeit.

Die falsche Alte aber schlug vor Neid und Zorn die grauschwarze Katze so sehr, dass das Tier starb. Da konnte sie nicht mehr zaubern und musste vor den Häusern Brot betteln.

Die goldenen Wellenkämme

Es war einmal ein Fischer, der hauste am Ufer eines blauen Sees. Täglich fuhr er auf das blinkende Wasser, liess die Netze in die Tiefe und brachte am Abend sein braunes Boot voll Fische heim. Und seine Frau ging jeden zweiten Tag in die Stadt und verkaufte dort die Fische, und wenn ein Netz zerrissen war, flickte sie es, und zuweilen wirkte sie ein neues. Und so lebten sie in Glück und Frieden, und ihr Wohlstand wuchs mit den Jahren.

An einem heissen Sommertag ging dem Fischer kein einziger Fisch ins Netz. Da nahm er die Ruder und wendete das Boot und fuhr weiter aufs Wasser hinaus. Dabei zerschnitt er die schönen goldenen Wellenkämme, die um das Boot tanzten, in tausend feine, kleine Flimmertropfen. Und die Flimmertropfen tauchten tief in den See und suchten ihren Herrn, den Wasserkobold. Sie wollten den Fischer bei ihm verklagen, weil er sie so hart geschlagen hatte. Der Kobold lag auf einem verfaulten Mastbaum und schlief, und die Flimmertropfen wagten es nicht, ihn zu wecken. So setzten sie sich im Kreis um ihn herum, und jeder Tropfen wisperte und klagte über die harten Ruderschläge. Nun aber funkelten die Flimmertropfen so hell, dass es den Kobold in der Nase kitzelte. Da musste er niesen und erwachte über dem Getöse. Die Flimmertropfen blendeten ihn, und er schrie: «Packt euch, sonst sperr ich alle in einen Hechtbauch.» Aber die Tropfen rückten dem Kobold auf den Leib, funkelten ihn an und schrien: «Du musst den bösen Fischer strafen, er hat uns geschlagen und unsere goldenen Wellenkämme zerrissen.» Und um Ruhe zu bekommen, sagte der Kobold: «Ja, es soll dem Fischer übel ergehen, seid nur zufrieden.» Da schwammen die Flimmertropfen vergnügt davon.

Der Kobold aber sprach zu sich: «Ich will den Fischer schinden und plagen, dass sein Leben bitterer als Meerwasser schmeckt, denn seinetwegen bin ich im Schlaf gestört worden und darf nun drei Tage nichts anderes essen als getrocknete Stichlinge, die mich im Hals kitzeln, sonst bekomm ich Leibweh.» Er nahm seine Schwimmhaut, streifte sie über und suchte den Fischer. Er fand ihn auch bald und setzte sich hinter ihn ins Boot. Und weil die Schwimmhaut den Kobold unsichtbar machte, konnte der Fischer ihn nicht sehen. Der Fischer zog eben ein volles Netz aus dem Wasser, ergriff die Ruder und wollte heimfahren. Aber da machte sich der Kobold so schwer, dass der Fischer das Boot nicht eine Fingerbreite von der Stelle brachte, so sehr er sich auch bemühte. Da blieb ihm nichts anderes übrig, als die Fische ins Wasser zu werfen und mit dem leeren Boot ans Ufer zu steuern. Und weil der Kobold darin hockte, war das Boot immer noch schwer, und der Fischer kam erst tief in der Nacht an den Strand. Dort stand seine Frau und wartete voll Angst und freute sich von Herzen, als sie ihn sah. Und als er mit betrübter Stimme sagte: «Heute war ein schlimmer Tag, sieh, das Boot ist leer», da tröstete sie ihn, führte ihn in die Stube und gab ihm einen stärkenden Trank, denn sie sah wohl, wie seine Knie zitterten und dass er an den Händen blutige Schwielen hatte.

Aber am andern Tag erging es dem Fischer nicht besser, und auch am dritten und vierten nicht, denn der böse Kobold hockte unsichtbar hinter ihm und machte das Boot schwer. Und als zwei Wochen vergangen waren, lag der Fischer matt und krank in seinem Bett; und hätte ihn seine Frau nicht gar so liebreich gepflegt und getröstet, er wäre vor Schwäche und aus Gram gestorben.

Weil nun sein Gewerbe darniederlag, kam die Armut geschlichen, vertrieb den Wohlstand und nistete sich in Kisten und Kasten ein. Wohl verkaufte die Frau heimlich ihr goldenes Halsband mit dem Korallenkreuz und den Armreif aus Perlmutterflittern, doch das Geld, das sie dafür erhielt, reichte nicht lange.

Und weil die Not immer grösser wurde, sagte die Frau eines Tages: «Ei, was bin ich dumm, warum soll nicht ich auf den See rudern und Fische fangen, dann ist alles wieder gut.» Der Fischer freilich wollte das nicht leiden und sprach: «Lass es bleiben, das ist keine Arbeit für dich.» Aber die Frau ging und fischte. Und sie hatte Glück, denn der Wasserkobold konnte ihr keinen Schaden zufügen, er hatte keine Gewalt über sie.

Und weil die Frau eifrig ruderte und fischte, kehrte die Armut dem Haus den Rücken, und der Fischer genas und erstarkte.

Doch das Glück dauerte nicht lange. Kaum sass der Fischer wieder im Boot, sprang der Kobold hinter ihn, und er musste mit leeren Händen heimkehren. Und ehe eine Woche vergangen war, lag der arme

Fischer wieder todesmatt in seinem Bett, und seine Frau musste auf den See fahren.

Das frass dem Fischer am Herzen, denn er sah wohl, wie seine Frau bei der harten Arbeit ermagerte und wie ihre Wangen blass und schmal wurden. Darum ballte er oft die Fäuste in grosser Verzweiflung und wünschte sich den Tod.

Nun ging die Frau jeden dritten Tag in die Stadt und verkaufte dort die Fische und brachte Brot und stärkende Tränke für ihren Mann heim.

Eines Morgens, als sie fortgegangen war, schleppte sich der Fischer an den Strand, stieg ins Boot und ruderte mit unsäglicher Mühe auf den See hinaus und senkte die Netze in die Tiefe. Und er sprach zu sich: «Heute will und muss ich ein volles Boot heimbringen, und koste es auch mein Leben.» Doch da kam auch schon der tückische Kobold, und um den Fischer so recht zu quälen, nahm er jeden Fisch einzeln aus dem Boot und warf ihn ins Wasser. Und als der Fischer nach einem fetten Hecht haschte, verlor er das Gleichgewicht und sank tief auf den Grund des Sees. Dort blieb er liegen; und wo er versunken war, stieg alsbald eine schöne, weisse Schaumkrone empor und funkelte in der Sonne.

Als die Flimmertropfen das sahen, nahmen sie sich bei den Händen und tanzten einen Ringelreihen um die Schaumkrone und sangen: «Nun ist der Fischer tot, es geschieht ihm recht, was hat er uns auch so hart geschlagen und die goldenen Wellenkämme zerrissen.»

Der Kobold aber steuerte das Boot ans Ufer und stiess es auf den Sand. Als die Frau am Mittag heimkehrte und den Mann nirgends im Hause fand, erschrak sie bis tief ins Herz und ging an den See. Doch da lag das Boot, und Ruder und Netze waren darin. Und wie sie so aufs Wasser hinausspähte, sah sie in der Mitte des Sees etwas Weisses, und ihr war, es winke ihr zu. Da zog es sie mit unwiderstehlicher Gewalt, dass sie ins Boot ging und hinausruderte. Hinter der Frau jedoch sass der Kobold und knirschte vor Wut mit den Zähnen. Er hielt sie nämlich für den Fischer, weil sie seinen Hut und seinen Mantel trug. Und weil er nicht an die Frau herankonnte, glaubte er, der Fischer habe ihn nun doch noch überlistet und sei stärker als er. Und um vor Neid nicht zu zerplatzen, sprang er ins Wasser.

Die Frau ruderte und ruderte, bis sie zu der weissen Schaumkrone kam. Da stiess das Boot an die goldenen Flimmertropfen, die um die Schaumkrone lärmten und tanzten, und alsbald flossen die Tropfen zusammen und waren wieder schöne goldene Wellenkämme.

Nun streckte die Frau die Hand nach der weissen Schaumkrone aus, und da sah sie ihren Mann tief auf dem Grund des Sees liegen. Traurig senkte sie das Netz ins Wasser und zog ihn empor. Sie bettete ihn ins Boot, und damit die Sonne sein Angesicht nicht versenge, legte sie die weisse Schaumkrone auf seinen Mund. Die Schaumkrone jedoch war nichts anderes als der Lebenshauch des Fischers. Er erwachte und schlug die Augen auf. Da herzten und küssten sie sich, und alle Not hatte ein Ende, und sie fuhren mit vollen Netzen heim.

Fortab wagte der Kobold nicht mehr, den Fischer zu quälen, und hätte er es versucht, gleich wären die goldenen Wellenkämme gekommen und hätten ihn nicht schlafen lassen, denn jetzt waren sie mit dem Fischer zufrieden.

Das Drachenbett

Da lebten einmal ein junger Mann und ein junges Mädchen, die waren sich zugetan und konnten ohne einander nicht mehr sein, darum feierten sie ihr Hochzeitsfest.

In den ersten drei Nächten träumte die junge Frau, wenn die Rosen auf dem Fensterbrett ihrer Schlafkammer nie verblühten, werde das Glück nicht ausbleiben. Nun stand auch auf dem Fensterbrett ein Wasserglas, darin blühten die schönsten weissen und roten Rosen, die hatte die Frau am Hochzeitstag getragen.

Die Frau glaubte an den Traum, und ehe der Strauss verwelkte, holte sie im Wald einen frischen. Das tat sie den ganzen Sommer über. Und als der Herbst kam und später der Winter, fand sie doch immer einen Strauch mit blühenden Rosen, dass der Strauss in der Schlafkammer immer frisch war.

So verstrich die Zeit. Der Mann und die Frau liebten sich täglich mehr und hatten nur einen Schmerz, dass das eine vor dem andern sterben könne.

Im dritten Jahr, es war mitten im Sommer, hieb sich die Frau mit einer scharfen Hacke ins Bein. Es gab eine tiefe Wunde, und sie musste sich ins Bett legen. Der Mann aber pflegte sie treulich. Als nur noch eine weisse und eine rote Rose im Wasserglas blühten, sagte die Frau:

«Lieber Mann, geh in den Wald und bring mir einen Strauss rote und weisse Rosen, dann werde ich rasch gesund sein.»

Der Mann ging noch am gleichen Nachmittag in den Wald. Aber er hatte kein Glück. Er fand nur grünes Laub, nirgends eine Rosenblüte. So geriet er immer tiefer zwischen die Bäume, und erst als es dunkelte, sagte er zu sich: «Ich will heimgehen, es ist besser so, meine liebe Frau bedarf meiner Hilfe, und ich kann ja morgen noch einmal Rosen suchen.» Wie er sich wandte, entfuhr ihm ein heller Freudenschrei, denn vor ihm erhob sich vom Boden bis zu den Kronen der höchsten Bäume ein Rosenbusch, und wo er ein Blatt hatte, sass eine weisse, und wo ein Dorn stak, sass eine rote Rose. Und es dünkte den Mann, er höre tausend und tausend Bienen in den Blüten summen. Aber als er einen Strauss abpflücken wollte, brachte er nicht eine Rose los. Ergrimmt, dass er von den tausend und abertausend Blumen nicht eine bekommen sollte, nahm er sein Messer. Da schwoll das Bienensummen zu einem wilden Knurren an, der ganze Rosenbusch bewegte sich, und die Zweige umklammerten den Mann, er konnte sich nicht mehr rühren, sonst hätten ihm die scharfen Dornen die Haut bis aufs Blut zerschunden. Er blickte sich um, und da stand ihm vor Schreck das Herz beinah still, denn der Dornenbusch war nichts anderes als ein grosser Drache, und jede Rose war ein funkelndes Auge, jeder Dorn eine harte Zacke, jedes Blatt eine grüne Schuppe. Der Drache hatte seinen Schwanz um den Mann geschlagen, glotzte ihn aus den hunderttausend weissen und roten Augen an und schrie: «Nun musst du sterben, weil du mich meiner Augen berauben wolltest.» Da bat der Mann, er möge ein Einsehen haben, und um das harte Drachenherz zu rühren, erzählte er von seiner kranken Frau und von dem roten und weissen Rosenstrauss.

«Ja», sagte der Drache, «du sollst deine Frau wiedersehen, doch zuvor musst du mir zehn Jahre dienen, fünf für das rote und fünf für das weisse Auge, an dem du mich gezerrt hast.» «Ach», sagte der Mann, «erlass mir die Hälfte, fünf Jahre sind schon zu lange.» Aber da peitschte der Drache den Mann mit dem Schweif und schrie: «Zehn Jahre, zehn Jahre, nicht einen Monat, nicht einen Tag, nicht eine Stunde darunter.» Und weil er an den Händen und im Gesicht heftig blutete, sagte der Mann: «Ja.» Da machte der Drache einen Ring aus dem Schwanz, und der Mann sass darin wie hinter einer hohen Stachelmauer. Dann begann der Drache zu schlafen, aber die Augen auf dem Schwanz behielt er offen.

Der Mann konnte nicht schlafen. Es war eben Vollmond und der Wald ganz hell. So besah er sich den bösen Drachen genau und musste sehen, dass jede Zacke hart und spitz wie Diamant und jede Schuppe zäh wie das stärkste Leder war und nirgends eine Stelle, wo er sein Messer hineinstossen konnte.

Zuletzt schlief der Mann vor Not und Kummer ein. Am andern Morgen weckte ihn der Drache mit einem scharfen Schwanzhieb und lachte, als er schreiend auffuhr. «Du sollst mir Steine holen», sagte er, «und mein Bett in Ordnung bringen, ich schlafe auf Steinen, ich bin nicht so verweichlicht wie die Menschen. Geh jetzt in den Wald, und jeder Stein muss so gross wie ein Kinderkopf sein.» Damit band er eine lange, lange unzerreissbare Schnur um den linken Fuss des Mannes und trieb ihn mit seinem heissen Atem fort. Nun sammelte der Mann Steine und trug sie in die Drachengrube. Weil er aber die Steine nicht so hinlegte, wie es das Untier gewöhnt war, konnte es nicht schlafen. Es weckte den Mann und sprach: «Leg mir die Steine anders hin, sonst fresse ich dich mit Haut und Bein.» Der Mann gehorchte. Während er die Steine von ihrem Ort rückte, sah er, dass am Bauch des Drachen nicht eine einzige Schuppe und keine einzige Zacke war, er sah nur viele, viele rötliche Borsten und eine zähe, gelbe Haut. Da freute sich der Mann; und als der Drache wieder schlief, nahm er sachte ein paar Steine weg, zückte das Messer und wollte ihm den Bauch aufschlitzen; aber die Haut war so hart wie Stein, und die spröde Klinge zersprang.

Der Mann aber liess den Mut nicht sinken. «Ich weiss wohl, warum der Bauch so hart ist», dachte er, «das kommt von den Steinen, auf denen der Bösewicht schläft. Ich werde ihm ein anderes Lager machen, und übers Jahr will ich sehen, wer der Stärkere ist.»

Am andern Tag nahm er nur noch halb soviel Steine wie sonst und streute viel Laub und graue Flechten darüber, und auf dem weichen Lager schlief der Drache süss und merkte nicht warum.

Am dritten Tag kam die Frau in den Wald und suchte ihren Mann in Not und Pein. Er aber rief gleich: «Geh rasch fort. Sieh, ich bin von einem wilden Drachen gefangen und muss ihm dienen. Geh fort, sonst kommt er und frisst dich.» Sie aber hatte keine Furcht, lief hin und herzte und küsste ihn. Und sie zeigte ihm eine weisse und eine rote Rose und sagte: «Sieh, wie schön frisch sie geblieben sind. Die Blumen haben mich getröstet und mir gesagt, dass du noch lebst.» Nun sagte der Mann: «Hör, geh und mach alles, was wir besitzen, zu Geld, daraus lass mir vom besten Schmied ein Schwert machen und bring es mir hierher.» Die Frau tat so und brachte das Schwert in den Wald. Der Mann verbarg es neben der Drachengrube, wo es das Untier nicht finden konnte.

Nun kam die Frau täglich in den Wald und half dem Mann Moos und Laub und Flechten für das Drachenbett suchen. Und weil der Drache so weich und so gut schlief, wurde er dick und ungeschickt, und die Haut am Bauch erschlaffte und war bald fein und weich. Die Frau aber tat noch etwas anderes. Sie pflanzte an einem abgelegenen Ort im Wald eine Rosenhecke, grösser und mächtiger als der Drachenleib.

Als es sie dünkte, die Hecke sei stark genug, und als diese über und über von roten und weissen Rosen blühte, ging sie zur Grube, wo der Drache schlief.

Als er erwachte, wollte er die Frau gleich fressen. Sie aber rannte behende davon, der Rosenhecke zu, und der Drache kam hinter ihr hergefegt und riss Sträucher und Bäume um. Kaum erblickte er die Rosenhecke, brüllte er laut und schrie: «Mach, dass du fortkommst, was hast du in meinem Wald zu schaffen!» und fuhr in blinder Wut mitten in die Dornen und Blüten; er hielt nämlich die Hecke für einen andern Drachen. Und weil er auf dem weichen Lager faul und ungeschickt geworden war und seine Haut am Bauch weich, stachen ihn die Dornen, und er konnte sich nicht aus dem Geschlinge befreien. Da schnob er Feueratem, und die Hecke brannte lichterloh.

Doch da kam auch schon der Mann angerannt mit dem Schwert in der Hand und schlitzte ihm den Bauch auf, der weiss aus den Flammen leuchtete. Da war das Untier mausetot, und sein Leib verwandelte sich in eine wunderschöne Rosenhecke mit weissen und roten Blüten, die Zacken wurden Dornen, die Schuppen Blätter und die Augen Rosen.

Da brachen sich der Mann und die Frau einen Strauss und gingen heim und lebten fortan in ungetrübtem Glück, und die weissen und roten Rosen verwelkten erst, als sie starben; das taten sie in einer Nacht.

Das goldene Stäbchen

Eine Königstochter hatte ein goldenes Stäbchen, das trug sie Tag und Nacht bei sich und hütete es wie ihren Augapfel, denn es war ihr in früher Kindheit geweissagt, wenn sie das Stäbchen aus den Händen gäbe, breche ein grosses Unheil über sie herein. Doch eines Tages, als die Königstochter im Garten lustwandelte, stach der Glanz des goldenen Kleinods einem schwarzweissen Vogel in die Augen, er schoss aus dem Geäst, hackte die Königstochter in die Hand und raubte ihr das Stäbchen. Da schrie und jammerte sie laut. Alsbald kamen die Dienerinnen, erschraken gewaltig, denn die Hand blutete, und sie verbanden sie rasch. Doch die Königstochter weinte und jammerte noch heftiger und wies immerfort gegen den Baum. Da sass der schwarzweisse Vogel, hielt das Stäbchen im Schnabel und drehte und wendete den Kopf in der Sonne.

Es lebte aber ein geschickter Jäger am Hof, der pirschte sich an den Vogel und schoss ihn. Aber was half's! Wohl war der Vogel getroffen, doch er stürzte mit dem goldenen Stäbchen in den tiefen Brunnen, der unter dem Baum stand. Und die Königstochter weinte und jammerte, dass es dem Jäger das Herz zerriss. Da sagte er: «Königstochter, trocknet Eure Tränen, ich steige jetzt in den Brunnen und kehre nicht eher, als bis ich Euer goldenes Stäbchen gefunden habe.» «So will ich hier auf dich warten», antwortete sie, setzte sich auf den Brunnenrand und sah, wie der Jäger in der dunkeln Tiefe verschwand.

Der Jäger durchdrang mutig das Wasser, kam auf den Grund des Brunnens und stand in einem trockenen Gang, dessen Wände wundersam von blauen und roten Karfunkelsteinen leuchteten. Er ging durch den Gang und kam an ein goldenes Tor. Als er anpochte, rief eine feine Stimme: «Komm nur herein.» Und da war er in einem spiegelklaren Saal, und in der Mitte auf einem kristallenen Thron sass eine Königin, das war die Brunnenfee. Der Jäger besah sie verwundert, denn sie war wohl schön, aber winzig klein, und sie steckte ihren Fischschwanz rasch hinter den Thron, als wolle sie ihn vor ihm verbergen. Dann fragte sie: «Was führt dich hierher?» «Ich suche das goldene Stäbchen der Königstochter,» antwortete er, «es ist in den Brunnen gefallen.» «Ich habe es nicht gesehen», sagte die Brunnenfee, «doch warte, bis es Abend ist, dann kommen alle meine Fische und legen, was sie erbeutet haben, vor dem Thron nieder.» Da setzte sich der Jäger neben den kristallenen Thron, und die Zeit verging ihm im Fluge, denn die Brunnenfee sang mit lieblicher Stimme und bewirtete ihn mit einem köstlichen Gericht aus Fischen und Krebsen.

Am Abend schwammen vieltausend Fische in den Saal und brachten der Fee ihre Beute. Bald eine Blume, bald einen Stein, Gold- und Silbermünzen, und einer brachte gar den schwarzweissen Vogel, aber zum Schrecken des armen Jägers stak das goldene Stäbchen nicht mehr in seinem Schnabel. Endlich kam doch noch ein Fisch hereingeschwommen. Er war gross und grau und hielt stolz das Stäbchen in der schuppigen Schnauze. Die Brunnenfee besah sich das Kleinod, und als der Jäger sehnsüchtig seine Hände danach ausstreckte, sagte sie: «Heute musst du noch hierbleiben, du kannst in dieser Finsternis den Brunnen nicht verlassen, es wäre dein Tod.» Mit diesen Worten ging sie aus dem Saal und nahm das goldene Stäbchen mit. Alsbald war es stockfinster, und von den Glaswänden wehte es eiskalt. Da sass und fror der arme Jäger und wusste sich nicht zu helfen. Am andern Morgen kam die Brunnenfee, und es war mit einem Schlag hell und licht. Aber zum grossen Leid des Jägers trug sie das goldene Stäbchen nicht mehr bei sich. Nun bat er sie darum und erzählte mit gar beweglichen Worten, welch grossen Schmerz die Königstochter darum leide. Doch die Brunnenfee sagte höhnisch: «Das Stäbchen ist jetzt mein und liegt in meiner Schatzkammer, und der Fisch, der es mir gebracht hat, ist Oberkämmerer geworden und hat goldene Schuppen erhalten. Was hat die Königstochter nicht besser Sorge getragen. Aber du kannst ihr Perlen und Korallen bringen, soviel du tragen magst, da wird sie bald getröstet sein.» Doch der Jäger liess sich nicht verführen und flehte weiter um das Stäbchen. Da sagte die Brunnenfee: «Gut, weil du gar so schön bittest, sollst du das Kleinod wieder haben, doch zuvor musst du mir zehn Jahre dienen, und damit du meinen Fischen nichts antun kannst, musst du selber ein Fisch werden.» Damit führte sie ihn vor den kristallenen Thron und schlug ihn dreimal hart mit dem grünen Schwanz. Da schrumpfte der Jäger zusammen und war ein grauer Fisch mit blauen und roten Tupfen auf dem Rücken. Er musste täglich die roten und blauen Karfunkelsteine im gewölbten Gang blank reiben. Zuweilen auch gebot ihm die Brunnenfee, ihr den Schwanz wie eine Schleppe zu tragen, das tat sie immer, wenn sie in die Schatzkammer ging und ihre Kleinodien besah. Und weil sie gar böse war, schlug sie dann den armen Fisch mit dem goldenen Stäbchen, dass er vor Schmerz aufsprang und Tränen aus seinen Augen quollen.

Indessen sass die Königstochter auf dem Brunnenrand und wartete, und zuletzt schlief sie ein und stürzte in den Brunnen. Unten rieb der verzauberte Jäger eben die roten und blauen Karfunkelsteine blank. Als er die Königstochter sah, wisperte er mit freudebebender Stimme: «Fürchte dich nicht vor mir, liebe Königstochter, ich bin der Jäger. Die Brunnenfee hat das goldene Stäbchen verwahrt und gibt es mir erst, wenn ich ihr in dieser Fischgestalt zehn Jahre gedient habe. Doch tröste dich, übermorgen ist die Zeit vorbei, du erhältst das Kleinod, und alles ist gut. Jetzt aber bleib fein hier draussen, dass dir die Fee kein Leid antun kann. Ich werde dir mein Essen und eine Fischhaut bringen, dass du dich verstecken kannst.» Und da streichelte die Königstochter den treuen Fisch und wartete geduldig.

Und nach zwei Tagen, als der Fisch am Abend zu ihr kam, fiel das Schuppengewand von ihm ab, und er stand in seiner wahren Gestalt vor ihr.

Nun traten sie miteinander vor die Brunnenfee und verlangten das goldene Stäbchen. Die Brunnenfee lächelte holdselig, liess das Kleinod herbeibringen und legte es vor die Königstochter. Der Jäger bückte sich danach, doch da stiess es die Königstochter mit ihren Füssen heftig fort. Es schoss pfeilschnell durch die Glaswand und zischte laut im Wasser. Die Brunnenfee hatte nämlich das Stäbchen ins Feuer gelegt, bis es glühte, damit der Jäger und die Königstochter sich daran verbrennten.

In ihrem Zorn liess sie gleich alles voll Wasser laufen. Aber das Wasser riss die beiden nach oben, und sie brachten das Leben davon. Doch nun waren sie getrennt, es lag ein ganzes Jahr Weg zwischen ihnen; und weil sie beide in der gleichen Richtung gingen, verminderte sich der weite Weg um keinen Schritt.

Der Jäger trug das goldene Stäbchen bei sich, das Wasser hatte es mit ihm auf den Boden gespült. Zuletzt war er des Wanderns müde. Er baute sich am Weg ein kleines Haus und zog einen schönen Rosengarten darum. Doch obwohl alle Welt die schönen Rosen bestaunte, kein Mensch wusste etwas von der Königstochter.

Die Königstochter aber litt grosse Not, denn ihre Füsse waren verbrannt, und sie hinkte auf ihnen gar mühselig einher und suchte ihren Jäger.

Eines Abends kam sie zu dem schönen Rosengarten, und weil sie nicht weiter konnte, setzte sie sich unter einen blühenden Busch. Der Wind wehte ein paar Rosenblätter herab, und die Blätter kühlten ihre brennenden Füsse. Da brach sich die Königstochter ein paar Rosen. Kaum lagen die Blumen in ihrem Schoss, kam auch schon der Jäger und wollte sie mit harten Worten fortjagen, denn er meinte, sie sei eine gemeine Diebin. Sie erhob sich bescheiden und wollte weitergehen. Da sah er ihre verbrannten Füsse, und Mitleid erfüllte sein Herz, und er sagte: «Bleib hier, bis deine Füsse heil sind.» Da schüttelte sie den Kopf und sprach: «Ach nein, ich muss weiterwandern und meinen treuen Jäger suchen, der zehn Jahre ein schnöder Fisch gewesen ist, um mir mein goldenes Kleinod zurückzugewinnen.»

Frohen Herzens holte der Jäger das Stäbchen, wies es ihr, und sie erkannte ihn. Sie herzten und küssten sich, und alle Not war vergessen, und sie lebten lange in grossem Glück.

Der Augentausch

Weit von hier, am Rand des grossen Meeres lag einst ein kleines Fischerdorf. Dort wohnte in einem rot angestrichenen Häuschen ein Fischer, der fing mehr und schönere Fische als seine Kameraden. Doch wenn man ihn fragte, warum er so glücklich sei, schüttelte er nur den Kopf.

Jeden Morgen, wenn der Fischer ins Meer hinausruderte, setzte sich eine weisse Möwe auf die Bootsspitze und zeigte ihm, wohin er fahren musste, um die schönsten und fettesten Fische zu fangen. Und der Fischer liebte den schönen Vogel sehr und nahm jeden Tag ein kleines süsses Brot mit und fütterte ihn mit den Brocken. Er konnte ja nicht wissen, dass die Möwe nichts anderes war als eine der vielen Wasserfrauen, die den Menschen nachstellen und sie ins Unglück bringen.

Es vergingen einige Jahre, und der Fischer wurde ein reicher Mann. Und da ging er eines Abends in das letzte kleine Haus der Gasse. Dort wohnte ein schönes, frommes Mädchen. Und eben dieses Mädchen fragte er: «Willst du meine Frau werden?» Da wurde es feuerrot, doch es sagte von Herzen gerne: «Ja». Nun küssten sie sich und sagten: «In einem halben Jahr halten wir Hochzeit.»

Am andern Morgen, als der Fischer eben seine Netze auswarf, tat die weisse Möwe den roten Schnabel auf und sagte: «Du bist heute so still und singst keinen Ton, und doch höre ich deine Stimme so gern, sprich, quält dich ein Kummer, brauchst du Geld, ich kann es dir wohl verschaffen.» Doch der Fischer antwortete: «Ich bin keineswegs betrübt, ich bin so glücklich, dass ich nicht singen kann.» Und er erzählte der Möwe von dem schönen Mädchen, das nun seine Braut war.

An diesem Tag füllten sich seine Netze so sehr, dass die Maschen beinahe zerrissen. Das aber tat die Wasserfrau nur, damit der Fischer ja keinen Verdacht schöpfe. Sie war nämlich recht erzürnt, denn sie begehrte den Fischer für sich allein. Sie wollte ihm die Seele austrinken und in den Himmel kommen; und das können die Wasserfrauen nur, wenn sie die Liebe eines Menschen erwischen.

Am Abend sagte die Möwe: «Morgen kann ich dich nicht begleiten, ich muss zur Felseninsel fliegen, wo mein Nest gebaut ist, aber übermorgen werde ich dir dann doppelt soviel Fische ins Netz lokken.» Und damit flog sie davon.

Der Fischer verwahrte seinen Fang in Fässern und Tonnen, und nach getanem Werk besuchte er seine schöne Braut. Und er merkte nicht, dass ihm die weisse Möwe heimlich nachflog.

Die Möwe blieb die ganze Nacht auf dem Dach des Häuschens. Am Morgen pochte sie mit dem roten Schnabel ans Fenster. Das Mädchen tat verwundert auf, und da sagte die Möwe: «Komm rasch mit mir an den Strand, dem Fischer, deinem Liebsten, ist ein Unheil zugestossen, und nur du kannst ihm helfen.» Gleich eilte das Mädchen mit zitterndem Herzen der weissen Möwe nach. Aber da war am Strand weit und breit kein Schiff und kein Mensch. Und wie es so suchte und spähte, schlug die Möwe das Mädchen mit ihrem Flügel so stark, dass es in den Sand fiel. Sie schlug es nochmals. Da verlor es die Besinnung.

Als das Mädchen wieder zu sich kam, befand es sich in einem durchsichtigen Wasserschloss. Vor den Wänden schwammen bunte Fische und seltsame schwarze und grüne Pflanzen fächelten mit Zweigen und Blättern. Vor dem Mädchen aber stand eine Wasserfrau. Sie war wunderschön: sie trug ein blaues Gewand, es war aus tausend fliessenden Wellen gewoben, und sie hatte einen weissen Perlenschmuck in ihrem gelben Haar. Aber das Mädchen fürchtete sich entsetzlich vor der Wasserfrau, denn ihre Augen waren grün und sprangen rund aus dem Kopf. Die Wasserfrau nahm es bei der Hand und sprach: «Du kennst mich nicht, ich aber weiss wohl, wer du bist. Der junge Fischer hat dich gestern Nacht besucht, leugne es nicht, du bist seine Braut, ich habe euch wohl gesehen. Nun droht dem Fischer ein grosses Unglück, und es steht bei dir, ob es ihn treffen soll oder nicht. Hier im Wasser haust ein böser Geist, der will den Fischer töten und seine Seele trinken, denn er trachtet nach der himmlischen Seligkeit. Der Geist gibt sich aber auch zufrieden, wenn er statt einer Seele ein Paar blaue menschliche Augen erhält. Und deine Augen sind wie gemacht dazu. Du brauchst nicht einmal zu dem bösen Geist zu gehen, ich bring sie ihm gerne, es ist auch besser so, sonst begehrte er dich gewiss zur Frau, so schön bist du.» Da kniete das Mädchen vor der falschen Wasserfrau nieder und rief: «Nimm meine Augen und bring sie

Beatrice Affleback

dem Geist, er darf meinem Liebsten nichts antun.» Da zog die Wasserfrau ein Messerchen hervor, sein Stiel leuchtete in sanftem Perlenglanz, aber die schmale Klinge war so scharf, dass sie wie ein Sonnenstrahl funkelte. Und mit dem Messerchen grub die Wasserfrau dem Mädchen die Augen aus dem Kopf. Es tat entsetzlich weh, doch es klagte nicht, es freute sich, dass es den Liebsten retten konnte. Dann nahm die Wasserfrau ihre eigenen grünen Augen und tat sie in die blutenden Höhlen des Mädchens. Aber das half dem Aermsten wenig, es sah mit diesen Augen kein Fischschwänzchen und wusste auch nicht, wie hässlich es jetzt aussah. Die Wasserfrau aber schmückte sich mit den geraubten blauen Augen, verwandelte sich in die weisse Möwe, führte das Mädchen in sein Haus zurück und frohlockte über ihre böse Tat.

Das Mädchen sass und wartete auf den Liebsten und hatte grosse Angst, ob auch alles wahr sei und der böse Geist zufrieden. Als der Fischer bei ihm eintrat, schrie er sogleich voll Entsetzen: «Wer bist du?» Das Mädchen nannte seinen Namen, doch schon rannte der Fischer davon, die grünen Augen hatten ihn so erschreckt, und er glaubte, das Mädchen sei von einem bösen Geist besessen.

Da sass das Mädchen mit seinem grossen Herzeleid. Weinen konnte es nicht, denn die menschlichen Augen fehlten ihm. Am andern Tag sagte es: «Ach, mein Liebster hat mich verlassen, weil ich blind bin, ich will darum in die Welt hinausgehen.» So suchte es ein grosses Tuch, verhüllte sich damit und ging davon. Es ging immer dem Meere nach, dicht am Strand, denn so hörte es doch die Wellen rauschen.

Als der Fischer am andern Tag aufs Meer fuhr, kam die weisse Möwe wieder, und da sagte er: «Du allein meinst es treu, meine Braut hat sich mit den bösen Geistern eingelassen.» Da nahm die Möwe ihre wahre Gestalt an. Und da vergass der Fischer seinen Kummer, denn die Wasserfrau war wunderschön und hatte die herrlichsten blauen Augen. Und da nahm ihn die Wasserfrau in ihren Glaspalast, und sie lebten eine Zeit in grossem Glück.

Als eine Woche herum war, nahte sich das grosse Fest der Wassergeister. Nun wusste die Wasserfrau genau, dass sie mit ihren blauen Augen nimmermehr auf dem Fest erscheinen durfte, die andern Geister hätten sie dann für einen Menschen gehalten und gleich getötet. So beschloss sie, sich ihre grünen Augen bei dem betrogenen Mädchen auszuborgen. Nach dem Fest aber wollte sie den Fischer gleich erwürgen und seine Seele trinken.

Sie verwandelte sich wieder in die weisse Möwe und flog zu dem roten kleinen Haus. Aber das Haus war leer und das Mädchen im ganzen Dorf nicht zu finden. Da flog die Möwe dem Strand entlang, denn sie sagte sich: «Weit kann das Mädchen nicht gekommen sein, es ist ja blind.»

Und nach einem halben Tag hatte sie es auch gefunden. Es lag von Schmerz und Kummer überwältigt im Sand und schlief. Die Möwe weckte es mit einem scharfen Schnabelhieb und führte es in eine verborgene Kammer ihres durchsichtigen Wasserschlosses. Dort nahm sie ihre wahre Gestalt wieder an, tat mit spitzen Fingern die grünen Augen in ihr Gesicht und verwahrte die blauen des Mädchens in einem schwarzen Kästchen. Das Kästchen drückte sie dem Mädchen in die Hand und sprach: «Hüte es wohl, und öffne es beileibe nicht, sonst ergeht es dir übel; nach drei Tagen bin ich zurück und bringe dich heim.» Das Mädchen aber hielt die Wasserfrau an ihrem Wellengewand fest und fragte mit flehender Stimme nach dem Fischer. «O», sagte die falsche Wasserfrau, «der ist vor dem bösen Wassergeist weit weit übers Meer davongeflohen, denn der Geist wollte sich mit deinen Augen nicht zufriedengeben.» Und damit ging sie fort.

Da sass das Mädchen todestraurig und weinte und jammerte laut. Das hörte der Fischer in seinem prächtigen Glassaal, aber er konnte ihn nicht verlassen, die Wasserfrau hatte einen starken Zauber vor die Türe gelegt.

Auf dem grossen Wasserfest galt die Wasserfrau als die Schönste; und sie kehrte vergnügt heim. Kaum erblickte der Fischer ihre grünen Augen, schrie er entsetzt. Da ergriff sie rasch ihr Messer und wollte ihn töten, doch der Fischer war stärker, entwand ihr das Messer und stach sie tot. Dann suchte er im ganzen Schloss nach seinem Schiff. Endlich fand er es in einer Kammer voll Gerümpel, genau neben dem Gemach, in dem das arme Mädchen schluchzte. Da öffnete er die Tür. Doch weil das Mädchen blind war, erkannte er es nicht und fragte:

«Wer bist du?» Da sprang es auf, denn es kannte seine Stimme gar wohl. Dabei fiel das schwarze Kästchen zu Boden, und die blauen Augen rollten vor des Fischers Füsse. Er hob sie auf und tat sie sachte in die Augenhöhlen des Mädchens. Und da sah es wieder, und alles war gut; denn der Fischer schloss es in die Arme und küsste es, jetzt hatte er seine liebe Braut erkannt.

Dann taten sie die Schätze der Wasserfrau ins Boot, kehrten heim, feierten ihre Hochzeit und lebten lang und glücklich.

Der Bergschratt

Einst erhob sich ein himmelhohes Felsgebirge über schönen grünen Weiden und einem braunen Dorf. Auf die grünen Weiden trieben die Leute ihre Kühe und Ziegen; aber sie taten es schweren Herzens. Es drang nämlich vom Gletscher her zuweilen liebliches Geläute herüber, und die Kühe und Ziegen liefen dann den Tönen nach, und wenn sie noch eine kurze Strecke vom Gletscher weg waren, kam ein Nebel, deckte die Tiere zu und nahm sie mit sich weg. Niemand sah sie dann wieder, doch es hiess, das geraubte Vieh lebe in einer tiefen Felsenhöhle, dort füttre und melke sie ein räuberischer Bergschratt. Und jedes Jahr wuchs der Gletscher an, und der Nebel kam viele viele Male. Und so verminderte sich der Besitz an Vieh und Weideland merklich, und die Leute fürchteten, sie müssten ihre Heimat verlassen. Da war keiner, der es wagte, über den Gletscher zu gehen, den Schratt zu suchen und zu töten.

Mitten im Dorf stand ein uraltes Haus, darin wohnte ein Mann, er hatte nicht Weib noch Kind, und er pflegte mit niemandem Gemeinschaft. Und obwohl er kein Vieh besass, war er doch schwer reich und kannte keine Sorge. Die Leute beneideten, ja hassten ihn, und sie redeten ihm gar nach, er stehe mit dem Teufel im Bund. Doch ihn aus dem Dorf zu vertreiben, wagten sie nicht, denn der Mann war ein geschickter Jäger; worauf er die Kugel richtete, das traf er. Es hatte ihm nämlich eine wilde Bergfrau treffsichere Kugeln geschenkt, als er ihr den linken goldenen Schuh aus dem reissenden Bergbach herausholte. Und die Leute waren eigentlich froh, dass der Mann die Bären, Füchse und Luchse und die wilden Adler schoss, denn die raubten ihnen manches Stück Vieh.

Eines Abends standen die Leute in der Dorfgasse und jammerten gar sehr, denn der Nebel bedeckte wieder ein grosses Stück Weideland und nahm wie immer manche Kuh und manche Ziege mit fort. Da kehrte der Jäger mit einem fetten Gemsbock und einem stattlichen Luchs heim. Er tat, als höre er das Jammern nicht, und ging schweigend in sein Haus. In der gleichen Nacht jedoch rüstete er sich für eine Bergfahrt und ging über die grünen Weiden zum Gletscher. Er überquerte ihn, und da fand er mitten im Eis eine wunderschöne Weide, ihr Gras war so weich und dicht wie Sammet, und es lagen alle verschwundenen Kühe und Ziegen rund und wohlgenährt darauf. Hinter der Wiese erhob sich ein mächtiger Fels, der hatte eine Öffnung, gross wie ein Haustor. Der Jäger trat ein und kam in einen hochgewölbten Gang aus blauem Eis.

Aber es war darin so warm, dass ihm gleich der Schweiss von der Stirne troff. Der Gang weitete sich, und er befand sich bald in einer mächtigen Höhle. In ihrer Mitte stand ein hoher Felsentrog, der war bis dicht an den Rand mit weisser Milch angefüllt. Die Milch wallte und schäumte, und es stieg unablässig ein zarter Nebel aus ihr, der ging an die Decke der Höhle und strich in langen Schwaden durch den Gang dem Felsentor zu. Unversehens erhob sich hinter dem Trog ein riesiger Bergschratt, der sagte: «Sei willkommen, du wirst durstig sein, schöpf dir einen Trunk, meine Milch ist gut.» Dem Jäger klebte die Zunge am Gaumen, doch da merkte er, dass er seinen ledernen Becher vergessen hatte. «Was zauderst du,» sagte der Schratt, «frisch, schöpf die Milch mit deinen Händen.» Doch der Jäger traute dem Schratt nicht, er sah wohl, dass die Milch kochte, und wollte sich die Hände nicht verbrennen. Darum sagte er: «Du bist mir ein schöner Wirt, lädst den Gast zu einem Trunk und gibst ihm kein Trinkgefäss, wir Menschen halten es anders als du und trinken nicht wie die Tiere aus dem Trog.» Da murrte und brummte der Schratt. Weil er aber den Jäger gern fangen wollte, erhob er sich und sprach: «Gut, weil du gar so vornehm bist, sollst du aus einem Becher trinken, ich will ihn dir von der obern Alp holen, hier hab ich keinen.» «Schön,» erwiderte der Jäger, «derweilen will ich dir das Feuer hüten, sag mir doch, wo das Holz ist, dass ich nachlegen kann.» Da lachte der Schratt, dass die Wände erzitterten, und entgegnete: «O du Dummbart, das Feuer in meiner Hütte brennt von selber, da brauchst du dich nicht zu sorgen!» und er stapfte davon.

Kaum war er verschwunden, schaute der Jäger unter den Felstrog, und siehe, da brannte kein Feuer, doch es lag dort ein Stein, der war so gross wie ein Hühnerei und strahlte und glühte, als sei die ganze Höllenglut in ihn gehext. Der Jäger näherte ihm behutsam die Hand, und da merkte er, dass der Stein ihn nicht brannte, und nahm ihn darum in seine Hand. Und der Stein war kühl und glatt anzufühlen.

Weil er den Riesen mit grossem Gestampfe und Gebrumm zurückkehren hörte, legte der Jäger den Stein wieder an seinen alten Ort. Und er sagte: «Ich möchte gar gern wissen, warum dein Feuer ohne Holz brennt, vielleicht kann ich mir das Mittel auch beschaffen.» Da lachte der Riese, holte gleich den Stein unter dem Trog hervor und wies ihn dem Jäger mit prahlerischer Miene. Aber der heisse Milchdampf brannte den Schratt tüchtig. Er fluchte laut und liess den Stein fallen; und der fiel mitten in den Trog. Alsbald trat die Milch siedend und kochend über den Rand und füllte die ganze Höhle mit dickem kaltem Nebel. Der Bergschratt barg sich zähneklappernd in einer Felsenspalte und schrie und heulte vor Kälte.

Der Jäger aber kletterte mit vieler Mühe durch die Dunkelheit und den feuchten Nebel ins Freie. Am Rand des Gletschers sank er ermattet um. Doch da kam auch schon die wilde Bergfrau und pflegte und stärkte ihn, sonst wäre er in der bitterkalten Nacht erfroren. So schlief er wie in einem warmen Bett, und als er erwachte, schwebte die Bergfrau davon, er sah nur noch ihre goldenen Schuhe leuchten. Nun wollte er zu Tal steigen. Doch siehe, als er sich erhob, schimmerte der Stein aus der Höhle des Schratts vor ihm. Voll Freude hob er ihn auf und steckte ihn in die Tasche. Und wo der Jäger hintrat, vergingen Nebel und Eis, und viele hundert Kühe und Ziegen, es war eine grosse grosse Herde, folgten ihm. Als er in die Nähe des Weideplatzes kam, versteckte er sich, und da lief die Herde zu den andern Kühen und Ziegen und graste mit ihnen. Die Hirten bestaunten das schöne Vieh, doch dann brachen sie in grossen Jubel aus, denn sie erkannten ihre gestohlenen Tiere wieder. Und die Freude wuchs und wollte nicht enden, weil auch das verschwundene Weideland wieder vor ihnen lag und kein räuberischer Nebel mehr kam. Da konnten die Leute in ihrer Heimat bleiben.

Der Schratt aber sass in einer Felsenspalte und heulte so zornig, dass das Echo gewaltig widerhallte und die Hirten zueinander sagten: «Oben in den Felsen muss ein gar grosses Gewitter wüten.»

Der Schratt aber schwor sich, er wolle den Jäger fangen und in dem weissen Wildbach, der aus der verschütteten Milch entstanden war, ertränken.

Der Jäger freilich gab wohl acht, dass ihn der Schratt nicht erwischte. Er jagte eifriger als zuvor, denn seit er den wunderbaren Stein besass, konnte er schlafen, wo er wollte, und sein Wild braten, wann und wo es ihm behagte. Und so war der Stein sein bestes Gut.

Eines Tages jedoch kam der Jäger dem Felsenversteck des Schratts zu nahe. Der Unhold packte ihn am Nacken und schrie: «Gib mir den Stein, oder ich ertränke dich im Wildbach.» Da nahm der Jäger den Stein, betrachtete ihn wehmütig und sagte: «Ehe ich dir das Kleinod ausliefere, zerstör ich es, denn du würdest damit nur neuen Schaden stiften, du Bösewicht.» Und damit warf er den Stein mit aller Kraft seines Arms gegen die Felswand. Da liess der Riese den Jäger fahren und wollte den Stein auffangen, aber er verlor dabei das Gleichgewicht, fiel vornüber und ertrank selber im weissen Wildbach.

Der Stein jedoch zerbarst mit einem lauten Donnerknall, und seine Splitter flogen funkelnd durch die Luft. Vor dem Jäger aber stand ein wilder Bergmann mit langem Bart und goldenen Schuhen und sprach: «Hab tausend Dank, du hast mich erlöst. Der böse Schratt hat mich in den Stein gebannt, und ich habe ihm schmähliche Dienste leisten müssen.» Und wie er so sprach, kam auch schon die wilde Bergfrau in ihren goldenen Schuhen und umarmte ihn. Und weil der Jäger den beiden so Gutes erwiesen hatte, beschirmten sie ihn auf seinen verwogenen Gängen wie ihr Kind; und bald war er der berühmteste Jäger im hohen Felsengebirge.

Die Eidechse

Es war einmal ein armer Junge, der musste in einem Gänsestall schlafen, denn er war ein Waisenkind und diente bei einem Bauern, der gab ihm mehr Schläge als Brot und liess ihn hart arbeiten.

An einem heissen Sommertag drückte der Bauer dem Jungen eine Hacke in die Hand und sprach: «Geh auf den grossen Kartoffelacker und hack ihn fein um, und am Abend muss die Arbeit getan sein, sonst gibt's Schläge.» Der Junge wagte nicht zu widersprechen und ging gehorsam aufs Feld. Da stach die Sonne gar sehr, die hellen Schweisstropfen liefen ihm von der Stirn, und der Kopf tat ihm weh, doch er begann gehorsam zu hacken. Aber schon nach drei Schlägen brach der schlechte Stiel mitten entzwei. Der Junge wagte nicht, eine andere Hacke zu holen, sondern setzte sich neben die grünen Kartoffelstauden und weinte bitterlich.

Auf einmal raschelte es neben ihm, und eine feine Stimme sagte: «Was sitzest du da in der heissen Sonne und weinst so sehr?» Der Junge hob den Kopf verwundert, da sass eine grüne Eidechse neben ihm, die hatte einen blauen Schimmerfleck am Hals, und ihre Augen leuchteten wie lauteres Gold. Weil sie so schön war und ihn gar so freundlich anblickte, fasste er sich ein Herz und klagte ihr seine Not. «Folge mir», sprach sie da, und der Junge ging ganz getrost hinter ihr her. Die Eidechse führte ihn zu einer Wiese, die schimmerte wie ein dunkelblauer Teppich, so dicht standen da Blumen mit blauen Blütenkronen, und aus ihren Kelchen stieg ein wunderbar frischer Duft. «Schlafe hier», sagte die Eidechse, «und wenn du erwachst, ist alles gut.» Damit war sie verschwunden. Der Junge aber legte sich getrost in die blauen Blumen und schlief.

Er erwachte erst, als die Sonne gross und rot hinter dem Wald verschwand. Die Eidechse sass auf seiner Hand und sagte: «Du kannst nun ruhig heimgehen, die Arbeit ist getan.» Und ehe er noch ein Wort sagen konnte, war sie verschwunden, er wusste nicht wohin. Da ging er zum Kartoffelacker, und, o Freude, er war fein um und um gehackt, ja sogar die Hacke lag ganz und neu, als sei ihr Stiel nie gebrochen, in der ersten Furche.

Der Junge ging frohen Herzens heim und liess sich's nicht verdriessen, dass der Bauer brummte: «Du kommst zu spät.»

Am andern Tag war es noch heisser, doch der Bauer gab dem Jungen ein Messer und sprach: «Geh aufs grosse Rübenfeld und grab alles Unkraut aus, und am Abend darf keine Distel mehr dort stehen, sonst gibt's Schläge.» Der Junge ging ohne Murren zum Rübenfeld und begann das Unkraut auszustechen, obwohl ihm das Hemd am Leibe klebte und der Kopf ihm von der grossen Hitze wehtat. Aber da stiess das Messer auf einen Stein, und die spröde Klinge sprang entzwei. Da sass der arme Junge und weinte und machte die Erde nass, denn er wagte nicht, auf dem Hof ein anderes Messer zu holen. Wie er so schluchzte, sagte eine feine Stimme: «Was sitzest du da in der heissen Sonne und weinst, dass die Erde nass wird?» Und als er aufsah, da war es die grüne Eidechse mit dem blauen Schimmerfleck und den goldenen Augen. Da erzählte er ihr sein Missgeschick. «Folge mir», sagte sie und führte ihn zu der blauen Wiese. Dort schlief der Junge bis zum Abend, und als er erwachte, sass die Eidechse auf seiner Hand und sprach: «Du kannst getrost heimgehen, die Arbeit ist getan.» Und wieder war sie wie der Blitz verschwunden.

Der Junge ging zum Rübenacker, und da stand nicht ein Distelstäudlein mehr darin, ja am Rand lag gar das Messer, blank und schön, mit unversehrter Klinge. Und der Junge ging getrost heim und kümmerte sich nicht darum, dass der Bauer brummte: «Du kommst viel zu spät.»

Am dritten Tag aber, es war heiss wie in einem Backofen, gab der Bauer dem Jungen eine Schere und sprach: «Geh in den Rebberg und schneide die grossen grünen Blätter weg, und am Abend komm ich und schaue nach, ob du auch fleissig gewesen bist.» Der Junge ging und begann gehorsam zu schneiden, obwohl ihm vor Hitze schwindelte und die Hände zitterten. Doch als er zehn Blätter abgeschnitten hatte, war die Schere stumpf und taugte nichts mehr. Da setzte er sich hin und weinte, denn er wagte nicht, beim Bauern eine andere Schere zu holen. Wie er so sass und weinte, sagte eine feine Stimme: «Was weinst du so sehr, dass die Tränen wie zwei Bächlein den Rebberg hinunterfliessen?» Und als er aufblickte, war es die grüne Eidechse mit dem Schimmerfleck und den goldenen Augen. Er erzählte ihr seine Not. Da sprach sie: «Folge mir», führte ihn zur blauen Blumenwiese und liess ihn schlafen. Und am Abend, als er erwachte, sass sie auf seiner Hand. Doch diesmal schaute sie den Jungen sterbenstraurig an und bat: «Sag dem Bauern kein Wort von mir. Sprich, willst du mir das zuliebe tun?» «Von Herzen gern», antwortete er und strich ihr zart über den grünen Rücken. Da lief sie wie der Blitz davon und war nirgends mehr zu erspähen.

Der Junge ging zum Rebberg, und siehe, alle Blätter waren geschnitten und neben der ersten Rebe lag die Schere unversehrt und scharf. Und da kam auch schon der Bauer angefahren. Als er das Werk sah, schrie er: «Heraus mit der Sprache, wer hat das getan, das geht nicht mit rechten Dingen zu!» Aber der Junge schwieg fein still und verriet die Eidechse nicht. Da nahm der Bauer einen Stock, prügelte den Ärmsten, bis er blutete, und sperrte ihn in den Gänsestall und sprach: «Da bleibst du, bis man dich holt, denn ich gehe jetzt und verklage dich als Hexenmeister, und dann wirst du verbrannt.»

Da lag der arme Junge und sollte verbrannt werden, und jedes Glied tat ihm entsetzlich weh. Doch im Herzen freute er sich, dass er die schöne Eidechse nicht verraten hatte. Und da überkam ihn eine grosse Sehnsucht nach ihr, und er sprach zu sich: «Ich will zur blauen Blumenwiese gehen, koste es, was es wolle, vielleicht finde ich sie dort und sie errettet mich aus meiner Not.» Und auf allen Vieren kroch er aus dem Gänsestall und hinkte durch die Nacht und suchte die schöne Wiese. Und als er sie endlich gefunden hatte, fiel er todesmatt in die blauen, duftenden Blumen, und es wurde schwarz vor seinen Augen. Doch bald erhellte sich die Finsternis, es schimmerte blau, und ein wunderbares Licht kam auf den Jungen zu und machte alles hell. Und dann sahen ihn die goldenen Augen der Eidechse an. Aber nun war es keine Eidechse mehr, sondern ein schönes Mädchen in einem grünen Gewand und einem blauen Mantel. Es kniete sich neben den Jungen und sprach: «Deine Standhaftigkeit hat mich erlöst. Ich war lange in eine Eidechse verzaubert. Komm mit, dann kann dich der schlimme Bauer nicht mehr plagen.» Und es küsste ihn, und alle Schmerzen gingen weg.

Das Mädchen und der Junge schritten dann mitten durch die blauen Blumen, und die Blumen wichen vor ihnen zur Seite, und es lag ein schöner Weg da. Und dann kamen tausend und tausend Glühwürmchen, umschwärmten sie und erhellten ihnen die Nacht. So wanderten sie, bis die Sonne aufging. Da standen sie vor einem grossen Schloss, und das Mädchen sprach: «Das ist mein Haus.» Da reichte ihm der Junge die Hand und sprach traurig: «Weil du nun sicher daheim bist, will ich umkehren. Lebewohl und habe tausend Dank.» Und das sprach er, weil das Mädchen eine Königin war, er aber nur ein armer, zerlumpter Waisenjunge. Doch die Königin schloss ihn in die Arme und sagte: «Bleib bei mir, es steht alles zur Hochzeit bereit, ich kann ohne dich nicht leben!»

Da gingen sie miteinander ins Schloss und feierten ihr Hochzeitsfest und lebten in grossem Glück.

Der reiche Mann

Es war einmal ein Mann, der besass einen grossen Schatz aus Gold und Silber und war tausendmal reicher als der König des Landes. Darum wurde der Mann übermütig, und je mehr sein Schatz anwuchs, desto grösser war sein Stolz. Und zuletzt war er so frech, dass er zum König ging und sagte: «König, ich bin reicher als du, darum ist es nur recht und billig, dass du mir die Herrschaft abtrittst und die Krone aufs Haupt setzest.» Der König schwieg dazu, winkte drei Diener herbei und sagte ihnen etwas ins Ohr. Die packten den Mann, führten ihn vors Schloss und sagten: «Wagst du es noch einmal, dich hier zu zeigen, wirst du ins Gefängnis geworfen, wo der Mond und die Sonne nie hineinscheint.»

Da schwor der Mann hoch und teuer, er werde nicht ruhen und rasten, bis er sich gerächt habe und auf dem Thron sitze.

Er steckte einen grossen Beutel voll Gold und Silber zu sich und ging heimlich über die Grenze in das Land eines andern Königs. Er ging und ging, bis er die Schlossmauern sah. Am Tor sagte er zur Wache: «Führ mich zum König.» Dem Torwärter gefiel der Mann gar nicht, und er brummte: «Komm zu einer andern Zeit, heute hat der König vornehme Gäste, der Kaiser ist bei ihm zu Besuch.» Da nahm der Mann zwei goldene und vier silberne Geldstücke, liess sie in der Sonne schimmern und sprach: «Nimm das für heute, du sollst aber hundertmal mehr sehen, wenn du mich augenblicklich zum König führst.» Da übertrat der Torwärter, vom Geld bestochen, den strengen Befehl und liess den Mann ein. Der ging geradewegs in den Thronsaal. Dort sassen der Kaiser und der König und trugen ihre besten Gewänder, und der König nickte fortwährend mit dem Kopf, denn der Kaiser hatte ihn gefragt: «Will dein Sohn meine Tochter zur Frau nehmen?» Und das war die höchste Ehre, die dem König widerfahren konnte, in seinem ganzen Leben war ihm der kühne Gedanke nicht eingefallen.

Als der Mann in den Saal trat, runzelte der König die Brauen und winkte mit der Hand, er solle den Saal augenblicklich verlassen. Doch der Mann trat frech vor den Thron und sagte: «Lass mich hier, sonst gereut es dich einmal, ich kann dich zum mächtigsten Fürsten der Welt machen.» Da lachte der Kaiser schallend und sprach: «Ei, so sag mir, wie du mich meiner Macht entsetzen willst, ich bin nämlich der Kaiser.»

Da tat der Mann seinen Beutel auf und streute die goldenen und silbernen Taler vor den Königsthron und rief: «König, ich kann dir dein Schloss vom tiefsten Keller bis zum höchsten Turm mit solchen Münzen füllen, du brauchst nur zu wollen.» Als der Kaiser das hörte, war er blass wie ein frischgewaschenes Tuch und machte sich heimlich davon, denn er fürchtete sich vor dem Mann und glaubte, er stehe mit dem Bösen im Bund, und gegen dessen Macht vermochte er nichts.

Der König aber merkte nicht, dass der Kaiser nicht mehr da war. Er starrte unentwegt auf die Gold- und Silberstücke und murmelte: «Das ganze Schloss von oben bis unten damit angefüllt, das wäre wahrlich ein grösseres Glück, als meinen Sohn mit der Kaisertochter verheiratet zu wissen.» Zuletzt sagte er zu dem Mann, der schweigend dastand: «Nun, was verlangst du für den Schatz, den du mir versprochen hast.» «Herr», erwiderte dieser, «der König meiner Heimat hat mich tödlich beleidigt. Rüste ein grosses Heer und überfalle ihn, du wirst ihn leicht besiegen, und dann ist kein König und kein Kaiser, der an Macht dich noch übertrifft.» «Gut», sagte der König, «ich will das Heer aufbieten, und zum Dank soll deine Tochter meinen Sohn zum Manne bekommen.»

Und nun rüstete der König ein starkes Heer. Jeder Mann war gepanzert und trug schwere, blanke Waffen. Da flog der Staub der Strassen unter den Hufen der wilden Pferde in die Luft und kam dreissig Tage nicht zur Ruhe. Dann hatte das Heer die Heimat verlassen und rückte mit Mord, Feuer, Schandtat und Greueln aller Art ins Nachbarland ein. Dort, so hatte der König gesagt, warte dem geringsten Mann gleissender Lohn, der ärmste erhalte mehr als genug bis zum Tod.

Indessen sass der böse Mann in seinem Haus und wartete auf das feindliche Heer. Damit ihm ja nichts geschehe, bemalte er seine Fensterläden schwarz, daran sollten die fremden Soldaten erkennen, dass er es treu mit ihnen meine. Der Tochter aber befahl er, ihr schönstes Gewand anzutun und mit ihm in den Schatzkeller zu kommen, und dort unten erzählte er ihr alles. Da weinte und jammerte das Mädchen und flehte den bösen Mann auf den Knien an, von dem argen Plan abzustehen. Doch er schloss es im Keller ein und sagte höhnisch: «Nun kannst du deinen Brautschatz zählen, denn ich lasse dich erst am Hochzeitsmorgen heraus, wenn der Königssohn aus dem Nachbarland da ist.»

Da sass das arme Mädchen bei den Schätzen und beweinte sein Los und raufte sich sein Haar. Es war nämlich heimlich mit dem Königssohn verlobt und wollte eher sterben als die Treue brechen. Drei Tage sass es und weinte, da hatte es ein nasses Gewand aber nicht eine Träne mehr. Und wie es so vor sich hinstarrte, hörte es ein seltsames Gemurmel unter seinen Füssen und vernahm die Worte: «Bald haben wir ihn, bald holen wir ihn.» «Ach Gott», dachte es, «was mag das bedeuten, gewiss sind die fremden Soldaten da und wollen den König fangen.» Da murmelte es wieder: «Bald haben wir ihn, bald holen wir ihn.» Und eine Stimme sagte: «Ja, hier wohnt der falsche Mann, der die ganze Stadt und das ganze Land ins Verderben stürzt. Wir wollen darum sein Gold nehmen und es wegtragen, weit weit, wo es in Zeit und Ewigkeit kein Mensch mehr finden kann.»

Und dann brauste und toste es unter den Füssen des Mädchens, und der Boden erzitterte von heftigen Stössen. Es rief in heller Not: «Ach Gott, das ist der Fluss, der will jetzt unser Haus in seinen Fluten begraben. Aber es ist doch besser, im Wasser zu ertrinken, als meinem Liebsten die Treue zu brechen.» Der Fluss vernahm die Klage des Mädchens, hiess seine Wellensöhne schweigen und fragte: «Wer wünscht sich den Tod in meinen Armen?» Da erzählte ihm das Mädchen seine Geschichte. Es erzählte von dem bösen Verrat seines Vaters und von seinem Liebsten, dem Königssohn. Und der Fluss hatte tiefes Erbarmen mit dem armen Mädchen, er stieg durch eine Ritze des Fussbodens empor und stand in seinem blauen Wellengewand prächtig vor ihm da. Und weil das Mädchen gar schön war, sagte er: «Komm mit mir, du sollst meine Tochter sein und meinen liebsten Sohn zum Mann bekommen, und kein Mensch kann dir dann ein Leid mehr antun.» «Ach nein», erwiderte es, «lieber sterben als meinem Liebsten die Treue brechen.» Nun besann sich der Fluss, wie er ihm wohl helfen und den bösen Plan seines Vaters vereiteln könne. Und er dachte so

244

heftig nach, dass ihm Perlen und Korallentropfen von der gefurchten Stirn fielen. «Ich hab's», rief er auf einmal, «meine Wellenkinder schwimmen durchs königliche Badegemach. Wirf jetzt alles Gold und Silber durch die Ritze da, dann bringen sie es dem König, und wenn du dich nicht fürchtest, trag ich dich auch hin.»

Da war niemand glücklicher als das Mädchen. Es dankte dem Fluss und warf eifrig die tausend und abertausend Gold- und Silberstücke durch die Ritze. Und die Wellen nahmen den Schatz in ihre nassen grünen und blauen Hände und trugen ihn ins königliche Badegemach. Und als der Keller leer war, riss der Fluss eine Planke weg, setzte das Mädchen auf seinen Rücken und schwamm mit ihm ins Schloss. Es schlief tief, denn die Wellen sangen ihm ein zauberisches Schlummerlied.

Als es die Augen wieder aufschlug, meinte es zu träumen, denn es sass in einem prächtigen Badegemach und neben ihm lag der Schatz seines Vaters aufgehäuft. Da kam der Badeknecht. Der schrie laut, lief erschrocken zum König und berichtete ihm, im Badezimmer spuke es, es sei da eine grosse Menge Gold und Silber und eine Hexe sitze daneben. Der König ging hin, und sein Sohn folgte ihm auf dem Fuss. Kaum erblickte der Königssohn das Mädchen, stiess er einen Freudenschrei aus, umarmte und küsste es und fragte: «Sprich, wie kommst du nur hierher?» Da erzählte es alles getreulich. Als es geendet hatte, sprach der König: «Der gute Fluss, nun sind wir gerettet!»

Er liess das Gold und Silber in vielen Säcken vors Schloss tragen. Und als das feindliche Heer in die Stadt einzog, erhielt jeder Soldat ein Gold- und ein Silberstück. Da zog nicht einer sein Schwert, und kein Stein wurde von der Stelle gerückt.

Darüber ergrimmte der feindliche Fürst und ging stracks zu dem bösen Mann, der ahnungslos hinter seinen schwarzen Läden sass. Zornschnaubend zog er sein Schwert und schrie: «Nimm das für deine Verräterei.» Doch bevor er zuschlagen konnte, brach das Haus zusammen, der Fluss riss es mit sich weg und erstickte die beiden Bösewichter.

Das Mädchen und der Königssohn hielten Hochzeit und erhielten das Land des feindlichen Nachbarn, und später erbten sie das Reich des Vaters und waren das mächtigste Königspaar und reicher als der Kaiser. Es erging ihnen wohl, und das Land gedieh, denn der gute Fluss schützte es und machte es fruchtbar.

Der Sternenläufer

Zwei Brüder wohnten in einer grossen Stadt, Wand an Wand, vor langer langer Zeit.

Der eine Bruder trug sein Haar kurzgeschoren und hatte eine dunkle Falte auf der Stirne. Er klopfte und hämmerte vom Morgengrauen bis in die Mitternacht und verdiente viel Geld. Der andere Bruder hatte lange Locken, und seine Augen leuchteten hell, als hätten sie in den Brunnen des Glücks geschaut. Er sass lang über Mitternacht hinter Büchern und Heften und schlief selig, wenn die Sonne schon hoch am Himmel stand, und das Hämmern und Pochen des fleissigen Bruders störte ihn nicht.

Als er eines Morgens über den Markt ging, zupfte ihn jemand am Rockzipfel. Er drehte sich um, und da stand ein graues Männlein hinter ihm und wisperte: «Ach, sei doch so gut und komm mit und hilf mir.» Der Geselle nickte dem Männlein freundlich zu, denn er fand es gar possierlich. Es führte ihn durch enge Gassen und Gässchen in ein dunkles Haus, über eine knarrende Stiege in eine Dachkammer hinauf. Da lagen viele, viele Bücher kunterbunt durcheinander. Das Männlein liess sich ächzend in einen gepolsterten Sessel fallen, dabei fuhr eine grosse Staubwolke in die Luft. Der Geselle aber musste auf einem hölzernen Schemel sitzen, und das Männlein gab ihm ein dickes Buch und wisperte: «Lies mir vor, dort, wo das grosse, goldene «S» steht. Meine Augen sind schwach und brennen, dass ich die Zeichen nicht mehr fassen kann!» Der Geselle verzog keine Miene, obwohl der Schemel in allen Fugen krachte, sobald er einen Atemzug tat, sondern suchte eifrig nach dem grossen, goldenen «S». Als es ihm in die Augen leuchtete, begann er zu lesen, und jedesmal, wenn er absetzen wollte, weil ihn die Geschichte gar zu seltsam dünkte, nickte ihm das Männlein ermunternd zu, und er fuhr fort.

So kam die Nacht im Fluge, und als die Zeichen nur noch schwach flimmerten, sagte das Männlein: «Du kannst heimgehen, aber komm morgen wieder, ich muss sonst vor Langerweile sterben, ich kann nicht leben, wenn ich nicht hören darf, was in den Büchern steht.» Und der Geselle versprach gerne, wiederzukommen, denn die Geschichte dünkte ihn recht wunderbar. Und als er durch die finstere Nacht heimtappte, sprach er vor sich hin: «Das alte Männlein hat schon recht, auch ich müsste sterben, wenn ich nicht lesen könnte.» Und fortab ging der Geselle mit den hellen Augen tagtäglich zu dem alten Männlein und las ihm aus dem grossen Buch vor. Doch eines Morgens lag das Männlein steif und tot im Bett. Da verkaufte der Geselle das Hausgerät, denn er selber besass kein Geld für den Sarg und den Totengräber. Die Bücher jedoch nahm er in seine Kammer mit.

Und da sass er und las, dass seine Wangen rote Flecken zeigten und seine Augen glühten. Dabei magerte er ab und wäre verhungert, hätte ihm sein finsterer Bruder nicht zuweilen eine alte Brotrinde, die selbst sein Hund nicht mehr benagte, zugesteckt. Am liebsten freilich hätte er ihn verhungern lassen, aber er dachte: «Wenn es unter die Leute kommt, dass ich meinem Bruder nicht helfe, verachten sie mich und bringen mir keine Arbeit mehr.»

Nun erlernte der Bruder mit den hellen Augen aus dem dicken Buch mit den goldenen Buchstaben wunderbare Künste; und nach drei Monaten konnte er über den Himmel wandern, von einem Stern zum andern. Das war nun seine grösste Lust und Freude. Er tat es aber immer nur tief, tief in der Nacht, wenn alle Leute schliefen und niemand an den Himmel schaute. Und er wusste wohl, warum er sein Sternenwandern so geheim hielt, es stand nämlich auf der hintersten Seite des Buches: «Wenn eines andern Menschen Auge als das deine die goldenen Buchstaben liest und er sie spricht, musst du sterben, und die Kunst des Sternenlaufens geht für immer verloren.»

Da brach unversehens eine schlimme Hungersnot über die Stadt. Gleich beschloss der reiche, fleissige Bruder, auszuwandern und sein Glück anderswo zu versuchen, denn niemand brachte ihm mehr Arbeit. Und der Sternenläufer begleitete ihn, denn am Himmel wuchs auch kein Brot. Er hatte das Zauberbuch mit den goldenen Zeichen in einem kleinen Bündel verborgen und schlief selig darauf.

Nach zehn Tagen kamen die beiden Brüder in eine prächtige Stadt, in deren Mitte glänzte ein goldenes Schloss mit wasserhellen Fenstern und einem diamantenen Dach. Der Schein stach dem finstern Bruder gewaltig in die Augen, dass er rief: «Hier will ich bleiben, hier werde ich gewiss reich, denn die Häuser haben ja goldene